A CASA DO OUTRO LADO DO LAGO

TAMBÉM POR RILEY SAGER

FINAL GIRLS

THE LAST TIME I LIED

LOCK EVERY DOOR

HOME BEFORE DARK

SOBREVIVA À NOITE

A CASA DO OUTRO LADO DO LAGO

RILEY SAGER

TRADUÇÃO DE GIOVANNA CHINELLATO

ALTA BOOKS
GRUPO EDITORIAL
Rio de Janeiro, 2024

A Casa do Outro Lado do Lago

Copyright © **2024** ALTA NOVEL

ALTA NOVEL é um selo da EDITORA ALTA BOOKS do Grupo Editorial Alta Books (Starlin Alta e Consultoria Ltda.)

Copyright © **2022** TODD RITTER

ISBN: 978-85-508-1982-2

Translated from original The House Across The Lake. Copyright © 2022 by Todd Ritter. ISBN 9780593183199. This translation is published and sold by permission of Dutton, an imprint of Penguin Random House LLC, the owner of all rights to publish and sell the same. PORTUGUESE language edition published by Starlin Alta Editora e Consultoria Ltda., Copyright © 2024 by Starlin Alta Editora e Consultoria Ltda.

Impresso no Brasil — 1ª Edição, 2024 — Edição revisada conforme o Acordo Ortográfico da Língua Portuguesa de 2009.

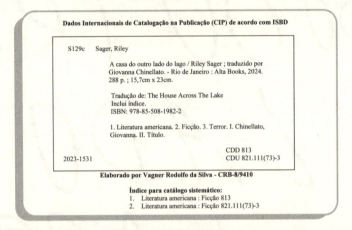

Todos os direitos estão reservados e protegidos por Lei. Nenhuma parte deste livro, sem autorização prévia por escrito da editora, poderá ser reproduzida ou transmitida. A violação dos Direitos Autorais é crime estabelecido na Lei nº 9.610/98 e com punição de acordo com o artigo 184 do Código Penal.

O conteúdo desta obra fora formulado exclusivamente pelo(s) autor(es).

Marcas Registradas: Todos os termos mencionados e reconhecidos como Marca Registrada e/ou Comercial são de responsabilidade de seus proprietários. A editora informa não estar associada a nenhum produto e/ou fornecedor apresentado no livro.

Material de apoio e erratas: Se parte integrante da obra e/ou por real necessidade, no site da editora o leitor encontrará os materiais de apoio (download), errata e/ou quaisquer outros conteúdos aplicáveis à obra. Acesse o site www.altabooks.com.br e procure pelo título do livro desejado para ter acesso ao conteúdo.

Suporte Técnico: A obra é comercializada na forma em que está, sem direito a suporte técnico ou orientação pessoal/exclusiva ao leitor.

A editora não se responsabiliza pela manutenção, atualização e idioma dos sites, programas, materiais complementares ou similares referidos pelos autores nesta obra.

Alta Novel é um selo do Grupo Editorial Alta Books

Produção Editorial: Grupo Editorial Alta Books
Diretor Editorial: Anderson Vieira
Vendas Governamentais: Cristiane Mutüs
Gerência Comercial: Claudio Lima
Gerência Marketing: Andréa Guatiello

Produtoras da Obra: Illysabelle Trajano & Mallu Costa
Assistente da Obra: Milena Soares
Tradução: Giovanna Chinellato
Copidesque: Natália Pacheco
Revisão: Denise Himpel & Vivian Sbravatti
Diagramação: Natalia Curupana
Capa: Marcelli Ferreira

Rua Viúva Cláudio, 291 — Bairro Industrial do Jacaré
CEP: 20.970-031 — Rio de Janeiro (RJ)
Tels.: (21) 3278-8069 / 3278-8419
www.altabooks.com.br — altabooks@altabooks.com.br
Ouvidoria: ouvidoria@altabooks.com.br

I think he did it, but I just can't prove it.

— Taylor Swift, *No Body, No Crime*

O lago é mais escuro do que um caixão com a tampa fechada.

É isso que Marnie costumava dizer, quando éramos crianças e ela estava constantemente tentando me assustar. É um exagero, com certeza. Mas não por muito. A água do Lago Greene é escura, mesmo com a luz reluzindo sobre ela.

Um caixão com um furo na tampa.

De fora da água, dá para ver com clareza pouco mais de um palmo sob a superfície antes que comece a ficar nebuloso. Então barrento. Então escuro como um túmulo. É pior quando se está completamente submerso, o tremular da luz que vem de cima é um contraste forte com as trevas das profundezas abaixo.

Quando éramos crianças flutuando para cima e para baixo no meio do lago, Marnie sempre me desafiava a nadar para além do ponto de visibilidade até tocar o fundo. Eu tentei várias vezes, mas nunca consegui. Perdida no escuro, sempre ficava desorientada, me virava, nadava para cima achando que estava indo para baixo. Eu submergia sem fôlego, confusa, e um tanto perturbada com a diferença entre água e céu.

Na superfície, era dia ensolarado.

Logo abaixo, a noite aguardava.

À margem, cinco casas pairam ao lado das águas escuras do Lago Greene, variando entre o confortavelmente tradicional e o visivelmente moderno. No verão, quando o estado das Montanhas Verdes está no ápice de seu esplendor e cada casa fica abarrotada de amigos, familiares e pessoas que passam o final de semana, elas brilham como faróis sinalizando um porto seguro. Através das janelas, é possível ver cômodos bem iluminados cheios de gente comendo e bebendo, rindo e discutindo, jogando e compartilhando segredos.

Tudo muda fora de temporada, quando as casas ficam silenciosas. Primeiro, durante a semana, depois, aos sábados e domingos também. Não que estejam vazias. Longe disso. O outono atrai as pessoas a Vermont tanto quanto o verão. Mas a energia é outra. Silenciada. Solene. Em meados de outubro, parece que a escuridão da água transbordou para a margem e inundou as casas, enfraquecendo suas luzes.

Isso é especialmente verdade quando se trata da casa do outro lado do lago.

Feita de vidro, aço e pedras, ela reflete a água gelada e o céu cinzento de outono, usando-os para mascarar o que quer que esteja acontecendo em seu interior. Quando as luzes estão acesas, é possível ver para além da superfície, mas há um limite. É como o lago nesse sentido. Não importa o quanto você olhe, algo pouco abaixo da superfície vai sempre continuar oculto.

Eu sei.

Eu tenho observado.

AGORA

Encaro a detetive do outro lado da mesa. Há uma caneca de café intocada à minha frente. A fumaça que sobe da bebida dá à mulher um ar translúcido de mistério. Não que ela precise de ajuda para isso. Wilma Anson carrega uma tranquilidade inexpressiva que raramente muda. Mesmo a esta hora da noite e ensopada de chuva, ela permanece inabalável.

— Você observou a casa dos Royce esta tarde? — pergunta.

— Sim. — Não tenho por que mentir.

— Viu algo incomum?

— Mais incomum do que tudo o que eu já vi?

Um assentir de cabeça por parte de Wilma.

— É isso o que eu estou perguntado.

— Não. — Desta vez, a mentira é necessária. Vi muito esta tarde. Mais do que jamais quis ver. — Por quê?

Uma rajada de vento bate nas portas largas que dão para a varanda dos fundos. Nós duas paramos um momento para observar as pequenas gotas que se chocam contra o vidro. A tempestade já está pior do que o apresentador do tempo anunciou na TV, e o que ele previu já era ruim. O final do furacão categoria 4 havia se transformado em uma tempestade tropical ao se virar de volta, bruscamente, como um boomerang, do interior para o Atlântico Norte.

Raro para meados de outubro.

Mais raro ainda para o leste de Vermont.

— Porque é possível que Tom Royce esteja desaparecido — diz Wilma.

Arranco minha atenção dos painéis de vidro molhados da porta para lhe lançar um olhar de surpresa. Ela encara de volta, serena como sempre.

— Tem certeza? — pergunto.

— Acabei de sair de lá. A casa está destrancada. Aquele carro chique dele ainda está na garagem. Parece que não tem nada faltando. Exceto por ele.

Eu foco de novo na porta da varanda, como se pudesse ver a casa dos Royce se erguer na margem oposta do lago. Tudo o que consigo identificar é a escuridão profunda e clarões da água arrebatada pelo vento num frenesi.

— Acha que ele fugiu?

— A carteira e as chaves dele estão no balcão da cozinha — responde Wilma. — É difícil fugir sem dinheiro ou um carro. Especialmente neste tempo. Então, duvido.

Percebo a escolha de palavras dela. *Duvido.*

— Talvez alguém tenha ajudado ele — sugiro.

— Ou talvez alguém fez ele desaparecer. Sabe algo sobre isso?

Meu queixo cai em surpresa:

— Você acha que eu tenho alguma coisa a ver com isso?

— Você invadiu a casa deles.

— Eu *entrei sem ser vista* — digo, na esperança de que a distinção amenize o crime aos olhos de Wilma. — E isso não significa que eu saiba onde Tom está agora.

Wilma continua em silêncio, esperando que eu diga mais e possivelmente me incrimine. Os segundos se arrastam. Muitos segundos. Todos anunciados pelo tique-taque do relógio-carrilhão de coluna na sala de estar, que age como uma batida em compasso ao fundo da música da tempestade. Wilma escuta, aparentemente sem pressa. Ela é uma maravilha de compostura. Suspeito que seu nome tenha muito a ver com isso. Se uma vida de piadas sobre os Flintstones ensina alguma coisa, é a ter uma paciência infinita.

— Presta atenção — diz ela, após o que parecem ser três minutos inteiros. — Sei que você está preocupada com Katherine Royce. E sei que quer encontrá-la. Eu também quero. Mas eu já disse que fazer as coisas por conta própria não vai ajudar. Deixa eu fazer o meu trabalho, Casey. É a nossa melhor chance de encontrar Katherine com vida. Então, se você sabe alguma coisa sobre o paradeiro do marido dela, por favor, me conta.

— Eu não faço ideia de onde Tom Royce possa estar. — Me inclino para frente, as palmas estendidas sobre a mesa, tentando invocar a mesma energia opaca que circunda Wilma. — Se não acredita em mim, fique à vontade para vasculhar a casa.

Wilma considera a proposta. Pela primeira vez desde que nos sentamos, consigo sentir as engrenagens da mente dela girando tão ritmadas quanto o relógio de coluna.

— Eu acredito em você — diz finalmente. — Por ora. Mas posso mudar de ideia a qualquer momento.

Parada na soleira, me certifico de observá-la ir embora quando ela parte, enquanto a chuva me dá bofetadas ao invadir a varanda da frente. No caminho da entrada, Wilma trota de volta ao seu sedan não identificado e desliza para trás do volante. Eu aceno conforme ela dá ré, espirra água da poça que não existia uma hora antes e acelera pela rua.

Fecho a porta da frente, chacoalho o excesso de chuva e vou até a cozinha, onde me sirvo de uma boa dose de bourbon. Essa nova reviravolta exige um incentivo que café não tem como oferecer.

Lá fora, outra rajada de vento atinge a casa. Os beirais rangem e as luzes piscam.

Sinais de que a tempestade está piorando.

Final do furacão uma ova.

Com o copo de bourbon na mão, subo as escadas em direção ao primeiro quarto à direita.

Ele está exatamente como o deixei.

Espalhado sobre a cama de solteiro.

Os pulsos amarrados à cabeceira e os tornozelos, aos pés da cama.

Toalha enfiada na boca para servir de mordaça.

Tiro a toalha, me sento na cama idêntica do outro lado do cômodo e dou um grande e lento gole no bourbon.

— Estamos ficando sem tempo — digo. — Agora me fala o que você fez com a Katherine.

ANTES

Eu vejo com o canto do olho.

Algo na superfície.

Ondinhas.

A luz do sol.

Algo se erguendo da água, então afundando de novo.

Tenho observado o lago sem prestar atenção, o que tende a acontecer quando se vê a mesma coisa um milhão de vezes. Olhar, mas não de verdade. Ver tudo, sem registrar nada.

O bourbon pode ter algo a ver com isso.

Estou no terceiro.

Talvez quarto.

Contar as doses, outra coisa que faço sem prestar atenção.

Mas o movimento da água agora tem meu foco total. Me levantando da cadeira de balanço sobre pernas instáveis depois de três (ou quatro) drinks no dia, observo a superfície vitrificada do lago se romper mais uma vez em círculos tingidos pelo sol.

Aperto os olhos, tentando superar a névoa do bourbon por tempo o suficiente para ver o que é. Inútil. O movimento é bem no centro do lago, longe demais para enxergar com clareza.

Deixo a varanda de trás da casa, entro e me apresso ao abarrotado hall logo depois da porta de entrada. Há um cabideiro ali, enterrado sob jaquetas impermeáveis e capas de chuva. Entre elas, está um binóculo em uma bolsinha de couro, pendurado por uma tira desgastada, intocado por mais de um ano.

Com o instrumento em mãos, volto à varanda e me posiciono atrás do parapeito, correndo os olhos pelo lago. As ondulações reaparecem, e, ao centro, uma mão emerge da água.

O binóculo cai no chão.

Eu penso: *Alguém está se afogando.*

Eu penso: *Preciso salvá-los.*

Eu penso: *Len.*

Este último pensamento, de meu marido, de como ele morreu naquelas mesmas águas profundas, me impulsiona a agir. Eu me afasto do parapeito, e o movimento faz balançar os cubos de gelo no copo de bourbon ao lado da cadeira de balanço. Eles tilintam levemente conforme deixo a varanda, desço correndo os degraus e disparo pelos poucos metros de chão coberto de musgo entre a casa e a água. O deque de madeira se mexe quando salto sobre ele e continua a tremer conforme corro até a lancha, que está no fim. Desamarro-a, entro cambaleante, pego um remo e empurro a doca.

A lancha gira por um momento, dando uma pirueta nada elegante sobre a água antes que eu a estabilize com o remo. Assim que a frente está voltada para o centro do lago, aciono o motor de popa com um puxão de doer o braço. Cinco segundo depois, o barco está deslizando pela água, em direção ao lugar onde vi as ondulações concêntricas pela última vez, mas agora não enxergo nada.

Começo a ter esperanças de que o que vi tenha sido apenas um peixe saltando para fora da água. Ou uma ave, uma mobelha talvez, mergulhando para dentro. Ou de que o sol, o reflexo do céu sobre o lago, e várias doses de bourbon me tenham feito ver algo que não estava realmente lá.

Vã esperança.

Porque, conforme a lancha se aproxima do centro do lago, vejo algo na água.

Um corpo.

Boiando na superfície.

Imóvel.

Desligo o motor e corro para a frente do barco, para ver melhor. Não sei dizer se a pessoa está com o rosto para cima ou para baixo, viva ou morta. Tudo o que vejo são as sombras de membros esticados na água e uma confusão de fios de cabelo flutuando como algas. Vem à minha mente a imagem de Len na mesma posição, e grito em direção à margem:

— Socorro! Alguém está se afogando!

As palavras ecoam pelas árvores douradas como chamas dos dois lados do lago, provavelmente não ouvidas por ninguém. É outubro, e o Lago Greene, nunca muito cheio, para começo de conversa, está praticamente abandonado. O único morador fixo é Eli, e ele só volta à noite. Se há mais alguém por perto, não se manifesta.

Estou sozinha.

Pego o remo de novo e começo a avançar em direção à pessoa na água. Uma mulher, percebo agora. Seu cabelo é comprido. Um maiô expõe costas bronzeadas, pernas longas, braços torneados. Ela flutua como um tronco, balançando gentilmente com a chegada da lancha.

Outra imagem de Len surge em minha mente conforme cambaleio até a âncora amarrada a um dos cunhos do casco. A âncora não é pesada, tem apenas 10 quilos, mas é o suficiente para evitar que o barco se afaste. Derrubo-a na água, e sua corda sibila contra a lateral da lancha enquanto desce até o fundo do lago.

A seguir, pego um colete salva-vidas de debaixo de um dos assentos, avanço até a lateral e me junto à âncora na água. Entro no lago de forma estranha. Não é um mergulho gracioso. É mais um tombar de lado. Mas a água gelada me deixa sóbria como se fosse um tapa. Com os sentidos afiados e o frio ferroando o corpo, enfio o colete salva-vidas debaixo do braço esquerdo e uso o direito para remar até a mulher.

Sou uma boa nadadora, mesmo parcialmente bêbada. Cresci no Lago Greene e passei muitos dias de verão mais dentro da água do que fora. E, mesmo que tenham se passado mais de catorze meses desde que mergulhei no lago pela última vez, a água me é tão familiar quanto minha própria cama. Gelada, até nos dias mais quentes, e translúcida como cristal por um breve instante até que a escuridão tome conta.

Espirrando água na direção da mulher que flutua, procuro por sinais de vida.

Nada.

Nenhum movimento dos braços, chute dos pés ou lento virar de cabeça.

Um único pensamento ecoa pelo meu crânio conforme a alcanço. Parte implorando, parte rezando.

Por favor, não esteja morta. Por favor, por favor, esteja viva.

Mas, quando engancho o colete salva-vidas ao redor do pescoço dela e a viro para cima, não parece estar viva. Envolta pelo colete e com a cabeça tombada em direção ao céu, parece um cadáver. Olhos fechados. Lábios azuis. Pele fria. Fecho as tiras na base do colete, apertando-as ao redor dela, e estico a mão sobre seu peito.

Zero batimentos.

Merda.

Quero gritar por ajuda de novo, mas não tenho fôlego para fazer as palavras saírem. Mesmo bons nadadores têm um limite, e cheguei ao meu. A exaustão me arrasta como uma maré, e sei que mais alguns minutos batendo pernas e braços ao lado de uma mulher talvez/possivelmente morta podem acabar me deixando no mesmo estado que ela.

Coloco um braço ao redor de sua cintura e uso o outro para nadar de volta ao barco. Não faço ideia do que farei ao alcançá-lo. Me apoiar na lateral, imagino. Segurar firme enquanto seguro também a mulher provável/definitivamente morta e torcer para recuperar forças o suficiente nos pulmões para gritar de novo.

E que desta vez alguém irá me ouvir.

Neste momento, entretanto, minha maior preocupação é voltar à lancha. Não pensei em pegar um colete salva-vidas para mim mesma, e agora minhas braçadas estão cada vez mais lentas, e meu coração está martelando, e não consigo mais sentir as pernas batendo, embora ache que ainda estejam. A água está tão gelada e sinto tanto frio... Estou tão assustadora e insuportavelmente exausta que, por um momento, considero pegar o colete salva-vidas da mulher para mim e deixá-la deslizar para as profundezas.

Instinto de sobrevivência se manifestando.

Não posso salvá-la sem salvar a mim mesma primeiro, e pode ser que ela já esteja além do ponto de resgate. Mas então penso de novo em Len, morto há mais de um ano agora, seu corpo encontrado estirado à margem deste mesmo lago. Não posso deixar que o mesmo aconteça com esta mulher.

Então continuo meu nado de um braço só, bater de pernas anestesiadas e puxar do que agora tenho certeza que é um cadáver. Continuo até que a lancha esteja a 3 metros.

Então dois.

Um.

Ao meu lado, o corpo da mulher tem de súbito um espasmo. Um sobressalto chocante. Desta vez, eu solto *de fato*, meu braço recua com o espanto.

Os olhos da mulher se abrem.

Ela tosse. Uma série de sons longos, altos e engasgados. Um jato de água se lança de sua boca e desce por seu queixo enquanto uma linha de muco escorre de sua narina esquerda até a bochecha. Ela a limpa e olha fixo para mim, confusa, sem ar e apavorada.

— O que acabou de acontecer?

— Não entre em pânico — digo, lembrando de seus lábios roxos, pele fria como gelo, sua rigidez completa e desconcertante. — Mas acho que você quase se afogou.

Nenhuma de nós fala de novo até estarmos ambas em segurança, na lancha. Não havia tempo para palavras enquanto eu me içava, chutava e escalava a lateral até conseguir me jogar no chão do barco como um peixe recém-pescado. Colocar a mulher a bordo foi ainda mais difícil, considerando como sua experiência de quase morte havia lhe drenado todas as forças. Foi preciso tanto puxar e erguer da minha parte que, quando ela finalmente subiu na lancha, eu estava exausta demais para me mexer, que dirá falar.

Mas, agora, depois de alguns minutos de respiração ofegante, nos erguemos aos assentos. A mulher e eu encaramos uma a outra, em estado de choque pela situação toda e satisfeitas em poder descansar alguns minutos enquanto nos restabelecemos.

— Você disse que eu *quase* me afoguei — diz ela.

Ela está enrolada em um cobertor xadrez que encontrei debaixo de um dos assentos da lancha, o que lhe dá a aparência de um gatinho resgatado de um bueiro. Acabada, vulnerável e agradecida.

— Sim — falo enquanto torço a água de minha camisa flanelada. Como só tem um cobertor a bordo, continuo ensopada e com frio. Não me importo. Não sou eu quem precisava de socorro.

— Defina *quase*.

— Sinceramente? Achei que você estivesse morta.

Debaixo do cobertor, a mulher tem um calafrio.

— Meu Deus.

— Mas eu estava errada — acrescento, tentando amenizar seu choque evidente. — É claro. Você voltou sozinha. Não fiz nada.

A mulher se revira em seu assento, revelando de relance um brilhante maiô enterrado debaixo da coberta. Azul-turquesa. Tão tropical. E tão inadequado para o outono em Vermont que me faz pensar como foi que ela sequer veio parar aqui. Se me dissesse que alienígenas a teletransportaram de uma praia de areia branca em Seicheles até o Lago Greene, eu quase acreditaria.

— Mesmo assim, tenho certeza de que eu teria morrido se você não tivesse me visto — diz ela. — Então obrigada por me resgatar. E eu deveria ter dito isso antes. Tipo, imediatamente.

Respondo com um modesto dar de ombros:

— Não vou guardar rancor.

A mulher ri e com isso se enche de vida de uma forma que afasta todos os traços da pessoa que encontrei flutuando na água. A cor voltou ao seu rosto, um corar rosado que ressalta suas bochechas altas, lábios grossos, sobrancelhas finas. Seus olhos cinza-esverdeados são grandes e expressivos, e seu nariz é levemente torto, uma imperfeição charmosa em meio a toda aquela perfeição. Ela é linda, mesmo enrolada num cobertor e pingando água do lago.

Ela me pega encarando-a e diz:

— A propósito, meu nome é Katherine.

Só então percebo que a conheço. Não pessoalmente. Nunca nos encontramos, não que eu me lembre. Mas a reconheço mesmo assim.

Katherine Royce.

Ex-supermodelo.

Atual filantropa.

E, com o marido, dona da casa diretamente do outro lado do lago. Estava desocupada da última vez que estive aqui, à venda por mais de 5 milhões de dólares. Foi manchete de jornal quando foi vendida durante o inverno, não só por causa de quem comprou a casa, mas também por conta de onde fica.

Lago Greene.

O refúgio em Vermont da amada ícone dos musicais Lolly Fletcher.

E o lugar onde o marido da problemática atriz Casey Fletcher se afogou tragicamente.

Não é a primeira vez que esses adjetivos são usados para descrever minha mãe e eu. São empregados com tanta frequência que se tornaram quase nossos primeiros nomes. Amada Lolly Fletcher e Problemática Casey Fletcher. Uma dupla de mãe e filha para entrar para a história.

— Sou Casey — apresento-me.

— Ah, eu sei — responde Katherine. — Meu marido Tom e eu pensamos em passar para falar oi quando chegamos ontem à noite. Somos grandes fãs, os dois.

— Como vocês sabiam que eu estava aqui?

— A luz acesa — explica, apontando para a casa do lago que está na minha família há gerações.

Não é a maior do Lago Greene — essa honra vai para a nova casa de Katherine —, mas é a mais antiga. Foi construída pelo meu tataravô, em 1878, e renovada e ampliada a cada 50 anos mais ou menos. Da água, sua aparência é adorável. Perto da margem, alta e imponente atrás de um muro de contenção feito com pedras da montanha, é quase uma paródia da tradição da Nova Inglaterra. Dois andares totalmente brancos com frontões, treliças e beirais recortados. Metade da casa é paralela à água, tão perto que a varanda que a circunda fica praticamente sobre o próprio lago.

Era ali onde eu estava sentada nesta tarde quando vi Katherine se debatendo na água.

E onde eu estava sentada na noite anterior, bêbada demais para notar a chegada do famoso casal que agora é dono da casa diretamente do outro lado do lago.

A outra metade da propriedade da minha família se estende por pouco mais de 9 metros, formando um pequeno pátio. Lá no alto, no último andar da casa, uma fileira de janelas oferece uma vista perfeita do quarto principal. Neste momento, no meio da tarde, as janelas estão escondidas à sombra dos pinheiros. Porém, à noite, suspeito que sua luz seja tão brilhante quanto a de um farol costeiro.

— O lugar estava escuro o verão todo — diz Katherine. — Quando Tom e eu vimos as luzes noite passada, imaginamos que fosse você.

Ela cuidadosamente evita mencionar *por que* presumiram que fosse eu, e não, digamos, minha mãe.

Sei que eles conhecem minha história.

Todo mundo conhece.

A única alusão que Katherine faz a meus problemas recentes é um carinhoso e preocupado:

— E como você está? É difícil, o que está passando. Precisar lidar com tudo aquilo.

Ela se inclina para frente e toca meu joelho, um gesto surpreendentemente íntimo para alguém que acabei de conhecer, mesmo considerando que provavelmente salvei sua vida.

— Estou fantástica — digo, porque admitir a verdade seria me abrir para falar sobre *tudo aquilo*, para usar a expressão de Katherine.

Não estou pronta para isso ainda, mesmo que tenha se passado mais de um ano. Parte de mim acha que nunca estarei pronta.

— Que ótimo! — exclama Katherine, com um sorriso tão radiante quanto o sol. — Me sinto mal por quase estragar isso, sabe... me afogando.

— Se servir de consolo, causou uma baita primeira impressão.

Ela ri. Graças a Deus. Meu senso de humor tem sido descrito como seco por alguns, cruel por outros. Prefiro pensar como questão de gosto, como a azeitona no fundo de um martini. Ou você gosta, ou não gosta.

Parece que Katherine gosta. Ainda sorrindo, ela diz:

— Pior que nem sei como foi que aconteceu. Sou uma excelente nadadora. Sei que não parece agora, mas é verdade, eu juro. Acho que a água estava mais fria do que imaginei, e me deu cãibras.

— Estamos no meio de outubro. O lago está congelante nesta época.

— Ah, eu amo nadar no frio. Participo do Polar Plunge todo Ano-Novo.

Assinto com a cabeça. É claro que ela participa.

— É para a caridade.

Assinto de novo. É claro que é.

Devo ter feito uma careta, porque ela diz:

— Desculpe. Pareceu que eu estava me gabando, não é?

— Um pouco — admito.

— Droga. Não foi a intenção. Simplesmente acontece. É o oposto de falsa modéstia. Deveria existir uma palavra para quando a gente acidentalmente se faz parecer melhor do que realmente somos.

— Falsa vaidade?

— Uhn, gostei. — Katherine dá uma risadinha. — É isso o que sou, Casey. Uma falsa vaidosa irremediável.

Meu primeiro instinto é desgostar de Katherine Royce. Ela é o tipo de mulher que parece existir apenas para fazer o resto de nós se sentir inferior. Mesmo assim, fico encantada com ela. Talvez seja pela situação estranha em que estamos: a resgatada e a que resgatou, sentadas em uma lancha, numa bela tarde de outono. A coisa toda tem uma energia surreal à la *A Pequena Sereia*. Como se eu fosse um príncipe aficionado por uma sirena que acabei de tirar do mar.

Parece que não existe nada de falso em Katherine. Ela é bonita, sim, mas de uma maneira realista. Mais como a garota da casa ao lado do que como uma musa grega intimidadora. Betty *e* Veronica treinando um sorriso de autodepreciação. Convinha-lhe bem em seus dias de modelo. Em um mundo em que a norma é uma expressão de tédio irritado, Katherine se destacava.

Fiquei sabendo dela pela primeira vez há sete anos, quando estava trabalhando em uma peça da Broadway num teatro na 46th Street. Um pouco para baixo da quadra, no coração da Times Square, havia um outdoor gigante de Katherine em um vestido de noiva. Apesar do traje, das flores, da pele bronzeada, ela não era uma noiva tímida. Em vez disso, estava fugindo, chutando os saltos para longe e correndo pela grama verde-esmeralda enquanto o noivo abandonado e os convidados chocados observavam, impotentes, ao fundo.

Eu não sabia se o anúncio era de um perfume, vestidos de noiva ou vodca. Na verdade, não me importava. O que prendia minha atenção toda vez que via o outdoor era a expressão no rosto da mulher. Com os olhos brilhando e o sorriso largo, ela parecia absolutamente feliz, aliviada, surpresa. Uma mulher transbordando de alegria por estar desmantelando toda sua existência com um único gesto.

Eu me identificava com aquela expressão.

Ainda me identifico.

Só depois que a peça encerrou e eu continuei vendo a foto da mulher por todo lugar que eu liguei um nome ao rosto.

Katherine Daniels.

As revistas a chamavam de Katie. Os estilistas que fizeram dela sua musa a chamavam de Kat. Ela desfilava pelas passarelas para a Yves Saint Laurent, brincava despreocupada na praia para a Calvin Klein e rolava em lençóis de seda para a Victoria's Secret.

Então se casou com Thomas Royce, fundador e CEO de uma rede social, e parou de trabalhar como modelo. Me lembro de ver a foto do casamento deles na revista *People* e me surpreender. Eu esperava que Katherine tivesse a mesma aparência daquele outdoor. A personificação da liberdade. Em vez disso, costurada em um vestido Vera Wang e segurando o braço do marido, esboçava um sorriso tão apertado que eu quase não a reconheci.

Agora está aqui, na minha lancha, sorrindo livremente, e sinto uma estranha pontada de alívio pela mulher daquele outdoor não ter desaparecido completamente.

— Posso fazer uma pergunta muito pessoal, muito enxerida? — pergunto.

— Você acabou de salvar minha vida — diz Katherine. — Eu seria muito arrogante se dissesse não agora, não acha?

— É sobre os seus dias de modelo.

Katherine me interrompe com uma mão erguida.

— Você quer saber por que eu parei.

— É, algo por aí — digo, acrescentando um culpado dar de ombros. Eu me sinto mal por ser tão óbvia, sem falar em trivial. Poderia ter feito um milhão de perguntas, mas em vez disso fiz justo a que mais fazem a ela.

— A versão longa é que é muito menos glamouroso do que parece. A carga horária era pesada, e a dieta era torturante. Imagina não poder comer uma única fatia de pão por um ano.

— Sinceramente, não consigo imaginar.

— Só isso já era motivo suficiente para parar. É o que às vezes eu falo para as pessoas. Simplesmente olho nos olhos delas e digo: "Parei porque queria comer pizza." Mas, a pior parte, de verdade, era ter o foco todo na minha aparência. Todo aquele monte de maquiagem e objetificação. Ninguém se importava com o que eu dizia. Ou pensava. Ou sentia. De repente cansei, era demais. Não me leve a mal, pagava bem. Tipo, *insanamente* bem. E as roupas eram incríveis. Tão lindas. Obras de arte, todas elas. Mas parecia errado. As pessoas estão sofrendo. Crianças, morrendo de fome. Mulheres, feitas de vítimas. E lá estava eu, desfilando pela passarela em vestidos que custam mais do que a maioria das famílias ganha em um ano. Era macabro.

— É bem parecido com ser atriz. — Faço uma pausa. — Ou um cavalo de exposição.

Katherine dá uma risada de porquinho, e decido naqueles exatos momento e lugar que de fato gosto dela. Somos muito parecidas em vários aspectos. Famosas por motivos que nos deixam um tanto desconfortáveis. Ridiculamente privilegiadas, mas conscientes o bastante para perceber isso. Desejando ser vistas para além do que as pessoas veem em nós.

— Enfim, essa é a história longa — diz ela. — Conto só para quem me salva de me afogar.

— Qual a versão curta?

Katherine afasta o olhar, para o outro lado do lago, onde sua casa domina a margem.

— Tom queria que eu parasse.

Uma expressão sombria percorre seu rosto. É breve, como a sombra de uma nuvem na água. Espero que ela diga mais alguma coisa sobre o marido e por que ele faria um pedido desses. Em vez disso, o queixo de Katherine cai, e ela começa a tossir.

Forte.

Muito mais forte do que antes.

Estes são movimentos profundos, roucos, altos o suficiente para ecoar pela água. A coberta cai, e Katherine se abraça até a crise passar. Parece assustada quando acaba. Outra sombra de uma nuvem percorre seu rosto, e por um segundo ela não faz ideia do que acabou de acontecer. Mas então a sombra desaparece, e ela abre um sorriso tranquilizador.

— Bom, isso não foi muito elegante.

— Está tudo bem?

— Acho que sim. — As mãos de Katherine tremem quando ela puxa o cobertor de volta para os ombros arrepiados. — Mas provavelmente está na hora de ir para casa.

— Claro, claro. Você deve estar congelando.

Eu certamente estou. Agora que a adrenalina de minha tentativa de bancar a heroína passou, um frio cruel me domina. Meu corpo treme conforme ergo a âncora do fundo do lago. A corda toda, todos os 15 metros dela, está encharcada de se estender debaixo d'água. Quando termino, meus braços estão tão exaustos que me custam vários puxões para conseguir ligar o motor.

Começo a direcionar a lancha para a casa dela. É uma anomalia no lago, no sentido de ser a única construída após os anos 1970. O que antes estivera ali era um bangalô perfeitamente aceitável dos anos 1930, cercado por pinheiros altos.

Vinte anos atrás, o bangalô foi removido. Assim como os pinheiros.

Agora, em seu lugar, há uma monstruosidade angular que se ergue da terra como um pedaço de rocha. O lado que dá para o lago é quase completamente de vidro, do amplo e desconexo rodapé até a ponta do telhado triangular. Durante o dia, é impressionante, mesmo que um tanto tediosa. O equivalente imobiliário de uma vitrine sem produtos expostos.

À noite, porém, quando os cômodos estão acesos, assume a aparência de uma casa de bonecas. Cada quarto fica visível. A cozinha, reluzente. Sala de jantar, brilhante. Ampla sala de estar que percorre toda extensão do pátio de pedras atrás da casa, que leva à beirada do lago.

Entrei apenas uma vez, quando Len e eu fomos convidados para jantar pelos proprietários anteriores. Era uma sensação estranha estar atrás de todo aquele vidro. Como um espécime em uma placa de Petri.

Não que haja muita gente observando ao redor. Para um lago, o Lago Greene é pequeno. Um quilômetro e meio de extensão e meio de largura em alguns pontos, sozinho, no meio de um trecho de floresta densa no oeste de Vermont. Formou-se no final da Era do Gelo, quando uma geleira a caminho do interior decidiu deixar um pedaço de si para trás. O gelo derreteu, cavando um buraco na terra no qual a água eventualmente se alojou. O que o torna basicamente uma poça. Muito grande, muito funda e muito adorável de se olhar, mas uma poça mesmo assim.

Também é reservado, o que é seu grande atrativo. A água só é acessível por uma das docas residenciais, que são poucas. Há apenas cinco casas, graças ao tamanho dos lotes e à falta de mais terras adequadas para construir. O lado norte é composto por uma floresta protegida. O sul é uma encosta íngreme e rochosa. No meio, ficam as casas, duas de um lado, três do outro.

É neste último que Katherine mora. Sua casa é alta e imponente, entre duas estruturas mais antigas e modestas. À esquerda, por pouco menos de 100 metros de margem, fica a residência Fitzgerald. Ele está no ramo bancário. Ela brinca com antiguidades. Eles chegam à sua charmosa cabana no Memorial Day e vão embora no Labor Day, deixando o lugar vazio pelo resto do ano.

À direita da casa dos Royce, fica a morada decrépita de Eli Williams, um escritor de romances que era famoso nos anos 1980 e não tão famoso agora. A casa dele lembra um chalé suíço — três andares de madeira rústica com pequenas sacadas nos pisos superiores e venezianas vermelhas nas janelas. Como minha família, Eli e a esposa passavam os verões no Lago Greene. Quando ela morreu, Eli vendeu a propriedade deles em Nova Jersey e se mudou definitivamente para cá. Como único morador fixo do lago, agora fica de olho nas outras casas quando todos os outros estão fora.

Não há luzes acesas na casa de Katherine, fazendo com que as paredes de vidro reflitam o lago como um espelho. Percebo o relance distorcido de nós duas na lancha, nossos reflexos balançando como se fôssemos feitas de água.

Quando atraco o barco na doca da propriedade, Katherine se inclina para frente e toma minhas mãos geladas nas suas.

— Obrigada mais uma vez. Você realmente salvou a minha vida.

— Não há de quê. Além disso, eu seria uma pessoa horrível se ignorasse uma supermodelo em perigo.

— *Ex*-supermodelo.

Ela tosse de novo. Quase um latido, único, rouco.

— Você vai ficar bem? — pergunto. — Precisa de um médico ou algo assim?

— Estou bem. Tom volta logo. Até lá, acho que vou tomar um banho quente e tirar um bom cochilo.

Ela sobe na doca e percebe que meu cobertor continua sobre os seus ombros.

— Céus, me esqueci completamente disso.

— Fique com ele por enquanto. Você precisa mais do que eu.

Katherine assente em agradecimento e começa a andar em direção à casa. Embora eu não ache que seja intencional, ela caminha pelo deque como se estivesse desfilando em uma passarela. Sua passada é ampla, suave, elegante. Ela pode ter se cansado do mundo da moda, e com razão, mas a forma como se mexe é um dom. Ela tem a leveza natural de um fantasma.

Quando chega à casa, ela se vira de volta para mim e acena com a mão esquerda.

Só então percebo algo estranho.

Katherine mencionou o marido várias vezes, mas, por ora, pelo menos, não está usando uma aliança.

Meu telefone está tocando quando volto à casa do lago, seu chiado irritado é audível conforme subo os degraus da varanda. Como estou molhada, cansada e gelada até os ossos, meu primeiro instinto é ignorar. Mas então vejo quem está ligando.

Marnie.

A maravilhosa, sarcástica e paciente-para-além-da-conta Marnie.

A única pessoa que ainda não está completamente de saco cheio dos meus problemas, o que provavelmente tem a ver com o fato de ser minha prima. E melhor amiga. E agente, embora hoje com certeza esteja no modo amiga.

— Esta não é uma ligação de negócios — anuncia ela quando eu atendo.

— Imaginei que não fosse — respondo, sabendo que não há negócio algum sobre o qual falar. Não agora. Talvez nunca mais.

— Só queria saber como está o velho pântano.

— Está falando de mim ou do lago?

— Ambos.

Marnie finge ter uma relação de amor e ódio com o Lago Greene, embora eu saiba que é só amor. Quando éramos crianças, passávamos todos os verões juntas, aqui, nadando, andando de canoa e passando metade da noite acordadas enquanto ela contava histórias de terror.

— Você sabe que o lago é assombrado, não sabe? — sempre começava ela, encolhida no pé da cama do quarto que compartilhávamos, com as pernas bronzeadas esticadas, os pés descalços e apoiados no teto baixo.

— É estranho estar de volta — falo conforme me jogo em uma cadeira de balanço. — Triste.

— Naturalmente.

— E solitário.

Este lugar é grande demais para uma pessoa só. Começou pequeno, uma mera cabana em um lago afastado. Conforme os anos se passaram e acréscimos foram feitos, se tornou algo pensado para acomodar várias gerações. Parece tão vazio agora que sou só eu. Noite passada, quando me vi acordada às duas da madrugada, fiquei vagando de quarto em quarto, perturbada por todo aquele espaço desocupado.

Terceiro andar. Os quartos. Cinco no total, variando em tamanho da grande suíte master, com seu banheiro privativo, e o pequeno quartinho com teto inclinado e duas camas onde Marnie e eu dormíamos quando crianças.

Segundo andar. Área de convívio principal, um labirinto de salas confortáveis interconectadas. A primeira, com sua grande lareira de pedras e um cantinho de leitura coberto de travesseiros sob as escadas. A segunda, amaldiçoada com a cabeça de um alce na parede que me perturbava quando criança e ainda perturba na idade adulta. É onde fica a única televisão da casa, que é o motivo de eu não assistir muita TV quando estou aqui. Sempre parece que o alce está estudando cada movimento meu.

A seguir, vem a biblioteca, um lugar adorável e frequentemente negligenciado porque as janelas dão apenas para árvores, e não para o lago em si. Depois dela, há uma série de cômodos de utilidades: lavanderia, lavabo, cozinha, sala de jantar.

Envolta ao redor de tudo, como um laço em um presente, está a varanda. Cadeiras de vime na frente e de madeira e balanço nos fundos.

Primeiro andar. O porão e a saída. O único lugar onde me recuso a ir. Mais do que qualquer outra parte da casa, me faz pensar em Len.

— É normal se sentir sozinha — diz Marnie. — Você vai se acostumar. Tem mais alguém no lago, fora o Eli?

— Na verdade, tem. Katherine Royce.

— A modelo?

— Ex-modelo — corrijo, me lembrando do que Katherine disse quando estava saindo da lancha. — Ela e o marido compraram a casa do outro lado do lago.

— Férias com as celebridades em Lago Greene, Vermont! — diz Marnie em sua melhor voz de apresentadora de TV. — Ela foi arrogante? Na minha cabeça, modelos sempre são arrogantes.

— Ela foi um amor, na verdade. Mas pode ser que tenha sido porque salvei ela de se afogar.

— *Sério?*

— Sério.

— Se os paparazzi estivessem por perto na hora, suas perspectivas de carreira seriam bem diferentes agora.

— Achei que não fosse uma ligação de negócios.

— Não é — insiste ela. — É uma ligação de por-favor-se-cuide. Vamos lidar com negócios depois que você puder sair.

Suspiro.

— Isso depende da minha mãe. O que significa que nunca vou sair. Fui sentenciada à prisão perpétua.

— Vou conversar com Tia Lolly sobre liberdade condicional. Enquanto isso, você tem sua nova amiga modelo para fazer companhia. Conheceu o marido dela?

— Não tive esse prazer ainda.

— Ouvi dizer que ele é esquisito.

— Esquisito como?

Ela faz uma pausa, escolhendo a palavra cuidadosamente.

— Intenso.

— Estamos falando de intenso nível Tom Cruise pulando em um sofá? Ou intenso nível Tom Cruise pendurado de um avião?

— Sofá. Não, avião. Tem diferença?

— Não muita.

— Tom Royce é mais o tipo de cara que faz reuniões enquanto faz crossfit e nunca para de trabalhar. Você não usa o app dele, usa?

— Não.

Evito todos os tipos de redes sociais, que são basicamente sites de lixo nocivo com diferentes níveis de toxicidade. Já tenho problemas suficientes para lidar. Não preciso do estresse extra de ver completos desconhecidos dizerem o quanto me odeiam no Twitter. Além disso, não posso confiar em mim mesma para manter a compostura. Não consigo nem começar a imaginar o tipo de viagem que eu iria postar com seis drinks na veia. Melhor manter distância.

O empreendimento de Tom Royce é basicamente uma combinação de LinkedIn com Facebook. Mixer, se chama. Permite que profissionais formem conexões com base em seus bares, restaurantes, circuitos de golfe e destinos turísticos preferidos. O slogan é "Trabalho e diversão definitivamente se misturam".

Não na minha área. Só Deus sabe o quanto eu tentei.

— Ótimo — diz Marnie. — Isso não seria bom para a sua imagem pública.

— Mesmo? Eu acho que combina tanto!

A voz dela desce uma oitava. É o seu tom preocupado, que ouvi muito no último ano:

— Por favor, não brinque, Casey. Não com isso. Estou preocupada com você. E não como sua agente. Como amiga e família. Não consigo nem imaginar o que você está passando, mas não precisa lidar com isso sozinha.

— Estou tentando — digo, enquanto olho para a garrafa de bourbon que abandonei para salvar Katherine. Sou tomada pela urgência de dar um gole, mas sei que Marnie vai escutar se eu o fizer. — Só preciso de tempo.

— Então tire um tempo. Você está bem financeiramente. E uma hora essa loucura toda vai acabar. Só passe as próximas semanas focando em si mesma.

— Vou fazer isso.

— Ótimo. E me ligue se precisar de alguma coisa. Qualquer coisa.

— Vou fazer isso — repito.

Como da primeira vez, não estou falando sério. Não há nada que Marnie possa fazer para mudar a situação. A única pessoa que consegue me tirar dessa bagunça em que me meti sou eu.

Algo que não estou inclinada a fazer no momento.

Recebo outra ligação dois minutos depois de desligar com Marnie.

Minha mãe fazendo sua checagem diária das quatro da tarde.

Em vez do meu celular, ela sempre liga para o antigo telefone de disco na sala de TV, sabendo que seu chamado irritante torna mais provável que eu atenda. Ela tem razão. Nos três dias desde que voltei, tenho tentado ignorar aquele *trim-trim* insistente, mas sempre desisto antes do quinto toque.

Hoje, consigo aguentar até o sétimo antes de entrar e atender. Se não o fizesse, sei que ela continuaria ligando.

— Só quero saber como estão as coisas — diz minha mãe, que é exatamente o que ela falou ontem.

E antes de ontem.

— Está tudo bem — respondo, que é exatamente o que *eu* disse ontem.

E antes de ontem.

— E a casa?

— Também está bem. Por isso que eu usei a palavra *tudo*.

Ela ignora meu sarcasmo. Se tem uma pessoa nesta terra que não se afeta pelo meu sarcasmo, é Lolly Fletcher. Ela teve 36 anos de prática.

— E você tem bebido? — pergunta, o real motivo por trás de sua ligação diária.

— Claro que não.

Eu olho de relance para a cabeça de alce, que, de seu suporte na parede, me devolve um olhar vitrificado. Mesmo que esteja morto há mais de um século, não consigo afastar a sensação de que está me julgando por mentir.

— Eu espero mesmo que seja verdade — diz minha mãe. — Se for, por favor, continue assim. Se não, bom, não vou ter outra escolha além de mandar você para um lugar mais eficiente.

Reabilitação.

É isso o que ela quer dizer. Me enviar para algum lugar em Malibu com as palavras *Promessa* ou *Serenidade* ou *Esperança* no nome. Já estive em lugares assim antes e odiei. Que é o porquê de minha mãe sempre trazê-los à tona quando quer que eu me comporte. É a ameaça velada que ela nunca está disposta a revelar completamente.

— Você sabe que não é o que eu quero — acrescenta. — Só levaria a outra onda de publicidade negativa. E não consigo suportar a ideia de você passar pelo abuso daquelas malditas pessoas fofoqueiras mais do que já está passando.

Essa é uma das poucas coisas em que minha mãe e eu concordamos. Os fofoqueiros são realmente malditos. E, mesmo que chamar o que fazem de abuso seja exagerar um pouquinho, eles certamente são irritantes. O motivo pelo qual fui escondida no Lago Greene, e não no meu apartamento em Upper West Side, é para escapar dos olhares enxeridos dos paparazzi. Eles têm sido implacáveis. Esperando do lado de fora do meu prédio. Me seguindo até o Central Park. Acompanhando cada movimento meu e tentando me pegar com uma bebida na mão.

Finalmente cansei tanto de toda aquela observação constante que marchei até o bar mais próximo, me sentei do lado de fora, com um tradicional copo duplo, e virei de uma vez enquanto uma dúzia de câmeras clicavam sem parar. Na manhã seguinte, uma foto do momento apareceu na capa do *New York Post*.

"O Grande Porre de Casey" foi a manchete.

Naquela tarde, minha mãe apareceu à minha porta, com o motorista dela, Ricardo.

— Eu acho que você deveria passar um mês no lago, não concorda?

Apesar de ela ter dito em forma de pergunta, eu não tive direito de resposta. Seu tom deixou claro que eu iria, querendo ou não, que Ricardo me levaria e que eu não deveria nem sonhar em parar numa loja de bebida no caminho.

Então aqui estou, em confinamento solitário. Minha mãe jura que é para meu próprio bem, mas sei como ela funciona. Estou sendo punida. Porque, embora metade do que aconteceu não seja minha culpa, levo o crédito total pela outra metade.

Algumas semanas atrás, uma conhecida que edita memórias de celebridades me abordou sobre escrever a minha.

— A maioria das estrelas acha bastante catártico — argumentou ela.

Eu respondi que sim, mas só se eu pudesse chamar de *Como se Tornar uma Mina de Ouro para os Tabloides em Sete Passos Fáceis*. Ela achou que eu estava brincando, mas continuo fiel a esse título. Acho que as pessoas me entenderiam melhor se eu organizasse minha vida como instruções para montar um móvel.

Passo Um, claro, é ser a filha única da Amada Lolly Fletcher, ícone da Broadway, e Gareth Greene, um produtor um tanto tímido e quieto.

Minha mãe estreou na Broadway aos 19 anos. Tem trabalhado sem parar desde então. Principalmente no palco, mas também em filmes e televisão. O YouTube está transbordando de vídeos dela em *The Lawrence Welk Show*, *The Mike Douglas Show*, *Match Game*, várias dúzias de programas premiados. Ela é pequena, mal chega a um metro e meio de salto. Em vez de sorrir, ela brilha. Um reluzir de corpo todo que começa com seus lábios de cupido, se espalha para cima até os olhos cor de avelã e irradia para fora, para a audiência, envolvendo-os em uma aura hipnótica de talento.

E minha mãe *é* talentosa. Não se engane quanto a isso. Ela era, e ainda é, uma Estrela tradicional. Em seu auge, Lolly Fletcher dançava, atuava e soltava piadas melhor do que os melhores. E tinha uma voz poderosa que era um tanto assustadora vinda de uma mulher tão pequena.

Mas há um segredinho sobre minha mãe: por trás do brilho, dentro daquela pequena silhueta dela, existem nervos de aço. Nascida pobre em uma cidade produtora de carvão na Pensilvânia, Lolly Fletcher decidiu, ainda jovem, que seria famosa e que sua voz faria isso acontecer. Ela trabalhou duro, limpava estúdios em troca de aulas de dança, tinha três empregos no contraturno da escola para pagar um professor de canto, treinava por horas. Nas entrevistas, minha mãe alega nunca ter fumado ou bebido na vida. E eu acredito. Nada entraria na frente do seu sucesso.

E, quando chegou ao topo, trabalhou horrores para continuar lá. Lolly Fletcher nunca faltou a uma performance. O lema não oficial de nossa casa era "Por que se dar ao trabalho se não for para fazer o seu melhor?"

Minha mãe ainda dá o seu melhor todo santo dia.

Seus primeiros dois programas de televisão foram criados pelos Irmãos Greene, uma das maiores duplas produtoras da época. Stuart Greene era o homem da publicidade, impossível de se ignorar, centro das atenções. Gareth Greene era o pálido e imperturbável pão-duro. Os dois se apaixonaram imediatamente pela jovem Lolly, e a maioria das pessoas achou que ela escolheria o cara das relações públicas. Em vez disso, ficou com o contador vinte anos mais velho.

Passado um tempo, Stuart se casou com uma dançarina e teve Marnie.

Três anos depois disso, meus pais me tiveram.

Eu fui um bebê que chegou tarde. Minha mãe tinha 41 anos, o que sempre me fez pensar que meu nascimento foi uma distração. Algo para mantê-la ocupada enquanto estava num vácuo na carreira, velha demais para interpretar Eliza Doolittle ou Maria von Trapp, mas ainda a alguns anos de ser Sra. Lovett e Mama Rose.

Mas a maternidade era menos interessante para ela do que atuar. Em seis meses, estava de volta para trabalhar em um remake de *O Rei e Eu*, enquanto eu literalmente me tornei um bebê da Broadway. Meu berço ficava no camarim dela, e dei meus primeiros passos no palco, praticamente curtindo a vida sob o brilho da luz fraca do teatro vazio.

Por causa disso, minha mãe presumiu que eu seguiria seus passos. Na verdade, exigiu isso. Estreei atuando como a pequena Cosette quando ela trabalhou em *Os Miseráveis*, por seis meses, em Londres. Consegui o papel não porque sabia cantar ou dançar, ou porque era remotamente talentosa, mas porque o contrato de Lolly Fletcher assim determinava. Fui substituída depois de duas semanas por ficar insistindo que estava doente demais para continuar. Minha mãe ficou furiosa.

O que nos leva ao Passo Dois: revolta.

Depois do fiasco em *Os Miseráveis*, meu pai sensato me protegeu dos esquemas de minha mãe para me transformar numa estrela. Aí ele morreu quando eu tinha 14 anos, e eu me rebelei, o que significa "drogas" para uma adolescente rica que mora em Manhattan. E ir às boates onde elas são consumidas. E aos pós-festas, onde se consome mais.

Eu fumei.

Eu cheirei.

Eu coloquei pílulas cor de bala na língua e as deixei dissolver até não conseguir mais sentir o interior da minha boca.

E funcionou. Por algumas abençoadas horas, eu não ligava para o fato do meu pai estar morto, minha mãe se importar mais com a carreira do que comigo, todas as pessoas ao meu redor só estarem ali porque eu pagava pelas drogas e não ter amigos de verdade além de Marnie. Mas então eu era empurrada de volta para a realidade ao acordar no apartamento de um estranho onde eu nunca me lembrava de ter entrado. Ou no banco de trás de um táxi, com o amanhecer espiando entre os prédios de East River. Ou no vagão de um metrô com um homem em situação de rua dormindo no assento à frente e vômito na minha saia curta demais.

Minha mãe deu o seu melhor para lidar comigo. Eu reconheço. É só que o melhor dela consistia em simplesmente jogar dinheiro no problema. Ela fez tudo o que pais ricos tentam fazer com garotas problemáticas. Internatos, reabilitação e sessões de terapia nas quais eu roía as cutículas em vez de falar dos meus sentimentos.

Então um milagre aconteceu.

Eu melhorei.

Bom, eu fiquei entediada, o que levou à melhora. Quando cheguei aos 19 anos, as coisas estavam tão bagunçadas há tanto tempo que se tornou cansativo. Eu queria tentar algo novo. Queria *não* ser um caos completo. Larguei as drogas, as boates, os "amigos" que havia feito no caminho. Até frequentei a Universidade de Nova York por um semestre.

Enquanto estava lá, o Passo Três — outro milagre — aconteceu.

Virei atriz.

Nunca foi minha intenção seguir os passos de minha mãe. Depois de crescer no meio do entretenimento, eu não queria ter nada a ver com isso. Mas aí é que está: era o único mundo que eu conhecia. Então, quando uma colega de faculdade me apresentou para o pai, diretor de cinema, que perguntou se eu queria fazer um pequeno papel em seu próximo filme, eu disse "Por que não?"

O filme era bom. Fez bastante dinheiro, e eu fiz um nome para mim mesma. Não Casey Greene, que é meu nome de verdade. Insisti em ser creditada como Casey Fletcher, porque, sinceramente, quando se tem o tipo de herança que eu tenho, é meio estúpido não ostentar.

Consegui outro papel em outro filme. E mais outro depois desse. Para deleite de minha mãe e minha surpresa, me tornei o meu maior medo: uma atriz profissional.

Mas aí que é está, de novo: eu sou muito boa nisso.

Certamente não lendária, como minha mãe, que é realmente ótima no que faz. Mas aceito bem a direção, tenho uma presença decente e consigo dar novos ares ao mais cansativo diálogo. Como não sou classicamente bonita para o status de papel principal, normalmente sou a melhor amiga que dá suporte, a irmã desvairada, a empática colega de trabalho. Nunca serei a estrela que minha mãe é, o que nem é meu objetivo. Porém, tenho um *nome*. As pessoas me conhecem. Os diretores gostam de mim. Produtores de elenco me colocam em grandes papéis em pequenos filmes, pequenos papéis em grandes filmes e até atriz principal em uma *sitcom* que durou só treze episódios.

Não é a grandeza do papel que me interessa. É a personagem em si. Quero papéis complicados, interessantes, nos quais posso desaparecer.

Quando estou atuando, quero me tornar uma pessoa completamente diferente.

Por isso meu maior amor é o teatro. Irônico, eu sei. Acho que ter crescido nesse meio foi um tanto contagioso. Os papéis são melhores, isso com certeza. A última oferta de cinema que recebi foi para ser a mãe de um ator seis anos mais novo que eu em uma refilmagem de *Transformers*. A personagem tinha catorze falas. A última oferta para uma peça foi o papel principal em um suspense na Broadway com diálogos em todas as páginas.

Eu disse não para o filme, sim para a peça. Prefiro a energia palpável entre artista e público que só existe no teatro. Sinto-a toda vez que piso no palco. Dividimos o mesmo espaço, respiramos o mesmo ar, compartilhamos a mesma jornada emocional. E então acaba. A experiência toda é tão transitória quanto fumaça.

Meio que como a minha carreira, que está praticamente acabada, não importa o que Marnie diga.

Falando de coisas que não duram, bem-vindo ao Passo Quatro: casar com um roteirista que também tem um nome, mas não a ponto de ofuscar o seu.

No meu caso, Len. Conhecido profissionalmente como Leonard Bradley, ele ajudou a escrever alguns filmes que você definitivamente viu e uns muitos que você não viu. Nós nos conhecemos em uma festa, depois nos encontramos no set de um filme para o qual ele fez umas melhorias não creditadas no roteiro. Das duas vezes, achei ele bonitinho e engraçado e talvez secretamente sexy debaixo do moletom cinza e boné de time de basquete, os Knicks. Não achei que fosse do tipo para se namorar até nos esbarrarmos pela terceira vez, quando embarcamos no mesmo voo de volta para Nova York.

— Precisamos parar de nos encontrar assim — disse ele.

— Tem razão — respondi. — Sabe como essa cidade gosta de fofocas.

Demos um jeito de conseguir lugares juntos e passamos o restante do voo imersos em conversa. Quando o avião aterrissou, fizemos planos de sair para jantar. Parados na esteira de bagagens do Aeroporto JFK, ambos coramos com flerte e relutância de partir. Eu disse:

— Meu carro está esperando lá fora. Preciso ir.

— Claro. — Len fez uma pausa, subitamente tímido. — Posso ganhar um beijo antes?

Consenti, minha cabeça girando como as esteiras cheias de valises da Samsonite.

Seis meses depois, nos casamos no prédio da prefeitura, com Marnie e minha mãe de testemunhas. Len não tinha família. Pelo menos não que quisesse convidar para seu casamento improvisado. Sua mãe era trinta anos mais nova do que o pai dele, estava grávida e tinha 18 anos de idade quando se casaram e 23 quando os abandonou. O pai descontou em Len. Não muito depois do começo do nosso relacionamento, Len me contou como o pai tinha quebrado o braço dele quando ele tinha 6 anos. Passou os doze anos seguintes em famílias de acolhimento temporário. A última vez que falou com o pai, agora morto há tempos, foi pouco antes de ir para a Universidade da Califórnia em Los Angeles, com bolsa de estudos integral.

Por conta de seu passado, Len estava determinado a não cometer os mesmos erros dos pais. Ele nunca ficava irritado e raramente estava triste. Quando ria, era com o corpo todo, como se houvesse alegria demais dentro dele para ser contida. Era um ótimo cozinheiro, melhor ainda em saber ouvir e amava demorados banhos quentes, de preferência comigo junto na banheira. Nosso casamento era uma combinação de gestos grandes — como quando ele alugou uma sala de cinema inteira no meu aniversário para que pudéssemos ter uma sessão privativa de *Janela Indiscreta* — e pequenos. Ele sempre segurava a porta para mim. E pedia pizza com queijo extra sem perguntar porque sabia que era assim que eu gostava. E apreciava o silêncio de quando nós dois estávamos no mesmo cômodo, mas fazendo coisas diferentes.

Como resultado, nosso casamento foi um período de cinco anos em que eu estive quase delirantemente feliz.

A parte da felicidade é importante.

Sem ela, você não tem do que sentir saudades quando tudo inevitavelmente dá merda.

O que nos leva ao Passo Cinco: passar um verão em Lago Greene.

A casa do lago sempre foi um lugar especial para a minha família. Concebida pelo meu tataravô como um refúgio dos verões fumegantes e fedidos de Nova York, já foi a única residência neste modesto trecho de água. Foi assim que o lago ganhou seu nome. Originalmente chamado Lago Otshee pela aldeia indígena que antes vivia na área, foi rebatizado de Lago Greene em homenagem ao primeiro homem branco valente o bastante para construir aqui porque, bem, Estados Unidos.

Meu pai passava todos os verões no lago que trazia o nome de sua família. Assim como meu avô antes dele. Assim como eu. Na infância, eu amava a vida no lago. Era um refúgio muito necessário das performances de minha mãe. Algumas de minhas memórias mais queridas são de dias intermináveis pegando vaga-lumes, tostando marshmallows, nadando no sol até eu estar tão bronzeada quanto uma castanha.

Passar um verão no lago foi ideia de Len, proposta depois de um gelado inverno coberto de neve derretida e barro em que mal vimos um ao outro. Eu estava ocupada com o suspense da Broadway que tinha escolhido em vez do filme dos *Transformers*, e Len precisava ficar voltando para Los Angeles para dar um jeito no rascunho de outro roteiro de super-herói que havia aceitado fazer porque achava erroneamente que seria trabalho fácil.

— Precisamos de um tempo para descansar — disse ele durante um *brunch* de Páscoa. — Vamos tirar férias e passar o verão no Lago Greene.

— O verão todo?

— É. Acho que vai ser bom para nós. — Len sorriu para mim por cima do Bloody Mary que estava tomando. — Tenho certeza absoluta de que eu preciso de um tempo para descansar.

Eu precisava também. Então fomos. Saí da peça por quatro meses, Len finalmente terminou o roteiro, e fomos passar o verão em Vermont. Foi maravilhoso. Durante o dia, passávamos o tempo lendo, cochilando, fazendo amor. De noite, cozinhávamos elaborados jantares e nos sentávamos na varanda bebendo fortes coquetéis e escutando o chamado fantasmagórico das mobelhas ecoando pelo lago.

Certa tarde, no final de julho, Len e eu enchemos uma cesta de piquenique com vinho, queijo e frutas frescas compradas naquela manhã, na feira da região. Demos uma caminhada até o lado sul do lago, onde a floresta dá lugar a uma encosta rochosa. Depois de chegar com dificuldade ao topo, espalhamos a comida sobre uma toalha xadrez e passamos a tarde comendo, bebendo vinho e olhando para a água lá embaixo.

Em dado momento, Len se virou para mim e disse:

— Vamos ficar aqui para sempre, Cee?

Cee.

Esse era o apelido que ele me deu, criado depois de chegar à conclusão de que *Case* era frio demais para um termo carinhoso.

— *Case* significa "caso". Me faz pensar em um detetive particular — falou ele. — Ou, pior, um advogado.

— Talvez eu não precise de um apelido — argumentei. — Não é como se meu nome fosse impronunciável.

— Não posso ser o único de nós com um apelido. Isso faria de mim uma pessoa absurdamente egoísta, não acha?

Estávamos namorando oficialmente há duas semanas então, ambos sentindo que as coisas estavam se tornando muito sérias muito rápido, mas nenhum dos dois pronto para admitir. Por isso Len estava se esforçando tanto naquela noite. Ele queria me encantar com sua sagacidade. E, embora a sagacidade possa ter sido forçada, eu estava de fato encantada.

Continuei assim pela maior parte de nosso casamento.

— Defina *para sempre* — eu disse naquela tarde de julho, hipnotizada pelo sol reluzindo sobre o lago e a brisa de verão no meu cabelo.

— Nunca ir embora. Como o Velho Teimoso ali.

Len apontou para um tronco encalhado de árvore que se erguia da água a uns 45 metros da margem abaixo. Era lendário no Lago Greene, principalmente porque ninguém sabia como aquele pedaço de madeira desbotado pelo sol tinha ido parar ali, com 6 metros acima da superfície, ou por quanto mais se estendia até o fundo do lago. Chamávamos de Velho Teimoso porque Eli, que pesquisava essas coisas, dizia que estava ali há centenas de anos e continuaria lá até muito depois do restante de nós partir.

— Isso é possível? — perguntei.

— Claro, ainda teríamos que ir bastante para a cidade e para Los Angeles a trabalho, mas não tem nenhuma lei dizendo que temos que morar em Manhattan. Podemos morar aqui definitivamente. Fazer deste lugar nossa base, nosso lar.

Lar.

Eu gostava do som daquilo.

Não importava que a casa do lago tecnicamente pertencesse à minha tia e à minha mãe. Ou que o leste de Vermont ficasse a uma baita viagem de Manhattan, sem mencionar a meio mundo de Los Angeles, onde Len passava tanto tempo. A ideia, ainda assim, era tentadora. Como ele, eu queria uma vida afastada do nosso sufoco entre duas costas.

— Vou pensar — falei.

Nunca tive a oportunidade. Uma semana depois, Len estava morto.

Esse é o Passo Seis, a propósito.

Que seu marido morra durante as férias.

Na manhã em que aconteceu, fui arrancada da cama pelo som de Eli batendo na porta da frente. Antes de abri-la, conferi o relógio na entrada. Sete da manhã. Cedo demais para que ele estivesse fazendo uma visita social.

Tinha alguma coisa errada.

— Sua lancha se soltou — anunciou Eli. — Acordei e vi que estava flutuando no lago. Acho que você não amarrou direito.

— Ainda está lá? — perguntei.

— Não. Reboquei até a minha doca. Posso levar você para buscar. — Eli me olhou de cima a baixo, notando a camisola, o robe jogado apressadamente sobre os ombros, o cabelo descontrolado. — Ou o Len.

Len.

Ele não estava na cama quando acordei. Nem em qualquer lugar da casa. Eli e eu procuramos pelo lugar todo, chamando seu nome. Não havia sinal dele. Havia desaparecido.

— Acha que ele pode ter saído para uma corrida matinal ou coisa do tipo?

— Len não corre — expliquei. — Ele nada.

Nós dois olhamos para o lago, que tremeluzia através das altas janelas da sala. A água estava calma. E vazia. Não consegui evitar de pensar em nossa lancha lá fora, solta, flutuando sem rumo. Também vazia.

Eli pensou o mesmo, porque o que falou a seguir foi:

— Sabe se Len tinha algum motivo para sair com o barco hoje cedo?

— Às vezes... — Fiz uma pausa para engolir o nó de preocupação que tinha se formado subitamente na minha garganta. — Às vezes ele vai pescar de manhã.

Eli sabia disso. Havia visto Len na água, vestindo aquele chapéu bobo de pescador e fumando seus charutos nojentos, que ele alegava afastar os mosquitos. Às vezes os dois até iam pescar juntos.

— Você o viu sair esta manhã? — Eli olhou de novo para o meu pijama e olhos inchados, concluindo acertadamente que ele era o motivo para eu estar fora da cama. — Ou ouviu?

Respondi com um breve e assustado balançar de cabeça.

— E ele não disse ontem à noite se estava pensando em ir pescar?

— Não. Mas ele nem sempre me fala. Principalmente se acha que vou levar mais algumas horas para levantar. Às vezes ele simplesmente vai.

O olhar de Eli deslizou de volta para o lago vazio. Quando falou de novo, sua voz soou pausada, cautelosa:

— Quando busquei sua lancha, vi uma vara e uma caixa de iscas dentro. Len não costuma deixá-las lá, costuma?

— Não. Ele deixa...

No porão. Era o que eu pretendia dizer. Em vez disso, fui até lá, desci os degraus envelhecidos para o que é, em tese, o primeiro piso da casa do lago, mas é tratado como adega porque foi construído na colina íngreme que desce até a água. Eli me seguiu. Para além do cômodo com a fornalha e o aquecedor da água. Para além da mesa de pingue-pongue que havia sido usada pela última vez nos anos 1990. Para além dos pares de ski na parede e dos patins de gelo no canto. Parando apenas quando eu parei.

No hall de entrada.

O lugar por onde Len e eu entrávamos e saíamos depois de nadar e passear com a lancha, usando a velha porta azul que fazia parte da casa desde sempre. Havia uma velha pia lá e um longo suporte de madeira com ganchos, onde estavam nossas jaquetas, moletons e chapéus.

Exceto um.

O chapéu de pesca de Len, mole e fedido, verde-exército, não estava lá.

Além disso, a prateleira onde deveriam estar sua caixa de iscas e vara de pesca estava vazia, e a porta azul que rangia e levava para fora estava aberta, apenas um vão.

Deixei escapar um soluço sufocado, fazendo com que Eli me afastasse da porta como se fosse um corpo mutilado. Ele agarrou meus ombros, me olhou nos olhos e disse:

— Acho melhor a gente chamar a polícia.

Eli fez a ligação. Fez tudo, na verdade. Reuniu os Fitzgerald do seu lado do lago e os Mitchell, que moravam no meu, para formar uma equipe de busca.

E foi ele quem eventualmente encontrou Len, pouco depois das dez naquela manhã.

Eli descobriu o chapéu primeiro, flutuando como uma nenúfar a alguns metros da costa. Ele se encolheu para pegá-lo e, quando se virou para voltar à terra seca, viu Len a algumas dezenas de metros, varrido para a margem como a vítima de um naufrágio.

Não tenho mais detalhes. Nem Eli nem a polícia me disseram exatamente onde meu marido foi encontrado, e eu não perguntei. Era melhor não saber. Além disso, não fazia diferença. Len continuava morto.

Depois de me fazer algumas perguntas, a polícia ligou os pontos depressa. Len, que sempre acordava cedo quando estava no lago, se levantou, fez café e decidiu ir pescar.

Em algum momento, caiu do barco, embora as autoridades não soubessem me dizer como, por que ou quando. A autópsia revelou álcool em seu sangue — tínhamos bebido na noite anterior — e uma grande quantidade do anti-histamínico que ele usava para suas alergias, sugerindo que havia tomado uma dose dupla antes de sair naquela manhã. Tudo o que o legista sabia era que ele havia caído na água e se afogado, deixando para trás um barco, uma caixa de iscas, uma vara de pesca e uma garrafa térmica de café ainda quente.

Eu também fui deixada para trás.

Aos 35 anos, me tornei viúva.

Depois que isso acontece, só resta um último passo.

Sete, o Número do Azar.

Colapso.

Demorou para eu me despedaçar, graças às muitas pessoas que se importavam comigo. Eli ficou ao meu lado até que Ricardo pudesse dirigir de Manhattan com minha mãe e Marnie. Passamos uma noite sem dormir fazendo minhas malas e partimos cedo ao amanhecer.

Nos seis meses que se seguiram, me saí tão bem quanto possível, dadas as circunstâncias. Fiquei de luto, tanto de forma pública quanto privada. Fui às cerimônias de homenagem, uma em Nova York e outra em Los Angeles, antes de voltar ao Lago Greene para uma tarde em que, observada por um pequeno grupo de amigos e familiares, joguei as cinzas de Len na água.

Foi só depois de seis meses que tudo saiu dos trilhos. Antes disso, eu estava cercada de pessoas. Minha mãe me visitava todos os dias, ou enviava Ricardo se ela estivesse trabalhando. Marnie e outras amigas e colegas faziam questão de ligar, visitar, perguntar para ver como eu estava lidando. Mas uma onda de gentilezas dessa não tem como durar para sempre. As pessoas seguem em frente. Elas precisam.

Enfim, fiquei sozinha, abandonada com milhares de emoções e nenhum jeito de aliviá-las sem algum tipo de ajuda. Quando tinha 14 anos e estava de luto pelo meu pai, recorri às drogas. Em vez de repetir o feito, decidi que um bom porre era a resposta desta vez.

Bourbon, principalmente. Mas também gim. E vodca. E vinho de qualquer cor. E uma vez, quando me esqueci de me abastecer antes de uma tempestade de neve, licor de pêssego direto da garrafa. Não fez a dor desaparecer completamente, mas com certeza amenizou. Beber fazia as circunstâncias da minha viuvez parecerem distantes, como se fosse um pesadelo do qual eu tinha acordado há muito tempo e me lembrava vagamente.

E eu estava determinada a continuar bebendo até que não restasse nenhuma memória desse pesadelo em particular.

Em maio, me perguntaram se eu queria voltar para a peça da Broadway que eu havia deixado antes de ir a Vermont. *Sombra de uma Dúvida*, era o nome. Sobre uma mulher que suspeita que o marido esteja tentando matá-la. Alerta de spoiler: ele está.

Marnie recomendou que eu dissesse não, alegando que os produtores só queriam aumentar as vendas de ingresso, tirando proveito da minha tragédia. Minha mãe disse para eu aceitar, que trabalhar seria a melhor coisa para mim.

Eu aceitei.

Mães sabem das coisas, certo?

A ironia é que minha atuação melhorou muito.

— O trauma acordou algo dentro de você — disse o diretor, como se a morte de meu marido fosse uma escolha criativa da minha parte. Agradeci pelo elogio e andei direto para o bar do outro lado da rua.

Àquele ponto, eu sabia que estava bebendo demais. Mas dava conta. Eu bebia dois drinks no camarim antes de uma performance, só para me manter relaxada, seguido por quantos quisesse depois da sessão da noite.

Em alguns meses, meus dois drinks antes das cortinas haviam se tornado três, e às vezes eu bebia a noite toda depois de sair. Mas eu era discreta. Não deixava afetar meu trabalho.

Até que apareci já bêbada no teatro.

Para uma matinê de quarta-feira.

A diretora de palco me confrontou no camarim, onde eu estava me maquiando com mãos extremamente instáveis.

— Não posso deixar você se apresentar assim — disse ela.

— Assim como? — retruquei, fingindo estar insultada. Foi minha melhor atuação naquele dia.

— Caindo de bêbada.

— Já fiz esse papel literalmente umas cem vezes — argumentei. — Eu dou conta, cacete.

Eu não dava conta, cacete.

Isso ficou claro no momento em que pisei no palco. Bom, *pisar* não é bem a palavra. Eu *cambaleei* para o palco, balançando de um lado para o outro como se tivesse sido atingida por ventos de um furacão. Então esqueci minha primeira fala. E tombei na cadeira mais próxima. E deslizei para fora da cadeira e acabei no chão, em um montinho bêbado, que foi como permaneci até dois colegas de elenco me arrastarem para fora do palco.

O espetáculo foi interrompido, minha substituta foi chamada, e eu fui despedida de *Sombra de uma Dúvida* assim que os produtores julgaram que eu estava sóbria o suficiente para entender o que estavam me dizendo.

Consequência: tabloides, paparazzi e ser enfiada num lago no fim do mundo onde não tenho como dar vexame e minha mãe pode fazer sua checagem diária.

— Você não está bebendo mesmo, certo? — pergunta ela.

— Eu não estou bebendo mesmo. — Me viro para o alce na parede, com um dedo nos lábios, como se estivéssemos compartilhando um segredo. — Mas você me culparia se eu estivesse?

Silêncio. Ela me conhece bem o suficiente para saber que isso é o mais perto de um sim que vai ouvir de mim.

— Onde você conseguiu? — perguntou enfim. — Foi o Ricardo? Eu lhe disse com todas as letras que não...

— Não foi o Ricardo — interrompo, deixando de fora como na viagem de Manhattan de fato lhe implorei para parar em uma loja de bebidas. Para comprar cigarro, eu disse, mesmo que eu não fume. Ele não caiu. — Já estava aqui. Len e eu abastecemos no verão passado.

É a verdade. Em partes. Trouxemos muita bebida conosco, mesmo que a maioria daquelas garrafas já houvesse sido há muito esvaziada quando Len morreu. Mas eu com certeza não vou contar para a minha mãe como realmente consegui pôr as mãos no álcool.

Ela suspira. Todas as suas esperanças e sonhos para mim morrendo em um longo e lento exalar.

— Não entendo — diz ela — por que você continua fazendo isso consigo mesma. Eu sei que você tem saudades de Len. Todos nós temos. Nós também o amávamos, você sabe que sim.

Eu sei. Len era infinitamente charmoso e Lolly Fletcher estava comendo na sua mão cinco minutos depois de se conhecerem. Foi a mesma coisa com Marnie. Elas eram loucas por ele, e, embora eu saiba que sua morte as tenha devastado também, a dor delas não é nada comparada à minha.

— Não é a mesma coisa — argumento. — Você não está sendo punida pela sua forma de lidar com o luto.

— Você estava tão fora de controle que eu precisava fazer *alguma coisa*.

— Então me mandou para cá. Aqui. Onde tudo aconteceu. Não parou para pensar que talvez isso fosse piorar as coisas ainda mais?

— Achei que fosse ajudar.

— Como?

— Fazendo você finalmente enfrentar o que aconteceu. Porque, até lá, você não vai conseguir seguir em frente.

— Aí que está, mãe. Eu não quero seguir em frente.

Bato o telefone no gancho e arranco o fio da tomada. Chega de telefone fixo para ela. Depois de enfiar o aparelho na gaveta de um aparador ocioso, capto de relance meu reflexo no espelho emoldurado acima dele.

Minhas roupas estão ensopadas, meu cabelo cai em mechas coladas, e gotas de água continuam grudadas no meu rosto como verrugas. Me ver assim — um caos em todos sentidos possíveis — me manda de volta para a varanda e o copo de bourbon que está lá esperando. O gelo derreteu, deixando quatro dedos de líquido cor de âmbar girando no fundo do copo.

Eu o viro nos lábios e engulo cada gota.

À s cinco e meia, estou de banho tomado, roupas secas e de volta à varanda, assistindo o sol mergulhar atrás das montanhas distantes do outro lado do lago. Ao meu lado está um bourbon novo.

O quarto do dia.

Ou quinto.

Dou um gole e olho para o lago. Exatamente à minha frente, a casa dos Royce é como um palco iluminado, cada cômodo reluzindo. Lá dentro, duas figuras se movimentam, embora eu não consiga vê-las com clareza. O lago tem cerca de 400 metros de extensão aqui. Perto o suficiente para se ter uma noção do que está acontecendo lá dentro, mas longe demais para captar detalhes.

Observando suas atividades desfocadas e distantes, me questiono se Tom e Katherine se sentem tão expostos quando eu me senti quando estava dentro daquela casa. Talvez não os incomode. Como ex-modelo, Katherine provavelmente está acostumada a ser observada. Também é possível argumentar que alguém que compra uma casa que é metade de vidro sabe que ser visto faz parte do negócio. Pode até ser o motivo pelo qual a compraram.

Tudo mentira, eu sei. A vista que os moradores têm do Lago Greene é um dos motivos para as casas aqui serem tão caras. O outro é privacidade. Foi provavelmente por isso que Tom e Katherine Royce compraram a casa do outro do lago.

Mas, quando vejo o binóculo a alguns metros, bem onde o deixei mais cedo, não consigo me conter e o pego. Digo a mim mesma que é para limpá-los. Mas sei que é só questão de tempo antes de erguê-lo até os olhos e focar a margem oposta, curiosa demais para resistir a um vislumbre das vidas particulares de uma ex-supermodelo e seu marido titã da tecnologia.

O binóculo era de Len, que o comprou durante uma curta fase de observação de pássaros, gastando uma pequena fortuna no processo. Em seu discurso pós-compra para justificar a despesa, ele falou sobre a ampliação insana, amplo campo de visão, estabilização de imagem e maior nível de clareza do mercado.

— Esse binóculo arrasa — disse ele. — É tão bom que, se você olhar para a lua cheia, consegue ver as crateras.

— Mas é para pássaros — retruquei. — Quem quer ver pássaros tão de perto assim?

Quando inevitavelmente o ergo até os olhos, não fico impressionada. O foco está errado, e, por alguns segundos chocantes, fica tudo borrado. Nada além de uma imagem balançante da água e da copa das árvores. Continuo ajustando o binóculo até que a imagem fique nítida. As árvores entram em foco. A superfície do lago se torna clara aos poucos.

Agora entendo por que Len estava tão empolgado.

Esse binóculo de fato arrasa.

A imagem não é superpróxima. Definitivamente não é um close-up extremo. Mas os detalhes a essa distância são espantosos. Parece que estou do outro lado da rua, e não na margem oposta do lago. O que era embaçado a olho nu agora está perfeitamente nítido.

Inclusive o interior da casa de vidro de Tom e Katherine Royce.

Observo o primeiro andar, onde os detalhes da sala de estar são visíveis através da janela massiva. Paredes brancas. Mobília moderna de meados do século em tons neutros. Pinceladas de cor oferecidas por imensos quadros abstratos. É o sonho de um designer de interiores, nada a ver com a rústica casa do lago da minha família. Aqui, o piso de madeira está riscado, e a mobília, toda gasta. Enfeitando as paredes, há quadros de paisagens, sapatos de neve cruzados e propagandas antigas de xarope de bordo. E o alce, é claro.

Na sala muito mais refinada dos Royce, vejo Katherine, reclinada, em um sofá branco, virando as páginas de uma revista. Agora seca e completamente vestida, parece mais familiar do que na lancha. Cada centímetro da modelo que costumava ser. Seu cabelo brilha. Sua pele brilha. Até suas roupas, uma blusa de seda amarela e calça capri escura, têm certo brilho.

Confiro sua mão esquerda. A aliança está de volta, assim como um anel de noivado com um diamante que parece ridiculamente grande mesmo através do binóculo. Faz meu próprio dedo anelar se dobrar involuntariamente. Os dois anéis que Len me deu estão em uma caixa de joias, em Manhattan. Parei de usá-los três dias depois de sua morte. Era doloroso demais tê-los nos dedos.

Inclino o binóculo na direção do segundo andar e do quarto principal. Está mais escuro do que o restante da casa — iluminado apenas por um abajur de cabeceira. Mas ainda assim consigo perceber um espaço cavernoso com teto inclinado e decoração que parece tirada da suíte principal de um hotel de luxo. Coloca meu quarto principal, com sua cama que range e cômoda antiga de gavetas mais abertas do que fechadas, no chinelo.

À esquerda do quarto há o que parece ser uma academia. Vejo uma TV de tela plana na parede, o guidão de uma bicicleta ergométrica da Peloton à frente e o topo de um suporte para halteres e anilhas. A seguir, há um cômodo com estantes de livros, uma escrivaninha e luminária, e uma impressora. Provavelmente um escritório, dentro do qual está Tom Royce. Ele está sentado à mesa, franzindo o cenho para a tela de um notebook.

Ele o fecha e se levanta, finalmente me permitindo vê-lo por completo. Minha primeira impressão de Tom é que ele se parece com alguém que se casaria com uma supermodelo. Faz sentido que Katherine tenha se sentido atraída por ele. É bonito, é claro. Mas é uma beleza gasta, me lembra Harrison Ford um ano após seu auge. Cerca de dez anos mais velho do que Katherine, Tom exala confiança, mesmo quando está sozinho. Suas costas ficam perfeitamente retas, e ele se veste como se houvesse acabado de saltar das páginas de um catálogo. Jeans escuros e uma camiseta cinza sob um cardigã creme, tudo servindo impecavelmente. Seu cabelo é marrom-escuro e tende mais para o longo. Só imagino o quanto de produto é preciso para penteá-lo para trás daquele jeito.

Tom sai do escritório e aparece alguns segundos depois no quarto. Mais alguns segundos e ele desaparece por outra porta no cômodo. O banheiro da suíte, aparentemente. Tenho o vislumbre de uma parede branca, a lateral de um espelho, o brilho angelical da iluminação perfeita para um banheiro.

A porta se fecha.

Diretamente abaixo, Katherine continua lendo.

Como não quero admitir para mim mesma que peguei o binóculo só para espionar os Royce, viro-o para a casa de Eli. O amontoado de rochas e vegetação perene entre as duas passa num borrão.

Pego Eli chegando das compras, um evento que dura o dia todo nesta parte de Vermont. O Lago Greene fica a quinze minutos da cidade mais próxima, indo pela pista que corta a sudoeste pela floresta. A rodovia em si fica a mais de um quilômetro e meio, e o acesso é por uma esburacada estrada de cascalho que circunda o lago. É ali onde Eli está quando o vejo, saindo com sua fiel picape vermelha do cascalho e entrando em sua garagem.

Observo-o sair do carro e carregar as sacolas pela varanda lateral e pela porta que dá na cozinha. Na casa, uma luz se acende em uma das janelas de trás. Pelo vidro, consigo ver a sala de jantar, com sua luminária de bronze e imenso armário antigo. Consigo até ver a coleção de porcelanas raramente usada que fica na prateleira mais alta do móvel.

Lá fora, Eli volta para a picape, desta vez retirando uma caixa de papelão da mala. Provisões para mim, que presumo que trará mais cedo do que tarde.

Volto o binóculo para os Royce de novo. Katherine está na janela da sala de estar agora. Uma surpresa. Sua presença inesperada perto do vidro me atinge com uma pontada de culpa, e, por um momento, me pergunto se ela consegue me ver.

A resposta é não.

Não quando ela está lá dentro, assim, com as luzes acessas. Talvez, se forçasse a vista, conseguisse ver o vermelho de minha blusa de flanela enquanto me sento encolhida na sombra da varanda. Mas ela não tem como perceber que estou observando.

Ela está a alguns centímetros do vidro, olhando para o lago, seu rosto uma página em branco maravilhosa. Depois de mais alguns segundos na janela, vai para a sala, em direção a um bar de canto perto da lareira. Derruba alguns cubos de gelo num copo e o enche até metade com algo servido de um *decanter* de cristal.

Levanto meu próprio copo em um brinde silencioso e calculo meu gole para ser simultâneo ao dela.

No andar de cima, Tom Royce saiu do banheiro. Está na beirada da cama, examinando as unhas.

Entediante.

Volto a Katherine, que está na janela de novo, o drink em uma mão, o celular na outra. Antes de discar, ela inclina a cabeça para o teto, como se estivesse escutando para ver se o marido está vindo.

Não está. Um rápido erguer do binóculo o revela ainda preocupado com as unhas, usando uma para remover a sujeira de outra.

Abaixo, Katherine presume corretamente que a barra está limpa, batuca os dedos pela tela e leva o celular à orelha.

Deixo meu olhar deslizar de volta para o quarto, onde Tom está agora de pé, no meio do cômodo, tentando escutar o que a esposa está fazendo no térreo.

Mas Katherine não está falando. Segurando o telefone e balançando um pé, está esperando que seja lá quem for atenda.

Lá em cima, Tom anda nas pontas dos pés pelo quarto e espia pela porta aberta, da qual vejo apenas um pedaço. Ele desaparece por ela, deixando o cômodo vazio e me fazendo mexer o binóculo para tentar pegar sua reaparição em algum outro ponto do segundo andar. Passo pela academia e escritório.

Tom não está em nenhum dos dois.

Volto a atenção para a sala de estar, onde Katherine está falando no telefone agora. Não é uma conversa, entretanto. Ela não faz nenhuma pausa para deixar a outra pessoa falar, o que me faz pensar que esteja deixando uma mensagem. Uma mensagem urgente, ao que parece. Katherine está um pouco encolhida, cobrindo a boca com uma mão enquanto fala, os olhos correndo para um lado e para o outro.

No extremo oposto da casa, um movimento chama minha atenção.

Tom.

Agora no primeiro andar.

Saindo da cozinha para a sala de jantar.

Devagar.

Com cautela.

Seus passos longos e lentos me fazem pensar que é uma tentativa de não ser ouvido. Com os lábios apertados e o queixo inclinado para a frente, é difícil ler sua expressão. Pode estar curioso. Pode estar preocupado.

Tom atravessa a sala de jantar, e finalmente ele e Katherine aparecem juntos nas lentes do binóculo. Ela ainda está falando, aparentemente alheia ao fato de que o marido observa da sala ao lado. Só quando ele dá mais um passo é que Katherine percebe sua presença. Ela bate o dedo no celular, esconde o aparelho às costas e se vira para ele.

Ao contrário de Tom, a expressão de Katherine é fácil de ler.

Ela está espantada.

Ainda mais quando Tom se aproxima. Não exatamente bravo. É diferente disso. Ele parece, para usar a descrição de Marnie, intenso.

Ele diz algo a ela. Ela fala algo de volta. Ela desliza o celular para o bolso de trás antes de erguer as mãos — um gesto de inocência.

— Aproveitando a vista?

O ressoar da voz de outra pessoa a esta hora, neste lugar, me assusta tanto que quase derrubo o binóculo pela segunda vez no dia. Dou um jeito de continuar segurando-o conforme o afasto do rosto e, ainda nervosa, procuro a origem do som.

É um homem desconhecido.

Um homem muito atraente.

Deve ter trinta e poucos anos. Está à direita da varanda, em um trecho de grama cheio de ervas daninhas que serve de barreira entre a casa e a floresta livre ao lado. É adequado, uma vez que ele está vestido como um lenhador. A versão de calendário pin-up. Calça jeans apertada, coturno, camisa de flanela ao redor da cintura fina, peito largo pressionando uma camiseta branca. A luz do pôr do sol reflete do lago e dá um brilho dourado à pele dele. É sexy e absurdo em medidas iguais.

Tornando a situação ainda mais estranha, estou usando quase que exatamente as mesmas roupas. Adidas em vez de botas, e meu jeans não parece tão apertado. Mas é o suficiente para me fazer perceber o quão desleixada sempre fico quando estou no lago.

— Perdão? — falei.

— A vista — diz ele, apontando para o binóculo ainda nas minhas mãos. — Viu alguma coisa boa?

De repente, e com razão, me sinto culpada e coloco o binóculo na mesa bamba, ao lado da cadeira de balanço.

— Só árvores.

O homem assente.

— A folhagem é linda nessa época do ano.

Fico de pé, caminho até o final da varanda e o olho de cima. Ele se aproximou da casa e agora me observa com um brilho nos olhos, como se soubesse exatamente o que eu estava fazendo.

— Não quero ser grossa — digo —, mas quem é você e de onde veio?

O homem dá meio passo para trás.

— Tem *certeza* que não queria ser grossa?

— Talvez quisesse. E você ainda não respondeu.

— Sou Boone. Boone Conrad.

Mal me contenho de revirar os olhos. Esse não pode ser o nome verdadeiro dele.

— E eu vim dali.

Ele inclina a cabeça na direção do bosque e da casa parcialmente visível a 180 metros das árvores que escasseiam. A casa dos Mitchell. Uma cabana em formato de A, construída nos anos 1970, enfiada em uma pequena curva da margem. No verão, a única parte visível daqui da casa da minha família é o longo deque que se estende sobre a água.

— Você é convidado dos Mitchell? — pergunto.

— Estou mais para caseiro temporário — responde Boone. — O Sr. e Sra. Mitchell disseram que eu poderia ficar por uns dois meses se fizesse alguns serviços enquanto estivesse aqui. Já que somos vizinhos, pensei em passar e me apresentar. Teria vindo antes, mas estava ocupado demais envernizando o piso da sala de jantar deles.

— Prazer em conhecê-lo, Boone. Obrigada pela visita.

Ele para por um instante.

— Você não vai se apresentar, Casey Fletcher?

Não estou surpresa que ele me conheça. A maioria das pessoas me reconhece, embora nem sempre saibam de onde.

— Você acabou de fazer isso por mim.

— Desculpe — diz Boone. — Os Mitchell me disseram que sua família era dona da casa ao lado. Só não achei que você fosse estar por aqui.

— Nem eu.

— Vai ficar por quanto tempo?

— Isso depende da minha mãe.

Um sorriso de lado se abre nos lábios de Boone.

— Você sempre faz tudo o que sua mãe manda?

— Tudo menos isso. — Levanto meu copo. — Por quanto tempo você vai ficar?

— Mais algumas semanas, imagino. Estou aqui desde agosto.

— Não sabia que os Mitchell precisavam arrumar tanta coisa na casa.

— Sinceramente, não precisam. Só estão me fazendo um favor depois que minha vida deu uma reviravolta.

Uma resposta intrigante. Me faz pensar qual é a dele. Não vejo aliança — aparentemente uma nova obsessão minha —, então não é casado. Não agora, pelo menos. Eu o tomo por recentemente divorciado. A esposa ficou com a casa. Ele precisava de um lugar para ficar. Entram David e Hope Mitchell, um casal de aposentados amigável, mas monótono, que fez sua fortuna na indústria farmacêutica.

— O que está achando da vida no lago?

— É tranquila — responde Boone, depois de pensar por alguns segundos. — Não me leve a mal. Eu gosto da tranquilidade. Mas parece que nada acontece por aqui.

Falou o homem cujo cônjuge não foi encontrado morto na margem do lago há catorze meses.

— Demora um pouco para se acostumar — digo.

— Você também está sozinha aqui?

— Estou.

— Não se sente meio solitária?

— Às vezes.

— Bom, se ficar entediada ou precisar de companhia, sabe onde me encontrar.

Percebo seu tom, algo entre amigável e sedutor. É surpreendente escutá-lo, mas não mal recebido por alguém como eu, que assistiu filmes de Natal demais no canal Hallmark. É sempre assim que começa. Mulher profissional e entediada da cidade grande conhece o rústico homem local. A mágica acontece. Corações se derretem. Os dois vivem felizes para sempre.

A única diferença aqui é que Boone não é local, meu coração está despedaçado demais para derreter, e não existe essa coisa de felizes para sempre. Só existe felizes por um tempo até que tudo desmorone.

Além disso, Boone é mais atraente do que o tedioso homem bonito do canal Hallmark. Ele é imperfeito da melhor maneira. A barba curta está um tanto mal aparada no queixo, e os músculos sob sua camiseta são um pouco grandes demais. Quando ele acrescenta um sorriso cansado e sexy à sua oferta de companhia, percebo que Boone pode se tornar um problema.

Ou talvez eu esteja simplesmente procurando por problema. Do tipo sem amarras. Caramba, acho que eu mereço. Só fiquei com um homem desde a morte de Len, um auxiliar de palco barbado chamado Morris, que trabalhava em *Sombra de uma Dúvida*. Íamos beber juntos depois das sessões, até que virou algo mais. Não era romance. Nenhum de nós estava interessado no outro dessa maneira. Ele era apenas outra forma de espantar a escuridão. Eu era o mesmo para ele. Não entrou em contato desde que fui demitida. Duvido que um dia entrará.

Agora aqui está Boone Conrad, um baita upgrade de Morris e seu corpo de tiozão.

Aponto para o par de cadeiras de balanço atrás de mim.

— Você pode se juntar a mim para um drink agora mesmo.

— Eu adoraria — responde Boone. — Mas infelizmente acho que meu mentor do A.A. não ficaria muito contente com isso.

— Ah. — Meu coração pesa e desce até o baço. — Você...

Boone me interrompe com um assentir solene:

— É.

— Há quanto tempo está sóbrio?

— Um ano.

— Que bom para você — consigo dizer. Eu me sinto uma pessoa horrível por convidar um alcoólatra para beber, mesmo que não tivesse como eu saber que ele tinha um problema com isso. Mas Boone definitivamente sabe sobre o meu. Posso dizer pela forma como ele me olha com os olhos semicerrados de preocupação.

— É difícil — continua ele. — Todo dia é um desafio. Mas sou a prova viva de que é possível seguir vivendo sem uma bebida na mão.

Aperto o copo de bourbon com mais força.

— Não a minha vida.

Depois disso, não há muito mais o que dizer. Boone me apresenta seu pequeno discurso de recuperação em doze passos, que suspeito ser o real motivo de sua visita. Deixo bem clara minha falta de interesse. Agora não resta nada além de nos separarmos.

— Bom, acho que devo ir, então. — Boone acena de leve e se vira de volta para o bosque. Antes de entrar nele, me lança um olhar por cima dos ombros e acrescenta: — Minha oferta continua de pé, a propósito. Se estiver se sentindo sozinha, passa lá em casa. Pode não ter nenhum licor, mas consigo fazer um baita chocolate quente, e o lugar está bem abastecido com jogos de tabuleiro. Mas já vou avisando que não vou pegar leve no Monopoly.

— Vou me lembrar disso — falo, querendo dizer não, obrigada. Apesar da aparência de Boone, não parece uma oferta divertida. Sou um lixo no Monopoly e prefiro meus drinks mais fortes do que chocolate da Swiss Miss.

Boone acena de novo e marcha pelas árvores, rumando de volta para a casa dos Mitchell. Observando-o ir, não sinto nem um pingo de arrependimento. Claro, talvez eu esteja perdendo algumas noites na cama com um cara muito acima do meu nível. Se é que essa era a intenção dele. Mas não estou disposta a aceitar o que vem junto, principalmente ser lembrada de que bebo demais.

Eu bebo.

Mas tenho bons motivos.

Uma vez li uma biografia de Joan Crawford em que ela havia dito o seguinte: "Alcoolismo é um risco ocupacional de ser atriz, de ser viúva e de estar sozinha. E eu sou os três."

Idem, Joan.

Mas eu não sou alcoólatra. Posso parar a qualquer momento. Só não quero.

Para provar a mim mesma, coloco o bourbon na mesa, deixando a mão por perto, mas sem tocar o copo. Então espero para ver quanto tempo duro sem dar um gole.

Os segundos passam, eu os conto mentalmente da mesma forma como fazia quando era menina e Marnie queria que eu contasse quanto tempo ela conseguia ficar debaixo d'água antes de emergir para respirar.

Um... Dois... Três...

Chego a exatos 46 antes de suspirar, pegar o copo e virar na boca. Conforme engulo, um pensamento me atinge. Um daqueles *insights* que normalmente bebo para evitar ter.

Talvez eu não esteja procurando problema.

Talvez eu *seja* o problema.

O sol já deslizou para trás do horizonte quando Eli aparece. Através do binóculo, que peguei de novo assim que Boone partiu, observo-o voltar à picape com uma sacola de compras antes de retornar à casa para buscar a caixa de papelão. Quando sobe no veículo, acompanho o brilho dos faróis conforme ele dirige pela estrada que circula o lago.

Abaixo o binóculo quando a luz entra no trecho que não é visível da varanda de trás e ando até a frente da casa. Chego bem a tempo de ver Eli estacionar na entrada e sair da picape.

Quando estava nas listas de mais vendidos, ele causava uma impressão e tanto em jaqueta de *tweed* e jeans escuros. Pelas últimas três décadas, entretanto, tem estado no modo Hemingway. Suéter de lã, veludo cotelê e uma desgrenhada barba branca. Ao pegar a caixa de papelão da traseira da picape, parece um Papai Noel rústico trazendo presentes.

— Conforme solicitado — diz, colocando a caixa em meus braços.

Ali dentro, tilintando como um mensageiro dos ventos enroscado, há uma dúzia de garrafas de diferentes cores. O vermelho forte de Pinot Noir. O marrom-mel do bourbon. A transparência impecável do gim seco.

— Vá com calma — alerta Eli. — Só vou voltar à cidade na semana que vem. E, se você disser uma palavra disso para a sua mãe, não trago mais nada. A última coisa de que eu preciso é uma ligação brava de Lolly Fletcher me dizendo que sou má influência.

— Mas você é má influência.

Eli não consegue conter um sorriso.

— Olha só quem fala.

Ele me conhece. Durante minha infância, Eli era um tio não oficial no verão, sempre presente em minha vida entre o Memorial Day e o Labor Day, praticamente esquecido pelo resto do ano. Isso não mudou muito na idade adulta, quando passei a visitar o Lago Greene com menos frequência. Às vezes, anos se passavam entre uma visita e outra, mas, sempre que eu retornava, Eli estava aqui, ágil, com um sorriso caloroso, um abraço apertado e qualquer favor de que eu precisasse. Naquela época, era me mostrar como fazer uma fogueira e tostar um marshmallow do jeito certo. Agora, são idas ilícitas à loja de bebidas.

Nós nos recolhemos dentro de casa, eu com a caixa de garrafas e Eli com a sacola de compras. Na cozinha, desempacotamos as coisas e nos preparamos para fazer o jantar. É parte do trato que fizemos em minha primeira noite de volta aqui: eu faço o jantar toda vez que ele me traz bebida.

Gosto desse acordo, e não é só por causa do álcool. Eli é uma companhia agradável, e é bom ter alguém para quem cozinhar. Quando estou sozinha, faço o que quer que seja mais rápido e fácil. O jantar desta noite, entretanto, é salmão, abóbora assada e arroz selvagem. Quando tudo está desensacado e duas taças de vinho foram servidas, preaqueço o forno e começo a cozinhar.

— Conheci meu vizinho do lado — digo, então pego a maior e mais afiada faca do suporte de madeira sobre o balcão e começo a fatiar a abóbora. — Por que você não me disse que tinha alguém ficando na casa dos Mitchell?

— Não achei que você fosse se importar.

— Mas é claro que me importo. Só tem duas casas deste lado do lago. Se tem alguém em uma delas, principalmente um desconhecido, eu gostaria de estar ciente. Tem alguém na casa dos Fitzgerald, por acaso?

— A deles está vazia, até onde eu sei. E, quanto ao Boone, achei que seria melhor se vocês não se encontrassem.

— Por quê?

Acho que já sei a resposta. Eli conheceu Boone, descobriu que ele é um alcoólatra em recuperação e decidiu que seria sábio me manter longe.

— Porque a esposa dele morreu — diz ele em vez disso.

A surpresa faz parar a faca, cravada fundo na abóbora.

— Quando?

— Há um ano e meio.

Como Boone me contou que está sóbrio há um ano, imagino que os seis meses após a morte de sua esposa tenham sido um borrão autodestrutivo. Não é bem a mesma situação que a minha, mas perto o suficiente para fazer eu me sentir um lixo pela forma como me portei mais cedo.

— Como? — pergunto.

— Não perguntei, e ele não falou. Mas acho que pensei que seria melhor se vocês não cruzassem o caminho um do outro. Fiquei com medo de que trouxesse memórias ruins à tona. Para os dois.

— As memórias ruins já estão aqui. Estão em todo lugar para onde olho.

— Então talvez... — Eli faz uma pausa. É breve. Como a tentadora hesitação de um fiel antes de caminhar sobre carvões quentes. — Talvez eu tenha achado que você não seria a melhor influência para ele.

Aí está. A verdade nua e crua, enfim. Mesmo que eu suspeitasse, não significa que goste de escutar.

— Diz o homem que acabou de me trazer um engradado de álcool — retruco.

— Porque você pediu — responde ele depressa. — Não estou te julgando, Casey. Você é uma mulher adulta. Suas escolhas não são da minha conta. Mas Boone Conrad está sóbrio há um ano. Você...

— Não estou — completo, principalmente para que Eli não precise dizer.

Ele assente, tanto em confirmação quanto em agradecimento.

— Exatamente. Então talvez seja melhor que vocês fiquem longe um do outro. Para o bem dos dois.

Embora esteja irritada com o que ele disse, tendo a concordar. Tenho meus motivos para beber, e Boone tem os motivos dele para não beber. Sejam quais forem, tenho certeza de que não são compatíveis com os meus.

— Está bem — respondo. — Agora me ajuda aqui. O jantar não vai se cozinhar sozinho.

O restante da noite passa em um borrão de conversa vazia e mágoas não ditas.

Terminamos de cozinhar.

— Como foi o verão? — pergunto enquanto passo o peixe para uma travessa.

— Tranquilo. Nada a relatar. Nem aqui nem em outro lugar da área. Embora ainda não tenham encontrado aquela garota que se afogou no Lago Morey, no verão passado. Nem sinal da que desapareceu há dois anos também.

Esvazio meu copo de vinho e sirvo outro.

— Aquela tempestade provavelmente está vindo para cá — diz Eli enquanto comemos.

— Que tempestade?

— O furacão que atingiu a Carolina do Norte. Você não assiste TV?

Não assisto. Não ultimamente.

— Um furacão? Aqui?

A última vez que algo assim aconteceu aqui, foi a longa e lenta marcha do furacão Sandy pelo nordeste. O Lago Greene ficou sem energia por duas semanas.

— Trish — explica Eli. — Assim que o estão chamando.

— Que nome animado para um furacão.

— É só uma tempestade tropical agora, mas continua forte. Parece que vai nos atingir no final da semana.

Eli toma outra taça de vinho.

Eu tomo duas.

Depois do jantar, nos retiramos para a varanda e nos jogamos em cadeiras de balanço enquanto bebericamos cafés fumegantes em canecas. A noite já desceu completamente sobre o lago, tornando a água uma superfície azul-e-negrecida que reluz com o brilho das estrelas.

— Nossa, isso é lindo — comento, com a voz um pouco sonhadora porque estou levemente bêbada. Só um pouco além do alegre. No delicioso ponto entre perder os sentidos e ser funcional.

Chegar lá é fácil. Continuar assim exige planejamento e determinação.

Começa perto do meio-dia, com meu primeiro drink de verdade do dia. As manhãs são reservadas para o café, que varre para longe as teias de aranha da noite anterior, e água. Hidratação é importante.

Para a bebida inaugural do dia, gosto de dois shots grandes de vodca, goela abaixo. Um soco duplo e forte para anestesiar os sentidos.

O restante da tarde é dedicado ao bourbon, saboreado aos poucos, com gelo, em doses regulares. O jantar vem com vinho. Uma taça, ou duas, ou três. Me deixa com uma sensação agradável e confusa, à beira do precipício da intoxicação total. É aí que o café volta à cena. Uma xícara forte me puxa de volta da beirada sem estragar completamente o efeito. Finalmente, antes de deitar, é hora de virar mais uma dose do que me der na telha.

Duas, se eu não conseguir dormir imediatamente.

Três, se não conseguir dormir nada.

Mesmo com Eli sentado ao meu lado, estou pensando no que vou beber quando ele for embora.

Do outro lado do lago, uma luz pisca na porta dos fundos da casa dos Royce, inundando o pátio com um caloroso brilho branco. Eu me inclino para frente, aperto os olhos e vejo duas pessoas saindo da casa e caminhando para a doca da propriedade. Pouco depois, há outra luz, desta vez na forma de um farol à frente da lancha deles. O ronco baixo do motor ecoa pelas árvores.

— Acho que você está prestes a receber mais visitas — diz Eli.

Pode ser que ele tenha razão. A luz aumenta conforme o barco corta a água em linha reta, na direção do nosso lado do lago.

Coloco o café na mesa.

— Quanto mais, melhor — digo.

Os Royce chegam em uma lancha *vintage* revestida de mogno que é tanto esportiva quanto elegante. O tipo de barco que tenho certeza que George Clooney pilota por aí quando está em sua mansão no Lago Como. Observá-la se aproximar da lancha gasta e desbotada da minha família é como frear no semáforo e um Bentley Continental parar do lado do seu Ford Pinto.

O que os Royce também têm. Um Bentley, não um Pinto. Eli me contou tudo durante o jantar.

Recebo-os na doca, um pouco mais cambaleante do que pensei. Para me impedir de balançar, planto os dois pés no deque e endireito as costas. Quando aceno, é um pouco enfático demais.

— Que surpresa agradável! — grito quando Tom desliga o motor da lancha e a faz deslizar até a doca.

— Eu trouxe o seu cobertor! — grita Katherine de volta.

O marido dela ergue duas garrafas de vinho:

— E eu trouxe Pauillac Bordeaux de 2005!

Isso não significa nada para mim, a não ser que soa caro e que eu definitivamente *não* vou esperar Eli ir embora para beber mais.

Katherine pula para fora do barco enquanto o marido o amarra na doca. Ela me entrega o cobertor como se fosse uma almofada de cetim com uma tiara no topo.

— Lavado e seco — diz ao pressioná-lo nas minhas mãos. — Obrigada por me emprestar mais cedo.

Enfio o cobertor sob um braço e tento apertar a mão de Katherine com o outro. Ela me surpreende com um abraço, finalizando com um beijo em cada bochecha, como se fôssemos velhas amigas, e não duas pessoas que se conheceram no meio do lago, há algumas horas. O carinho do cumprimento traz consigo uma pontada de culpa por espioná-los.

Conforme Tom anda na minha direção, não consigo parar de pensar na aparência dele enquanto vigiava a esposa.

E é isso o que ele estava *de fato* fazendo.

Vigiando. Escutando. Espionando tão descaradamente quanto eu o espionava. E tudo com aquela expressão impossível de ler.

— Sinto muito por aparecer sem avisar — diz ele, sem parecer sentir nem um pouco.

Ao contrário da esposa, ele se contenta com um aperto de mãos. Seus dedos são firmes demais, ansiosos demais. Quando chacoalha minha mão, quase me desequilibra. Agora sei o que Marnie quis dizer com *intenso*. Em vez de amigável, o aperto de mãos parece uma demonstração desnecessária de força. Ele me encara enquanto o faz, os olhos tão escuros a ponto de serem quase pretos.

Eu me pergunto como deve estar minha aparência neste estado levemente embriagado. Com olhos vitrificados, provavelmente. Bochechas coradas. Suor se formando em minha testa.

— Obrigado por ajudar Katherine hoje. — A voz de Tom é profunda, o que pode ser o motivo para suas palavras soarem tão falsas. Um barítono assim não deixa muita brecha para nuances. — Odeio pensar no que teria acontecido se você não estivesse lá para salvá-la.

Olho de relance para a varanda, onde Eli está de pé, perto do parapeito. Ele arqueia uma sobrancelha, silenciosamente me condenando por não ter mencionado o acontecido durante o jantar.

— Não foi nada — digo. — Katherine praticamente se salvou sozinha. Eu só forneci o barco que levou ela de volta para casa.

— Mentirosa. — Katherine coloca um braço ao redor da minha cintura e caminha comigo pelo deque, como se de súbito eu houvesse me tornado a visita aqui. Sobre os ombros, ela diz ao marido: — Casey está sendo modesta. Ela fez o resgate todo.

— Eu disse para ela não nadar no lago — argumenta Tom. — É perigoso demais. Já teve gente que se afogou ali.

Katherine me olha completamente mortificada.

— Sinto muito, muito mesmo — me diz ela antes de se virar para o marido. — Por céus, Tom, você sempre tem que dizer a coisa errada?

Ele leva mais um segundo para entender do que ela está falando. A compreensão, quando o atinge, lhe arranca toda cor da face.

— Merda. Sou um idiota, Casey. Mesmo. Falei sem pensar.

— Tudo bem — respondo, forçando um sorriso. — Você não disse nada que não fosse verdade.

— Obrigada por ser tão compreensiva — diz Katherine. — Tom ficaria devastado se você ficasse chateada. Ele é um grande fã seu.

— Sou mesmo — confirma ele. — Nós vimos *Sombra de uma Dúvida*. Você estava incrível. Simplesmente fantástica.

Chegamos aos degraus da varanda, Katherine e eu subindo em sincronia, Tom às nossas costas. Ele está tão perto que sua respiração me atinge na nuca. De novo, penso nele cruzando o primeiro andar de sua casa nas pontas dos pés. Desvio o olhar de relance para Katherine, me lembrando do olhar dela quando viu o marido pairando à entrada da sala de jantar.

Espantada, depois assustada.

Ela não parece assustada agora, o que me faz começar a duvidar de que então estivesse. É mais provável que estivesse apenas surpresa e que eu tenha interpretado a situação de uma maneira completamente errada. Não seria a primeira vez que acontece.

Na varanda, Eli cumprimenta os Royce com a familiaridade de vizinhos que passaram um verão inteiro ao lado um do outro.

— Não achei que fosse vê-los até o verão que vem — comenta ele.

— Decidimos viajar de última hora — responde Tom. — Katie estava com saudades do lago, e eu queria ver as folhagens.

— Quanto tempo planejam ficar?

— O plano era improvisar. Uma semana. Talvez duas. Mas isso foi antes de Trish decidir vir na nossa direção.

— Ainda acho que deveríamos ficar — diz Katherine. — Quão ruim pode realmente ficar?

Eli passa uma mão pela barba nevada.

— Pior do que você imagina. O lago parece pacífico agora, mas as aparências enganam. Principalmente numa tempestade.

A conversa leviana deles faz eu me sentir uma estranha, mesmo que minha família venha ao Lago Greene há mais tempo. Penso como as coisas poderiam ter sido se Len não tivesse morrido e nós acabássemos morando aqui definitivamente.

Talvez houvesse vários encontros improvisados assim.

Talvez eu não estivesse olhando com tanta sede para as garrafas na mão de Tom.

— Vou pegar taças e um saca-rolhas.

Entro na casa e encontro o saca-rolhas ainda esperando na mesa da sala de jantar. Vou então até o armário do bar e pego quatro taças limpas.

Lá fora, na varanda, a conversa continua, com Eli perguntando a eles:

— Estão gostando da casa?

— Adorando — responde Tom. — É perfeita. Passamos os últimos verões na área. Alugando um lugar diferente a cada ano. Quando finalmente decidimos comprar e o corretor disse que tinha uma propriedade à venda no Lago Greene, mal acreditamos na nossa sorte.

Volto à varanda, saca-rolhas e taças na mão. Entrego uma a cada um, exceto Eli, que recusa com um balançar de cabeça e um olhar sério que sugere que eu também não deveria beber mais nada.

Finjo não perceber.

— Você também tem uma casa na cidade, não é? — pergunto a Katherine.

— Um apartamento em Upper West Side.

— Esquina da Central Park West com a 83rd Street — acrescenta Tom, o que faz sua esposa virar os olhos.

— Tom ama ostentar — diz ela, então percebe o binóculo perto de uma cadeira. — Ah, uau. Eu tinha um igualzinho.

— Você tinha? — pergunta Tom, conforme duas rugas gêmeas se franzem em sua testa que antes estava completamente lisa. — Quando?

— Faz um tempo. — Katherine se vira de volta para mim. — Você observa pássaros?

— *Você* observa? — pergunta ele à esposa.

— Costumava observar. Antes de a gente se conhecer. Faz séculos.

— Você nunca me disse que gostava de pássaros — argumenta Tom.

Katherine se vira para a água.

— Sempre gostei. Você só nunca percebeu.

Do outro lado da varanda, Eli me lança outro olhar daqueles. Ele também notou a tensão entre eles. É impossível não perceber. Tom e Katherine parecem tão brigados que sugam toda a energia da área, fazendo a varanda parecer abafada e cheia. Ou talvez seja apenas eu, quente de embriaguez. De qualquer forma, preciso ficar ao ar livre.

— Tenho uma ideia — falo. — Vamos tomar o vinho ao redor de uma fogueira.

Eli esfrega as mãos uma na outra e diz:

— Uma excelente sugestão.

Saímos da varanda, descendo os degraus até o nível do chão e o pequeno pátio entre a margem do lago e o canto interno da casa. No centro, há uma lareira externa estilo *firepit*, cercada por poltronas Adirondack de madeira, onde, na infância, passei muitas noites de verão. Eli, conhecedor da área, coleta alguns troncos da pilha ao lado da casa e começa a acender o fogo.

Armada com o saca-rolhas, estico o braço para pegar as garrafas de vinho que ainda estão com Tom.

— Permita que eu o faça, por favor — diz ele.

— Acho que Casey sabre abrir uma garrafa de vinho — retruca Katherine.

— Não uma de 5 mil dólares.

Katherine balança a cabeça, me lança outro olhar de desculpas e diz:

— Viu? Ostentação.

— Eu não me importo — respondo, não querendo mais as garrafas agora que sei o quão insanamente caras são. — Ou podemos abrir uma das minhas. Você deveria guardar essas aí para uma ocasião especial.

— Você salvou a vida da minha esposa — argumenta Tom. — Para mim, esta é uma ocasião muito especial.

Ele vai até os degraus da varanda, usando-os como um balcão de bar improvisado. De costas para nós, diz:

— Você precisa servir assim. Deixar respirar.

Atrás de nós, Eli acendeu o fogo. Pequenas chamas rastejam pelos troncos antes de saltar para outras maiores. Logo a madeira está emitindo aquele satisfatório crepitar de fogueira conforme faíscas serpenteiam pelo céu noturno. A cena acorda uma onda de memórias. Len e eu na noite antes de ele morrer. Bebendo vinho ao redor do fogo e conversando sobre o futuro, sem saber que não haveria futuro.

Não para nós.

Definitivamente não para Len.

— Casey?

É Tom, me entregando uma taça com um vinho de 5 mil dólares. Em circunstâncias normais, eu ficaria nervosa com a ideia de dar um único gole. Mas, tomada por uma memória dolorosa, viro metade da taça de uma vez.

— Você precisa sentir o cheiro antes — diz Tom, soando tanto irritado quanto insultado. — Gire a taça, aproxime o nariz, então cheire. O cheiro prepara o cérebro para o que você está prestes a degustar.

Faço conforme ordenado, segurando a taça à altura do nariz e inalando profundamente.

Tem o mesmo cheiro de todos os vinhos que já tomei. Nada de especial.

Tom entrega outra taça a Katherine e instrui nós duas a tomar um pequeno gole e saborear. Dou uma chance, presumindo que o sabor do vinho esteja à altura do seu preço. É bom, mas não um bom de 5 mil dólares.

Em vez de cheirar e saborear, Katherine leva a taça aos lábios e a esvazia num gole só.

— Oops — fala. — Acho que preciso começar de novo.

Tom considera dizer algo em resposta, pensa melhor, pega a taça dela. Entre dentes cerrados, diz:

— Claro, amor.

Ele volta aos degraus, de costas para nós, um cotovelo se flexiona conforme ele inclina a garrafa, a outra mão no bolso. Ele traz uma porção generosa para Katherine, girando o vinho na taça para que ela não precise fazê-lo.

— Saboreie, lembre-se — diz. — Ou seja, vá com calma.

— Eu estou bem.

— Sua postura torta me diz outra coisa.

Olho para Katherine, que de fato está levemente inclinada para a esquerda.

— Me conte mais sobre o que aconteceu hoje no lago — pede Eli.

Katherine suspira e se senta em uma cadeira Adirondack, com as pernas dobradas debaixo de si.

— Ainda não tenho certeza. Sei que a água é fria nessa época do ano, mas não é nada que eu não dê conta. Sei que consigo nadar de um lado do lago para o outro e voltar porque fiz isso o verão todo. Mas hoje, na metade do caminho, tudo congelou. Foi como se meu corpo todo tivesse parado de funcionar.

— Foi cãibra?

— Talvez? Tudo o que sei é que eu teria me afogado se Casey não tivesse me visto. Como aquela garota que desapareceu no Lago Morey, no verão passado. Qual era o nome dela mesmo?

— Sue Ellen — responde Eli, pesaroso. — Sue Ellen Stryker.

— Tom e eu estávamos alugando uma casa lá, naquele verão. Foi tão horrível. Chegaram a encontrá-la?

Eli balança a cabeça.

— Não.

Dou um gole no vinho e fecho os olhos conforme o líquido desce pela minha garganta, escutando quando Katherine repete:

— Tão horrível.

— Só nade à noite — entoa Eli. — Foi isso que minha mãe me ensinou.

E é o que ele dizia para mim e Marnie todo verão, quando éramos crianças. Um conselho que ignorávamos ao pular e nadar por horas, debaixo do sol a pino. Era só depois que o sol se punha que o lago nos assustava, suas profundezas negras ainda mais escuras com o manto da noite.

— Ela aprendeu com a própria mãe — continua Eli. — Minha avó era uma mulher muito supersticiosa. Ela cresceu no leste europeu. Acreditava em fantasmas e maldições. Os mortos a apavoravam.

Eu deslizo para a cadeira ao lado dele, a cabeça leve tanto pelo vinho quanto pelo assunto.

— Eli, por favor. Depois do que aconteceu com Katherine hoje, não sei se alguém quer ouvir sobre isso agora.

— Eu não ligo — diz Katherine. — Na verdade, gosto de contar histórias de terror ao redor da fogueira. Me lembra dos acampamentos de verão. Eu fazia parte do Camp Nightingale.

— E eu estou curioso para saber por que é melhor nadar à noite do que de dia — acrescenta Tom.

Eli inclina a cabeça na direção do lago.

— De noite, não dá para ver o próprio reflexo na água. Séculos atrás, antes que tivéssemos o conhecimento de hoje, as pessoas acreditavam que superfícies reflexivas podiam aprisionar a alma dos mortos.

Olho para a minha taça e vejo que Eli está errado. Embora seja noite, meu reflexo é claramente visível, balançando na superfície da água. Para fazê-lo desaparecer, esvazio a taça. Para o inferno com a história de saborear.

Tom não percebe, intrigado demais com o que Eli acabou de dizer.

— Já li sobre isso. Na Era Vitoriana, as pessoas costumavam cobrir todos os espelhos depois que alguém morria.

— Cobriam mesmo — confirma Eli. — Mas não era só com espelhos que se preocupavam. Qualquer superfície reflexiva era capaz de capturar uma alma.

— Como um lago? — pergunta Katherine com um sorriso na voz.

Eli toca a ponta do próprio nariz.

— Exatamente.

Penso em Len e tenho um calafrio pelo corpo todo. Subitamente incomodada, me levanto, vou até a garrafa de vinho e me sirvo outra taça.

Esvazio-a em três goles.

— E não eram só os vitorianos e seus parentes supersticiosos no leste europeu que pensavam assim — diz Eli.

Pego a garrafa de novo. Está vazia. As últimas gotas de vinho pingam como sangue na minha taça.

Atrás de mim, Eli continua falando:

— As aldeias que viviam nesta região antes de quaisquer europeus chegarem...

Pego a segunda garrafa de vinho, ainda fechada, o que me irrita tanto quanto o que Eli está dizendo.

— ...acreditavam que essas almas capturadas podiam tomar a alma dos vivos...

Em vez de pedir que Tom o faça, pego o saca-rolhas, preparada para enfiá-lo em uma garrafa de vinho de 5 mil dólares em que não é da minha alçada encostar.

— ...e que, se você visse o próprio reflexo neste mesmo lago depois que alguém morreu recentemente nele...

O saca-rolhas cai de meus dedos, escorregando para um trecho de ervas daninhas atrás da escada.

— ...significava que você estava permitindo que fosse possuído.

Desço a garrafa com força, e os degraus da varanda tremem.

— Quer fazer o favor de parar de falar sobre a porra do lago?

Não era minha intenção soar tão brava. Na verdade, não era minha intenção sequer falar. As palavras simplesmente saíram rugindo de mim, incentivadas por uma combinação feroz de álcool e desconforto. Com isso, todos ficam em silêncio. Tudo o que consigo ouvir é o crepitar regular do fogo e uma coruja piando nas árvores, em algum lugar da margem.

— Sinto muito — diz Eli, gentil, consciente de sua rara falta de tato. — Você tem razão. Ninguém está interessado nessas bobagens.

— Não é isso. É que...

Eu paro de falar, sem saber o que estou tentando dizer a seguir.

Percebo que estou bêbada. *Bêbada* bêbada. Alegre é agora só uma vaga memória. Comecei a ficar torta como Katherine, o lago ficando de lado. Tento impedir, segurando os degraus com uma força um pouco excessiva.

— Não estou me sentindo muito bem.

De início, penso que fui eu quem disse. Outra escapada não autorizada, mesmo que eu não esteja consciente de minha boca se abrindo, meus lábios se mexendo, minha língua se enrolando.

Então mais palavras ressoam:

— Não estou bem mesmo.

E percebo que não vêm de mim, mas de Katherine.

— O que houve? — diz Tom.

— Estou tonta.

Katherine fica de pé, balançando como um pinheiro inclinado pelo vento.

— Tão tonta.

Ela cambaleia para longe da lareira, em direção ao lago.

A taça de vinho cai de sua mão e atinge o chão, se quebrando.

— Ah — diz ela, com a mente distante.

Então, de súbito e sem aviso, ela tomba na grama.

Meia-noite.

Estou sozinha, na varanda, enrolada no mesmo cobertor que Katherine devolveu mais cedo. Estou praticamente sóbria, que é o porquê de ter uma cerveja na mão. Preciso de algo que me faça dormir; do contrário, nunca vai acontecer. Mesmo com alguns drinks, raramente durmo a noite toda.

Não aqui.

Não desde que Len morreu.

Boone tinha razão quando disse que o lago era quieto demais. É mesmo. Principalmente a esta hora, quando as únicas coisas que quebram o silêncio regular da noite são o chamado ocasional de uma mobelha ou um animal noturno correndo pelos arbustos à margem.

Pega nesta calmaria, encaro o lago.

Tomo outro gole de cerveja.

Tento não pensar em meu marido morto, embora isso seja difícil depois do que aconteceu mais cedo.

Faz horas que todos partiram. A festa acabou imediatamente quando Katherine desmaiou na grama. Os Royce foram os primeiros a ir embora, Tom murmurando vários pedidos de desculpas enquanto conduzia uma Katherine tonta pela doca. Mesmo que ela tenha recuperado a consciência depois de poucos segundos, fiquei preocupada. Sugeri deixá-la descansar e servir um pouco de café, mas Tom insistiu em levá-la para casa imediatamente.

— Desta vez, você realmente deu um vexame — chiou para ela antes de ligar o motor da lancha e acelerar para longe.

Escutar aquele comentário me fez sentir pena de Katherine, que claramente estava mais bêbada do que eu tinha pensado. Então me senti culpada por sentir pena, porque isso significa que eu estava com dó dela, o que é um subproduto de julgar alguém. E eu não tenho direto de julgar Katherine Royce por beber um pouco além da conta.

Pelo lado bom, Tom partiu tão apressado que se esqueceu da outra garrafa de vinho de 5 mil dólares. Encontrei-a nos degraus da varanda e coloquei no armário de bebidas. Achado não é roubado, suponho.

Eli ficou um pouco mais, apagando o fogo e catando cacos de vidro da grama.

— Deixe isso aí — eu lhe disse. — Pego o resto amanhã, quando estiver sol.

— Você vai ficar bem? — perguntou Eli conforme eu contornava a casa com ele, em direção à sua picape.

— Ficarei bem. Estou muito melhor do que Katherine neste momento.

— Eu estava falando de outra coisa. — Ele fez uma pausa, olhando para o caminho de cascalho sob seus pés. — Sinto muito por falar sobre o lago daquele jeito. Eu só estava tentando entretê-los. Não queria magoar você.

Dei um abraço nele.

— Magoou, mas já passou.

Eu acreditava nisso naquela hora. Não tanto agora, com os pensamentos sobre Len flutuando pela minha cabeça tão suaves quanto as mobelhas sobre o lago. Quando minha mãe me baniu para cá, não protestei. Ela tinha razão. Eu preciso ficar longe dos olhos alheios por algumas semanas. Além disso, achei que daria conta. Passei mais de um ano vivendo no apartamento que compartilhava com Len. Não achei que a casa do lago fosse ser muito pior.

Mas é.

Porque é onde Len morreu.

É onde me tornei uma viúva, e tudo por aqui — a casa, o lago, a maldita cabeça de alce na sala de TV — me lembra desse fato. E continuará me lembrando enquanto eu estiver viva.

Ou sóbria.

Tomo outro gole de cerveja e corro os olhos pela margem do outro lado do lago. Da casa dos Fitzgerald à dos Royce à de Eli, todas escuras. Uma névoa densa se ergue do próprio lago, deslizando lentamente para a terra firme, em ondas infladas. Cada uma cobre a margem e circula os pilares de sustentação sob a varanda como a espuma do mar batendo contra os mourões de um píer.

Estou observando a névoa, hipnotizada, quando um som quebra o silêncio da noite.

Uma porta rangendo ao abrir, seguida por passos sobre madeira.

Vem da minha direita, o que significa que é da casa dos Mitchell.

Depois de mais alguns segundos, Boone Conrad aparece, uma silhueta fina caminhando em direção ao final do deque dos Mitchell.

O binóculo continua sobre a mesa ao meu lado. Ergo-o para os olhos e vejo Boone mais de perto. Ele chegou ao fim da doca e está parado ali, enrolado em nada a não ser uma toalha, confirmando minha primeira impressão dele.

Boone Conrad é sarado pra *cacete*.

Embora Eli tenha sugerido que eu ficasse longe de Boone, o que eu entendo completamente, ele não disse nada sobre não poder olhá-lo. O que eu faço, sentindo só uma pontada de culpa conforme continuo observando-o pelas lentes do binóculo.

A pontada se torna uma martelada — e algo pior — quando Boone solta a toalha e a deixa cair no deque, revelando que não está vestindo nada por baixo.

Eu abaixo o binóculo.

Ergo-o de novo.

Considero a moralidade de observar alguém sem seu conhecimento ou consentimento. Principalmente alguém nu.

Isso é errado, penso conforme continuo encarando. *Tão errado.*

Boone continua na doca, se banhando à luz do luar, o que faz seu corpo pálido parecer que está brilhando. Então ele olha por cima dos ombros, quase como se estivesse conferindo se estou olhando. Ainda estou, mas não tem como ele saber disso. Está longe demais, e todas as luzes estão apagadas aqui, deixando-me escondida na escuridão. Mesmo assim, um sorriso cruza os lábios de Boone, um que é sedutor e que causa vergonha em medidas iguais.

Então, satisfeito pelo show que deu a quem quer que esteja olhando, ele mergulha na água. Embora congelante, o lago provavelmente parece água de banho comparado com o ar frio da noite. Mesmo que não, Boone não se importa. Sua cabeça pipoca para fora da água a dois passos da doca. Ele a chacoalha, tirando o excesso de água do cabelo desgrenhado, e começa a nadar. Não com um objetivo, como imagino que Katherine fazia quando perdeu o fôlego no meio do lago. Boone nada da forma como eu costumava nadar quando era criança. Brincando. Se mexendo sem rumo pela água. Ele mergulha de novo e emerge, flutuando de costas, os olhos focados no céu estrelado.

Ele parece, senão feliz, pelo menos em paz.

Sorte dele, penso ao erguer a garrafa de cerveja para os lábios e dar um grande gole.

Na água, algo chama a atenção de Boone. Sua cabeça gira para a margem oposta, onde uma luz se acendeu na casa dos Royce.

Primeiro andar.

A cozinha.

Viro o binóculo para longe de Boone a tempo de ver Katherine vestida em pijamas de cetim e perambulando para a cozinha como se não fizesse ideia de onde está.

Conheço bem a sensação.

Mãos correndo pelas paredes, chão girando, tentando alcançar cadeiras que estão a dois palmos, mas que parecem vinte.

Observando Katherine abrir os armários da cozinha, procurando por alguma coisa, sou tomada por um senso de familiaridade. Esta sou eu em muitas, muitas noites. Pessoa diferente. Cozinha diferente. Mesmo cambalear embriagado.

Katherine encontra o que está procurando — um copo de vidro — e desliza para a pia. Concordo com um gesto de cabeça, satisfeita em ver que ela também reconhece a importância de se hidratar depois de uma noite de bebedeira.

Ela enche o copo e mal dá um gole antes de desviar a atenção para a janela sobre a pia. Katherine olha fixo para frente, e, por uma fração de segundo, acho que está olhando direto para mim, mesmo que isso seja impossível. Como Boone, ela não consegue me ver. Não do outro lado do lago.

Mesmo assim, Katherine mantém os olhos focados em minha direção. Só compreendo quando ela toca o próprio rosto, deslizando os dedos da bochecha ao queixo.

Ela não está olhando para mim.

Está examinando o próprio reflexo na janela.

Katherine continua assim por um momento, embriagadamente fascinada pelo que vê, antes de se voltar para o copo de água. Inclinando-o para trás, esvazia o copo e enche de novo. Depois de mais alguns goles vorazes, coloca o copo na pia e sai da cozinha, seus passos notadamente mais firmes.

A luz da cozinha se apaga.

Viro de volta para a doca dos Mitchell, na esperança de ter mais um vislumbre de Boone. Para meu azar, ele não está mais lá. Enquanto eu estava ocupada observando Katherine, ele saiu da água, pegou a toalha e voltou para dentro.

Estraga-prazeres.

Agora somos apenas eu e a escuridão e os pensamentos ruins circulando como a névoa do lago.

Aperto o cobertor ao redor dos ombros, termino minha cerveja e me levanto para buscar outra.

A pior parte de beber demais — além de, sabe, beber demais — é a manhã seguinte, quando tudo o que você engoliu na noite anterior volta para assombrar você.

A batida ritmada de uma enxaqueca.

O estômago se revirando.

A bexiga prestes a explodir.

Acordo com os três, mais uma sensibilidade à luz solar que beira o vampiresco. Não importa que a longa fileira de janelas dos quartos dê para o oeste, ignoradas pelo sol até o início da tarde. A claridade filtrada por elas ainda é o suficiente para me fazer contorcer uma careta no instante em que abro os olhos.

Rolando na cama, aperto a vista para o despertador na mesinha de cabeceira.

Nove da manhã.

Tarde para a vida no lago. Cedo para mim.

Quero voltar a dormir, mas a dor de cabeça, o estômago revirado e a vontade colossal de fazer xixi me tiram da cama, em direção ao banheiro, e em seguida escada abaixo, até a cozinha. Enquanto o café coa, engulo um Advil com um copo de água da torneira e confiro meu celular. Há uma mensagem de brincadeira de Marnie, aquela foto atroz de um gatinho pendurado em um galho de árvore e o escrito "Aguente firme aí!"

Respondo com um emoji de vômito.

Há outra mensagem também, esta de um número desconhecido. Abro-a, surpresa ao descobrir que é de Katherine Royce.

Me desculpe por ontem à noite. — K.

Então ela se lembra do que aconteceu ao redor da fogueira. Eu me pergunto se também se lembra de cambalear para a cozinha à meia-noite. Provavelmente não.

Tudo bem, escrevo de volta. *Quem entre nós nunca desmaiou no quintal de um estranho?*

A resposta chega imediatamente. *Foi minha primeira vez.*

Bem-vinda ao clube.

No meu celular, três pontinhos aparecem, somem, reaparecem. O indício de que alguém está na dúvida sobre o que escrever a seguir. A resposta de Katherine, quando finalmente chega, é sucinta: *Me sinto uma merda.* Para reforçar o argumento, ela acrescenta um emoji de cocô.

Precisa de um café?, respondo.

A sugestão ganha um emoji com olhos de coração e um *SIM!!!!!* todo em letra maiúscula.

Dá um pulo aqui.

Katherine chega na lancha revestida de madeira, parecendo, ao atracar na doca, uma estrela de cinema dos anos 50 no Festival de Veneza. Vestido azul em tom de centáurea. Óculos escuros vermelhos. Echarpe amarela de seda amarrada sob o queixo. Sinto uma pontada de inveja ao ajudá-la a descer do barco para o deque. Katherine Royce se sentindo uma merda ainda é mais bonita do que eu no meu melhor dia.

Antes que eu fique com ainda mais inveja, entretanto, ela tira os óculos escuros, e eu preciso me conter para não reagir. Ela está *acabada*. Os olhos estão completamente vermelhos. Debaixo deles, círculos roxos pendem como guirlandas.

— Eu sei — diz ela. — Foi uma noite ruim.

— Já passei por isso, e a foto foi parar num tabloide.

Ela pega meu braço, e caminhamos para fora da doca, passamos a lareira externa e subimos os degraus da varanda. Katherine se senta em uma cadeira de balanço enquanto eu entro para buscar duas canecas de café.

— Como você quer o seu? — pergunto através das portas de vidro abertas.

— Normalmente, com creme e açúcar — grita Katherine de volta. — Mas hoje acho que vou tomar preto. Quanto mais forte, melhor.

Saio com o café e me sento na cadeira de balanço ao lado da dela.

— Deus te abençoe — diz ela antes de dar um gole, fazendo cara feia por causa do amargo.

— Muito forte?

— No ponto. — Ela toma outro gole e aperta os lábios. — Enfim, me desculpe de novo por ontem à noite.

— Que parte?

— Tudo? Digo, Tom é Tom. Ele sempre fala sem pensar. Mas não é a intenção. Ele só não tem aquele filtro que o resto de nós tem. Só diz o que dá na telha, mesmo que deixe as coisas desconfortáveis. E eu... — Katherine inclina a cabeça na direção do chão lá embaixo, onde despencou como um saco de farinha 12 horas antes. — Não sei o que aconteceu.

— Acho que se chama beber demais, rápido demais. Sou especialista nisso.

— Não foi a bebida, não importa o que Tom pense. Na verdade, é ele que bebe demais. — Ela faz uma pausa e olha para o outro lado do lago, para a própria propriedade, as janelas de vidro opacas por conta do reflexo do céu matutino. — Não tenho sido eu mesma ultimamente. Não me sinto bem há dias. Me sinto estranha. Fraca. Aquela exaustão que senti enquanto nadava ontem? Não foi a primeira vez. É sempre como o que aconteceu ontem à noite. Meu coração começa a bater rápido, como se eu tivesse usado remédios ilegais para emagrecer. Acaba comigo. E, antes que eu perceba, estou desmaiada na grama.

— Você se lembra de chegar em casa?

— Vagamente. Me lembro de passar mal na lancha e de Tom me colocar na cama e então de acordar no sofá da sala.

Nenhuma menção sobre cambalear pela cozinha. Acho que eu estava certa sobre ela não ter memórias disso.

— Você não deu um vexame, se é com isso que está preocupada — digo.

— E eu não estou chateada com Tom também. Falei sério ontem à noite. Meu marido morreu no lago. É uma coisa que aconteceu, e não vejo motivo para fingir que não.

Deixo de fora a parte de que passo a maioria dos meus dias fazendo exatamente isso. Tentar esquecer se tornou meu trabalho integral.

Katherine não diz mais nada, e não preciso que diga. Estou satisfeita apenas em estar em sua companhia, as duas bebendo café e balançando para frente e para trás, as cadeiras rangendo secas sob nós. O fato de ser uma gloriosa manhã de outono ajuda, tomada pelo sol e folhas que reluzem com cor. Há uma brisa fria no ar, o que não é ruim. Equilibra tudo. Um sopro refrescante contra a luz dourada.

Len tinha um nome para dias assim: Vermont perfeito. Quando a terra, a água e o céu conspiram para roubar seu fôlego.

— Deve ser difícil ver esse lago sempre — diz Katherine enfim. — Você está bem, sozinha aqui?

Sou pega de surpresa pela pergunta, principalmente porque ninguém mais pensou em fazê-la. Minha mãe sequer considerou isso quando me baniu para a casa do lago. Que tenha ocorrido a Katherine, que mal me conhece, diz muito sobre as duas mulheres.

— Estou — respondo. — Na maior parte do tempo.

— Mas estar aqui não é difícil?

— Não tanto quanto achei que seria.

É a resposta mais honesta que posso dar. A primeira coisa que fiz quando Ricardo foi embora, me deixando completamente ilhada aqui, foi vir a esta varanda e olhar para o lago. Achei que passaria por uma avalanche de emoções. Dor, medo, raiva. Em vez disso, tudo o que senti foi uma resignação sombria.

Algo ruim aconteceu naquela água.

Não posso mudar isso, não importa o quanto eu queira.

Tudo o que posso fazer é tentar esquecer.

Aí entra todo meu tempo encarando a água. Minha teoria é que, se eu olhar o suficiente, as memórias ruins associadas ao Lago Greene serão anestesiadas em algum momento e desaparecerão.

— Talvez por ser tão bonito — sugere Katherine. — Foi ideia de Tom comprar uma casa aqui. Eu estava satisfeita alugando um lugar diferente todo verão. Tom foi inflexível sobre comprar. Se você não notou ainda, meu marido ama possuir coisas. Mas, neste caso, ele tem razão. O lago é fantástico. A casa também. É engraçado, quando não estou aqui, não sinto tanta falta. Mas, quando estou, nunca mais quero ir embora. Imagino que casas de veraneio sejam sempre assim.

Penso em Len e no nosso piquenique de final de julho. *"Vamos ficar aqui para sempre, Cee."*

— Isso significa que vocês vão ficar mais do que uma semana ou duas, então?

Katherine dá de ombros.

— Talvez. Veremos. Tom está ficando preocupado com o clima, mas acho que pode ser divertido ficar aqui durante uma tempestade. Romântico até.

— Espere até ficar sem energia pelo sexto dia. Romance vai ser a última coisa em que você vai pensar.

— Não me importo com dificuldades. — Percebendo minha expressão de surpresa, Katherine acrescenta: — É sério! Sou mais forte do que pareço. Uma vez, três amigas modelos e eu passamos uma semana fazendo rafting no Grand Canyon. Zero eletricidade. Definitivamente sem sinal de celular. Descíamos as corredeiras de dia, dormíamos em barracas à noite, cozinhávamos na fogueira e fazíamos xixi no mato. Foi o paraíso.

— Eu não sabia que modelos eram amigas tão próximas assim.

— A ideia de maldades e briguinhas nos bastidores é um mito. Quando existem doze garotas compartilhando um camarim, você meio que é forçada a se dar bem.

— Você ainda é amiga de alguma delas?

Katherine chacoalha a cabeça lentamente, triste.

— Elas ainda estão no jogo, e eu, não. Isso dificulta o contato. Com a maioria dos meus amigos, só converso pelo Instagram. Esse é o lado estranho da fama. Todo mundo sabe quem você é...

— Mas às vezes você se sente completamente sozinha.

— É. Exatamente.

Ela desvia os olhos, como se estivesse envergonhada de ser compreendida com tanta facilidade. Seu olhar para sobre o binóculo, que está na mesinha entre nossas cadeiras de balanço. Batucando os dedos sobre eles, ela diz:

— Já viu alguma coisa interessante com isso?

— Na verdade, não — minto, contendo um ruborizar de culpa ao pensar em observar Boone na noite passada, como ele estava bonito sob o luar, como uma versão mais valente e confiante de mim teria se juntado a ele no lago.

— Então você não espiou minha casa?

— Nunca.

Outra mentira. Por ser Katherine para quem estou mentido, e pior, direto na cara dela, a culpa corta mais fundo.

— Ah, eu com certeza espiaria a minha casa. Aquelas janelas imensas? Como alguém resistiria? — Katherine pega o binóculo e olha pelas lentes para a casa dela, na margem oposta. — Deus, é tanta ostentação. Tipo, quem é que precisa de uma casa desse tamanho? Uma de veraneio, ainda por cima.

— Se você pode pagar, não tem por que não aproveitar.

— Essa é a questão — diz Katherine, abaixando o binóculo. — Nós *não* podemos pagar. Bom, Tom não pode. Eu banco tudo. A casa. O apartamento. O vinho de 5 mil dólares e o Bentley, que *é mesmo* muito bacana. Deveríamos dar uma volta nele qualquer hora, só eu e você.

— Tom não tem dinheiro?

— Todo o dinheiro dele está enrolado no Mixer, que ainda não deu lucro e provavelmente nunca vai dar. As alegrias de ser casada com um titã da tecnologia. Ele tem a aparência certa e atua muito bem, mas, na verdade… — Katherine interrompe seu desabafo com um gole de café, seguido por um tom de desculpas: — Você deve me achar insuportável. Estou aqui, reclamando do meu marido, quando você…

— Tudo bem — digo, cortando o restante de sua sentença antes que ela consiga terminá-la. — A maioria dos casamentos tem suas dificuldades.

— A maioria? O seu era sempre perfeito?

— Não era — admito, olhando para o lago, para a forma como a luz da manhã parece dançar sobre a superfície da água. — Mas parecia que sim. Até o final.

Uma pausa.

— Mas não fomos casados por tempo o suficiente para Len se cansar de mim e iniciar nosso divórcio inevitável.

Katherine se vira em minha direção, aqueles seus olhos largos avaliando meu rosto para ver se estou falando sério.

— Você sempre faz isso? — pergunta.

— Isso o quê?

— Uma piada, para evitar falar sobre os seus verdadeiros sentimentos?

— Só noventa e nove por cento do tempo.

— Você acabou de fazer de novo.

Eu me remexo desconfortável na cadeira. Katherine tem razão, é claro. Ela captou um de meus piores hábitos. A única pessoa além de Marnie e minha mãe a perceber. Nem Len, que carregou a maior parte do fardo, jamais comentou sobre isso.

— Eu faço piada — confesso —, porque é mais fácil fingir que não estou sentindo o que sinto do que realmente sentir.

Katherine assente, se vira e olha de novo para sua casa de vidro à beira da água. O lado que dá para o lago ainda reflete o céu, embora o sol tenha entrado em cena agora. Um círculo brilhante bem onde fica o quarto dela. Tão brilhante que poderia te cegar se olhasse por tempo o bastante.

— Talvez eu devesse tentar — diz ela. — Ajuda mesmo?

— Ajuda. Principalmente se você beber o suficiente.

Katherine responde com uma risada seca:

— Bom, *isso* eu já tentei.

Olho compenetrada para minha caneca de café, me arrependendo de não tê-lo regado com bourbon. Considero levantar para buscar um pouco. Considero perguntar a Katherine se ela também quer. Estou prestes a fazê-lo quando vejo uma figura de cinza sair para o pátio do lado de fora da casa dela.

Ela também vê e diz:

— É Tom, se perguntando onde eu estou.

— Você não disse que estava vindo aqui?

— Gosto de deixar ele tentar adivinhar. — Ela se levanta, se espreguiça de leve, então avança para seu segundo abraço surpresa em dois dias. — Obrigada pelo café. Deveríamos fazer a mesma coisa amanhã.

— Minha casa ou a sua? — pergunto, tentando imitar Mae West, mas acabo soando como Bea Arthur.

— Definitivamente aqui. Só tem descafeinado em casa. Tom diz que a cafeína torra a energia natural do corpo. Está aí um bom motivo para se divorciar. — Ela faz uma pausa, sem dúvida percebendo o olhar de surpresa na minha cara. — Foi uma brincadeira, Casey. Para esconder como eu realmente me sinto.

— Está funcionando para você?

Katherine pensa um pouco.

— Talvez. Ainda prefiro a honestidade. E, nesse caso, a verdade é que Tom precisa demais de mim para concordar com um divórcio. Ele me mataria antes de me deixar partir.

Ela acena com os dedos balançando e desce saltitando os degraus. Fico no parapeito da varanda, observando-a cruzar a doca, pular na lancha e começar a curta travessia para o outro lado do lago.

Quando ela está na metade do caminho, algo no chão atrai meu olhar. Uma superfície brilhante no meio da grama alta, perto do muro de pedras que corre pela margem do lago.

Vidro.

Refletindo o sol de maneira tão brilhante quanto a casa de Katherine.

Desço os degraus e o pego, descobrindo que é um caco da taça que ela quebrou na noite anterior. Quando o levanto para a luz, vejo gotas secas de vinho na superfície, ao lado de uma camada fina de algo que parece sal seco.

Procuro mais cacos no chão. Nada. Volto para dentro e jogo o vidro no lixo da cozinha. Quando tilinta no fundo da lixeira, percebo uma coisa.

Não sobre a taça quebrada.

Sobre Katherine.

Ela me mandou uma mensagem esta manhã, mas não faço ideia de como conseguiu meu número.

O resto do dia segue como sempre.
Vodca. Pura.
Outra vodca. Pura de novo.
Chorar no banho.
Um queijo-quente de almoço.
Bourbon.
Bourbon.
Bourbon.

Minha mãe liga no horário de sempre para o meu celular, e não para o telefone ainda enfiado em uma gaveta na sala de TV. Deixo cair na caixa postal e apago a mensagem dela sem escutar.

Então tomo outro bourbon.

O jantar é bife com uma saladinha só para fingir que meu corpo não é um grande lixão nutricional.

E vinho.

Café para ficar um tantinho sóbria.

Sorvete, porque sim.

Agora faltam poucos minutos para a meia-noite, e estou bebendo uísque barato, servido de uma garrafa fechada que encontrei no fundo do armário de bebidas. Provavelmente estava ali há décadas. Mas dá para o gasto, suavizando as oscilações da montanha-russa de embriaguez pela qual passei durante o dia. Agora estou envolta por uma calmaria sonhadora que faz tudo valer a pena.

Estou na varanda, encolhida com um blusão pesado, o cobertor da lancha mais uma vez enrolado nos ombros. Não há tanta névoa quanto na noite passada. O Lago Greene e seus arredores estão banhados por um cinza quebradiço que permite ver perfeitamente o outro lado. Analiso cada casa ali.

A dos Fitzgerald. Escura e vazia.

A dos Royce. Não vazia, mas escura mesmo assim.

A de Eli. Uma única luz acesa no terceiro andar.

Viro para o meu lado do lago. A casa dos Mitchell, também escura, mal está visível por entre as árvores. Imagino que isso signifique que não haverá mergulhos noturnos para Boone.

Que pena.

Estou considerando ir eu mesma para a cama quando uma luz aparece na casa dos Royce. Vê-la me faz esticar o braço imediatamente para o binóculo, mas me contenho antes que meus dedos possam alcançá-lo.

Eu não deveria estar fazendo isso.

Eu não *preciso* fazer isso.

O que eu deveria fazer é beber um pouco de água, ir para a cama e esquecer a vida dos vizinhos. Não é uma tarefa difícil. Porém aquele retângulo brilhante do outro lado do lago me puxa como uma corda ao redor da cintura.

Tento resistir, pairando a mão sobre o binóculo enquanto conto os segundos exatamente como fiz ontem, com o bourbon. Agora, falta muito para chegar a 46 quando pego o binóculo. Na verdade, mal aguento até o 11.

Porque resistir também tem seus efeitos colaterais. Me faz querer alguma coisa — como observar os Royce, ou virar um drink — mais ainda. Sei como a negação funciona. Você se segura, e segura, e segura até que aquela represa mental se rompe e todas aquelas urgências ruins chegam arrebatando, normalmente causando danos no processo.

Não que esse comportamento esteja fazendo mal a alguém. Ninguém nunca saberá além de mim.

Com o binóculo em mãos, foco a janela que brilha na noite então escura. É no segundo andar, do escritório onde vi Tom ontem. Agora, entretanto, é Katherine quem se senta à mesa perto da janela, olhando para o notebook.

Envolta em um robe branco, ela parece pior do que nesta manhã. Uma sombra pálida de quem normalmente é. O brilho do notebook não ajuda, dando ao seu rosto um doente tom azul.

Observo enquanto Katherine digita algo, então aperta os olhos para a tela. A testa se franze mais conforme ela se inclina para frente, absorta no que quer que esteja olhando.

Então algo a surpreende.

É visível mesmo a esta distância.

Seu queixo cai, e uma mão voa para o lábio inferior. A testa se livra das marcas, e os olhos se arregalam. Katherine pisca. Depressa. Dois segundos completos de pálpebras piscando.

Ela para.

Exala.

Vira o rosto lentamente para a porta do escritório, que está completamente aberta.

Ela escuta, a cabeça inclinada, alerta.

Então, parecendo satisfeita de que não será interrompida, volta ao notebook num frenesi de atividades. Teclas são marretadas. O mouse se mexe. O tempo todo ela continua olhando de relance para a porta.

Faço o mesmo, virando o binóculo para a direita, onde fica a suíte principal.

Está completamente escura.

Volto o foco para o escritório, onde Katherine passa o minuto seguinte digitando, então lendo, e depois digitando mais um pouco. A surpresa em seu rosto se abrandou um pouco, transformando-se em algo que, a meu ver, parece determinação.

Ela está procurando por alguma coisa. Não sei como eu sei, mas sei. Não é a expressão de alguém que está casualmente correndo a tela de e-mails no meio da noite. É o olhar de alguém que está em uma missão.

Do outro lado da casa, outra luz acende.

O quarto.

Cortinas brancas e finas cobrem as janelas altas. Através delas, vejo o brilho difuso de um abajur e a silhueta de Tom Royce sentado na cama. Ele desliza para fora das cobertas e, vestindo apenas a parte de baixo de um pijama, dá alguns passos rígidos pelo cômodo.

Quando chega ao vão visível da porta, Tom para, assim como fez na sala de jantar quando o observei ontem.

Está escutando de novo, se perguntando o que a esposa está fazendo.

Dois cômodos adiante, Katherine continua digitando, lendo, digitando. Eu passo de um para o outro, como alguém que assiste a um jogo de tênis.

Tom ainda está tentando escutar algo da porta do quarto.

O rosto de Katherine iluminado pelo brilho do notebook.

Tom saindo do quarto.

Katherine se inclinando de leve para frente, para ver melhor a tela do computador.

Tom reaparecendo na porta atrás dela.

Ele diz algo, alertando-a de sua presença.

Ela dá um pulo ao som da voz dele, fecha o notebook com um baque, se vira para encará-lo. Embora eu possa ver apenas a parte de trás de sua cabeça, é evidente que ela está falando. Seus gestos são amplos, expressivos. Uma pantomima de inocência.

Tom retruca algo, ri, coça a nuca. Ele não parece bravo nem sequer desconfiado, o que significa que Katherine deve ter dito a coisa certa.

Ela fica de pé e o beija da mesma forma que uma esposa numa *sitcom* faria. Na ponta dos pés para um gesto rápido, uma perna erguida para trás em um movimento sedutor. Tom bate no interruptor, e o escritório se torna um retângulo de escuridão.

Dois segundos depois, eles estão de volta ao quarto. Tom sobe na cama e rola de lado, as costas para a janela. Katherine desaparece no banheiro. Há outro flash de iluminação perfeita, seguido por uma porta se fechando.

Na cama, Tom se vira. A última coisa que vejo é ele esticando o braço para o abajur. Ele o desliga, e a casa é mergulhada na escuridão.

Abaixo o binóculo, perturbada pelo que acabei de ver, embora não consiga articular o porquê. Quero pensar que é por ter um vislumbre sem censura da vida de outra pessoa. Ou talvez seja apenas culpa por convencer a mim mesma de que não havia problemas em espionar algo que eu nunca deveria ver. Como resultado, estou transformando em algo maior do que realmente é. Achando pelo em casca de ovo.

Mesmo assim, não consigo parar de pensar na forma como Katherine reagiu no momento em que percebeu que Tom havia entrado no cômodo.

Erguendo da cadeira.

Visivelmente pânico percorrendo seu rosto.

Quanto mais penso nisso, mais cresce minha certeza de que ela foi pega olhando algo que não queria que Tom visse. A forma como fechou o notebook de repente deixou isso bem claro, seguido pelo beijo excessivamente fofinho.

O que me leva a uma única conclusão.

Tom Royce tem um segredo.

E acho que Katherine acabou de descobrir o que é.

Uma da manhã.

Varanda, cadeira de balanço, álcool etc.

Estou meio que dormindo na cadeira, fazendo aquela coisa de cochilar-até-sua-cabeça-tombar-e-te-acordar que meu pai costumava fazer quando eu era criança. Eu ficava observando, quando nós dois nos sentávamos na frente da TV, esperando minha mãe chegar de uma performance. Primeiro os olhos se fechavam. Então vinha a imobilidade e talvez um ronco que soava como rosnado. Finalmente sua cabeça tombava para frente, acordando-o com um susto. Eu ria, ele murmurava alguma coisa, e o processo todo começava de novo.

Agora sou eu fazendo isso, os traços do pai passados à filha. Depois de outro tombar-acordar, digo a mim mesma que é hora de ir para a cama.

Mas então uma luz acende na casa dos Royce, do outro lado do lago.

A cozinha.

Subitamente desperta, apalpo pelo binóculo, sem sequer pensar em resistir desta vez. Simplesmente o pego, ergo aos olhos e vejo Katherine marchando para dentro da cozinha. O robe que ela vestia antes desapareceu, substituído por jeans e um largo suéter branco.

Tom está logo atrás, ainda de pijama, falando.

Não.

Gritando.

Sua boca está completamente aberta, uma oval brava que se expande e contrai conforme ele continua gritando com a esposa, no meio da cozinha. Ela se vira, grita algo de volta.

Eu me inclino para frente, de maneira ridícula, como se fosse escutar o que estão dizendo se chegar um pouquinho mais perto. Mas a casa dos Royce é como que um filme mudo passando apenas para mim. Nada de vozes. Nada de música. Não há barulho algum além do som ambiente do vento nas folhas e da água varrendo a margem.

Katherine entra na sala de jantar escura, nada além de uma sombra suave passando pelas janelas que vão do chão ao teto. Tom dá alguns passos atrás dela, seguindo-a enquanto ela desaparece na sala de estar.

Por um momento, nada acontece. Há apenas a luz da cozinha, iluminando o cômodo vazio. Então uma luz se acende na sala de estar. Tom. Vejo-o no sofá branco, uma mão se retraindo do interruptor recém-aceso. Katherine está na janela, de costas para o marido, olhando diretamente para o outro lado do lago, para a minha casa.

Como se ela soubesse que estou observando.

Como se tivesse certeza disso.

Eu afundo ainda mais na cadeira de balanço. De novo, ridículo.

Ela não consegue me ver.

É claro que não consegue.

No máximo, suspeito que esteja olhando o reflexo do marido no vidro. Na beirada do sofá, Tom se senta, inclinado, a cabeça nas mãos. Ele olha para cima, aparentemente implorando para ela. Seus gestos são desesperados, quase frenéticos. Ao focar seus lábios, quase consigo decifrar o que está dizendo.

"Como?" Ou talvez *"Quem?"*

Katherine não responde. Ao menos, não que eu possa ver. Longe do sofá e com a luz às costas, seu rosto está no escuro. Ela não está se mexendo, entretanto. Consigo ver isso pelo menos. Ela fica como um manequim à frente da janela, os braços do lado do corpo.

Atrás dela, Tom se levanta do sofá. Seu implorar se transforma em gritos de novo, e ele dá um passo em direção à esposa. Quando Katherine se recusa a responder, ele agarra o braço dela e a puxa para longe do vidro.

Por um segundo, o olhar dela continua focado na janela, mesmo enquanto o restante de seu corpo é puxado para longe.

É então que nossos olhares se encontram.

De alguma forma.

Embora ela não possa me ver e meus olhos estejam escondidos atrás do binóculo e estejamos a 400 metros de distância, nossos olhares se encontram.

Dura apenas um momento.

Mas, naquele breve instante de tempo, vejo medo e confusão em seus olhos.

Menos de um segundo depois, a cabeça de Katherine se vira com o restante de seu corpo. Ela gira para encarar o marido, que continua a arrastá-la para o sofá. Seu braço livre se ergue, os dedos se fecham num punho, que, uma vez cerrado, se encontra com o maxilar de Tom.

O golpe é forte.

Tão forte que penso que o ouvi do outro lado do lago, embora o som provavelmente seja eu mesma soltando o ar, em choque.

Tom, parecendo mais surpreso do que machucado, solta o braço de Katherine e cambaleia para trás, até o sofá. Ela parece dizer algo. Finalmente. Não é um grito. Nem um pedido. Só uma sentença enunciada com o que parece a calmaria de um comando.

Ela deixa o cômodo. Tom continua ali.

Inclino o binóculo para cima, para o segundo andar, que continua escuro. Se é para lá que Katherine foi, não consigo vê-la.

Volto o foco à sala de estar, onde Tom está no sofá. Observando-o se inclinar para frente, a cabeça nas mãos, me faz pensar que talvez eu devesse ligar para a polícia e relatar violência doméstica.

Embora eu não tenha sequer como imaginar o contexto do que vi, não tem como duvidar que alguma forma de abuso conjugal tenha acontecido. Embora tenha sido Katherine quem golpeou, foi apenas depois de Tom agarrá-la. E, quando nossos olhos se encontraram, não foi maldade ou vingança que vi.

Foi medo.

Medo total, paralisante.

Do meu ponto de vista, Tom mereceu.

O que me faz pensar quantas vezes algo assim aconteceu antes.

Fico preocupada que vá acontecer de novo.

A única certeza que tenho é de que me arrependo de ter pegado o binóculo e olhado os Royce. Eu sabia que era errado. Assim como sabia que, se continuasse observando, em algum momento veria algo que não queria ver.

Porque eu não estava espionando uma pessoa só.

Estava olhando um casal, que é algo muito mais complexo e delicado.

O que é um casamento senão uma série de ilusões mútuas?

É uma fala de *Sombra de uma Dúvida*. Antes de ser demitida, eu a repetia oito vezes por semana, sempre causando uma risada desconfortável nos membros da plateia que reconheciam a verdade por trás da alegação. Nenhum casamento é cem por cento transparente. Cada um se constrói sobre algum tipo de mentira, mesmo que seja algo pequeno e inofensivo. O marido que finge gostar do sofá que a esposa escolheu. A mulher que assiste ao programa preferido do esposo mesmo quando silenciosamente o odeia.

E às vezes é maior que isso.

Traições. Vícios. Segredos.

Essas coisas não têm como se manter escondidas para sempre. Em algum ponto, a verdade vem à tona, e todas aquelas ilusões cuidadosamente organizadas se despencam como dominós. É isso o que acabei de ver na casa dos Royce? Um casamento sob pressão que finalmente implodiu?

Na sala de estar, Tom se levanta e caminha até o bar de canto. Ele pega uma garrafa de algo cor de mel e despeja num copo.

Acima dele, uma luz se acende na suíte principal, revelando Katherine se movendo atrás de cortinas translúcidas. Pego meu telefone quando a vejo, sem pensar sobre o que diria. Simplesmente faço a ligação.

Katherine atende com um rouco e sussurrado:

— Alô?

— É a Casey — digo. — Está tudo bem aí?

Nada do lado de Katherine. Nem uma respiração. Nem um farfalhar. Só um vazio de silêncio até ela dizer:

— Por que não estaria?

— Eu achei que...

Mal consigo conter a palavra antes que ela transborde da minha língua.

Vi.

— Achei que tinha ouvido alguma coisa aí na sua casa — falo. — E só queria saber se está tudo bem com você.

— Estou bem, sim. Olha.

Meu corpo fica mole.

Katherine sabe que eu tenho observado.

Imagino que eu não deveria estar tão surpresa assim. Ela esteve aqui nesta mesma cadeira de balanço, olhando para sua casa através do mesmo binóculo que agora está ao meu lado.

"Eu com certeza espiaria a minha casa", ela havia dito, indicando sutilmente que sabia que eu estava observando também.

Mas não há nada de sutil nisso. Agora ela está me dizendo descaradamente para olhar.

As cortinas da suíte se abrem, e eu pego o binóculo apressadamente. À janela, Katherine acena. Como está quase completamente tomada por sombras, não consigo ver seu rosto.

Ou se está sorrindo.

Ou se o medo que vi antes ainda está em seus olhos.

Tudo o que vejo é sua silhueta ainda acenando, até que isso também para. A mão de Katherine tomba de lado, e, depois de ficar à janela por outro segundo, ela se afasta e sai do quarto, apagando a luz.

Diretamente abaixo, Tom terminou seu drink. Ele fica lá, parado, olhando fixo para o copo vazio, como se estivesse considerando tomar outro.

Então seu braço se inclina para trás, e ele arremessa o copo.

Que atinge a parede e se despedaça.

Tom vai batendo os pés até o sofá, estica o braço para o abajur, e, com um movimento dos dedos, uma escuridão desconfortante retorna à casa do outro lado do lago.

Acordo num susto com um som ressoando pelo lago. Com os olhos ainda fechados, capto apenas o final dele. O eco de um eco desaparecendo depressa, à distância, conforme sopra por entre as árvores atrás de minha casa.

Continuo paralisada por meio minuto, esperando que o som volte. Mas passou agora, seja o que for. O lago está tão silencioso quanto um cobertor de lá e tão sufocante quanto.

Abro os olhos para um céu rosa-acinzentado e o lago começando a reluzir com a luz do dia.

Passei a noite toda na varanda.

Por céus.

Minha cabeça pulsa de dor, e meu corpo crepita, dolorido. Quando me sento ereta, minhas articulações estalam mais alto do que a cadeira de balanço onde estou. Assim que levanto, a tontura vem. Um redemoinho diabólico que faz parecer que o mundo está tombando para fora do eixo e me forçando a agarrar os braços da cadeira para não cair.

Olho para baixo, na esperança de que vá ajudar com o equilíbrio. Aos meus pés, balançando de leve no chão da varanda, está a garrafa de uísque, agora quase vazia.

Por céus.

Vê-la traz uma onda de náusea tão forte que mascara minha dor, confusão e tontura. Fico de pé, de alguma forma, e entro apressada em direção ao lavabo logo depois do hall.

Chego ao lavabo, mas não ao vaso. Todo o veneno que se revira em meu estômago sai num jato sobre a pia. Ligo a torneira no máximo para lavar tudo e cambaleio para fora do cômodo, em direção à escadaria do outro lado da sala. Só consigo chegar ao andar de cima rastejando pelos degraus. Uma vez lá, continuo engatinhando pelo corredor até chegar à suíte, onde dou um jeito de me erguer até a cama.

Caio de costas, os olhos se fechando por conta própria. Não tenho controle sobre a situação. O último pensamento que me atinge antes de afundar no inconsciente é a memória do som que me acordou. E ela vem com reconhecimento.

Eu sei o que escutei.

Foi um grito.

AGORA

Diga o que você fez com Katherine — falo de novo, torcendo a toalha que há pouco estava na boca dele. Está encharcada de saliva. Uma umidade quente e melada que me faz jogá-la no chão. — Diga, e tudo isso acaba.

Ele não diz, é claro.

Não tem por que dizer.

Não para mim.

Não depois de tudo o que fiz. E do que ainda estou fazendo.

Mantendo-o cativo.

Mentindo para Wilma.

Terei muitas explicações a dar depois. Agora, entretanto, meu único objetivo é salvar Katherine. Se é que isso é possível. Não tenho como saber até que ele me diga.

— O que aconteceu com ela? — pergunto depois que um minuto se passa e o único som que escuto é o da chuva caindo no telhado.

Ele inclina a cabeça de lado, insuportavelmente presunçoso.

— Você está presumindo que eu saiba.

Imito sua expressão, até o sorriso tenso que não passa nada além de hostilidade.

— Não é uma suposição. Agora me diga o que você fez com ela.

— Não.

— Mas você *fez* algo?

— Eu quero fazer uma pergunta para *você* — diz ele. — Por que está tão preocupada com Katherine? Mal a conhecia.

O uso do verbo no passado lança um calafrio de medo pela minha espinha. Tenho certeza de que era a intenção dele.

— Isso não importa — retruco. — Me diga onde ela está.

— Em um lugar onde você jamais a encontrará.

O medo continua. E algo novo se soma a ele: raiva. Borbulha em meu peito, tão quente e turbulenta quanto água fervente. Deixo o cômodo e marcho para baixo enquanto as luzes piscam de maneira desconcertante de novo.

Na cozinha, vou até o suporte de facas e pego a maior lâmina. Então, de volta para cima, para o quarto, para a cama onde eu dormia quando era criança. É difícil imaginar que aquela garotinha é a mesma pessoa agora bêbada de bourbon, brandindo uma faca. Se eu não tivesse vivido pessoalmente os anos entre esses dois pontos, não acreditaria que fosse possível.

Com mãos trêmulas, encosto a ponta da faca na lateral de sua barriga. Uma pontada de alerta.

— Me diga onde ela está.

Em vez de se encolher de medo, ele ri. Uma risada verdadeira, sincera, profunda. Me assusta ainda mais que ele ache a situação tão divertida.

— Você não tem ideia do que está fazendo — diz ele.

Não respondo nada.

Porque ele tem razão.

Eu não tenho.

Mas isso não me impedirá de fazer mesmo assim.

ANTES

Acordo pouco depois das nove. Minha cabeça ainda lateja, mas a tontura e a náusea passaram, aleluia. Mesmo assim, me sinto um zumbi. Estou com o cheiro de um também. E com certeza a aparência.

Minha mãe ficaria horrorizada.

Eu estou horrorizada.

Quando me sento em uma confusão de cobertores, a primeira coisa que percebo é o som abafado de água corrente vindo do andar debaixo.

A torneira do lavabo.

Nunca desliguei.

Dou um pulo para fora da cama, cambaleio pelos degraus e encontro o registro aberto no máximo. Dois terços da cuba estão cheios de água, e imagino que um excelente encanamento é a única coisa que está impedindo-a de transbordar. Desligo a torneira enquanto memórias da noite passada voltam em flashes implacáveis.

O uísque.

O binóculo.

A briga, o telefonema e o acenar de Katherine à janela.

E o grito.

A última coisa de que me lembro, mas a mais importante. E a mais suspeita. Será que realmente escutei um grito ao amanhecer? Ou foi só parte de um sonho bêbado que tive depois de desmaiar na varanda?

Enquanto espero que seja o último, desconfio que tenha sido o primeiro. Imagino que, em um sonho, teria escutado o grito com mais clareza. Um chamado vívido preenchendo meu crânio. Mas o que ouvi esta manhã foi algo diferente.

O momento depois de um grito.

Um som vago e elusivo.

Mas, se o grito *realmente* aconteceu — que é a teoria que toma forma em meu cérebro de ressaca —, soava como Katherine. Bom, soava como uma mulher. E, até onde sei, neste momento, ela é a única mulher no lago além de mim.

Passo os cinco minutos seguintes caçando meu celular, enfim encontrando-o ainda na varanda, na mesa ao lado do binóculo. Depois de uma noite toda lá fora, há só um suspiro de bateria restante. Antes de levá-lo para dentro, para carregar, confiro para ver se recebi ligações ou mensagens de Katherine.

Nada.

Decido enviar uma mensagem, escolhendo as palavras com cuidado enquanto uma caneca forte de café me traz de volta à vida, e o carregador faz o mesmo pelo meu celular.

Acabei de fazer café. Dá um pulo aqui, se quiser. Acho que deveríamos conversar sobre ontem à noite.

Aperto enviar antes de ter a chance de sequer considerar apagar.

Enquanto espero uma resposta, bebo meu café e penso no grito.

Se é que foi realmente isso.

Passei metade da vida neste lago. Sei que pode ter sido outra coisa. Muitos animais aparecem à noite para caçar nos arredores ou na própria água. Corujas e barulhentas aves aquáticas. Uma vez, quando Marnie e eu éramos crianças, em algum lugar da margem, uma raposa que defendia seu território de outro animal gritou durante boa parte da noite. Literalmente gritou. Escutar seus chamados ecoando pela água era de gelar o sangue, mesmo depois de Eli nos explicar em detalhes o que estava acontecendo.

Mas estou acostumada a esses barulhos e consigo dormir plenamente com eles. Principalmente depois de beber a noite toda. O de hoje foi algo diferente o bastante para me acordar com um susto, mesmo que houvesse quase uma garrafa toda de uísque no meu estômago.

Neste momento, tenho setenta e cinco por cento de certeza de que o que escutei foi uma mulher gritando. Embora seja longe de ter certeza absoluta, é o suficiente para que a preocupação fique martelando conforme confiro meu celular mais uma vez.

Ainda nada de Katherine.

Em vez de continuar esperando por uma resposta, decido ligar. O telefone chama três vezes antes de cair na caixa postal.

— Oi. Você ligou para Katherine. Não estou disponível no momento. Ou talvez eu só esteja ignorando você. Se deixar seu nome e telefone, vai descobrir qual dos dois é se eu ligar de volta.

Espero pelo *bip* e deixo uma mensagem.

— Oi. É a Casey. — Faço uma pausa, pensando em como dizer o que quero. — Só queria saber se está tudo bem. Sei que você disse que sim ontem à noite, mas hoje de manhã eu acho que escutei...

Faço outra pausa, hesitante em simplesmente falar o que acho que ouvi. Não quero soar exageradamente dramática, muito menos delirante.

— Enfim, me liga. Ou passa aqui se quiser. Vai ser bacana conversar.

Encerro a ligação, enfio o telefone no bolso e começo o dia.

Vodca. Pura.

Outra vodca. Pura de novo.

Banho, sem o choro, mas com uma nova ansiedade nada bem-vinda.

Um queijo-quente de almoço.

Quando o relógio-carrilhão de coluna da sala badala uma hora e Katherine ainda não respondeu, eu ligo de novo, e cai na caixa postal mais uma vez.

— Oi. Você ligou para Katherine.

Desligo sem deixar mensagem, sirvo um bourbon e o levo para a varanda. A garrafa de uísque da noite anterior ainda está lá, um gole de líquido ainda balançando dentro. Chuto-a para longe, me jogo em uma cadeira de balanço e confiro o celular dez vezes em três minutos.

Nada ainda.

Pego o binóculo e olho para a casa dos Royce, torcendo por algum sinal de Katherine, mas sem ver nada. É aquela hora do dia em que o sol começa a refletir nas paredes de vidro e o reflexo do céu esconde o que está por trás delas como um par de pálpebras fechadas.

Enquanto observo a casa, penso no caráter estranho do que vi na noite passada. Algo sério aconteceu dentro daquela casa. Algo que não é da minha conta, mas, mesmo assim, estranhamente, me preocupa. Embora não a conheça há muito tempo, considero Katherine uma amiga. Ou, pelo menos, alguém que pode se tornar uma amiga. E não é fácil encontrar novos amigos depois dos trinta.

Lá fora, no lago, um barco familiar flutua à distância. Aponto o binóculo em sua direção e vejo Eli à proa, vara de pesca na mão. Se mais alguém no lago escutou o mesmo som que eu, foi ele. Sei que ele gosta de acordar com o sol, então existe uma chance de que estivesse acordado. E, se escutou de fato, pode ser que consiga esclarecer o que foi e acalmar minha preocupação fervilhante.

Ligo para seu celular, que imagino que tenha trazido.

Enquanto chama, continuo a observá-lo através do binóculo. Um olhar irritado cruza seu rosto conforme apalpa o bolso da frente do colete de pesca — sinal de que realmente está com o celular. Depois de apoiar a vara na lateral do barco, olha para o telefone, então para a casa do lago. Ao me ver na varanda, telefone na mão, acena e atende.

— Se está ligando para perguntar se peguei alguma coisa, a resposta é não.

— Tenho uma pergunta diferente — digo. E acrescento um alerta: — Uma pergunta incomum. Você escutou alguma coisa estranha aqui fora, hoje de manhã?

— Que horas?

— Nascer do sol.

— Eu não estava acordado. Decidi dormir um pouco mais. Imagino que você tenha ouvido algo.

— Acho que sim. Não tenho certeza. Tinha esperanças de que você confirmasse.

Eli não pergunta por que eu estava acordada ao nascer do sol. Imagino que já saiba.

— De que tipo de barulho estamos falando?

— Um grito.

Dizendo em voz alta, percebo como soa improvável. As chances de alguém gritar ao amanhecer, especialmente Katherine Royce, são mínimas, embora não impossíveis.

Coisas ruins podem acontecer neste lago.

Sei por experiência própria.

— Um grito? — pergunta Eli. — Tem certeza de que não foi uma raposa ou coisa parecida?

Se tenho certeza? Na verdade, não. Mesmo durante essa conversa, meu nível de certeza caiu de setenta e cinco por cento para perto de cinquenta.

— Para mim, parecia uma pessoa — digo.

— Por que alguém estaria gritando a essa hora?

— Por que alguém grita, Eli? Porque ela estava em perigo.

— Ela? Você acha que foi Katherine Royce?

— Não consigo pensar em mais ninguém que possa ter sido. Viu algum sinal dela hoje?

— Não. Mas, bom, eu não estava exatamente prestando atenção. Você está preocupada que alguma coisa tenha acontecido com ela?

Digo a ele que não, quando a verdade é o oposto. O fato de Katherine não ter respondido minhas mensagens e ligações me deixou preocupada, mesmo que provavelmente exista uma explicação perfeitamente razoável para isso. Ela pode estar dormindo ainda, o celular no silencioso ou em outro cômodo.

— Tenho certeza de que está tudo bem — falo, mais para convencer a mim mesma do que Eli.

— Quer que eu passe lá para conferir?

Como ele é o único homem da vizinhança que vigia o lago, sei que o faria de bom grado. Mas quem está preocupada sou eu, não ele. Está na hora de fazer uma visita aos Royce e, espero, aplacar minhas inquietações.

— Eu vou — respondo. — Vai ser bom sair um pouco de casa.

Tom Royce está no deque quando eu chego. Ele claramente viu que eu estava vindo, porque está parado como um homem que espera companhia. Está até vestido para receber visitas casuais. Jeans preto. Tênis branco. Suéter de caxemira da mesma cor que o vinho caro que levou para a minha casa, duas noites atrás. Ele me oferece um aceno exageradamente amigável conforme amarro a lancha e me junto a ele no deque.

— Oi, oi, vizinha! O que traz você aqui nesta tarde?

— Só passando para ver se Katherine quer dar um pulo lá em casa para jogar conversa fora e tomar um coquetel na varanda.

Preparei a desculpa no caminho entre o meu deque e o dele, esperando que não parecesse que estou exagerando. O que suspeito que pareça, totalmente. Katherine está bem, e eu só estou preocupada por causa de algo que vi e algo que ouvi e algo que aconteceu ao meu marido mais de um ano atrás. Coisas completamente não relacionadas.

— Sinto muito, ela não está aqui — diz Tom.

— Quando ela volta?

— Provavelmente só no verão que vem.

A resposta é tão inesperada quanto uma porta batendo na minha cara.

— Ela foi embora?

— Voltou para o nosso apartamento na cidade. Saiu hoje cedo.

Eu dou mais alguns passos na direção dele, notando um hematoma vermelho na bochecha esquerda, onde Katherine o socou. Considerando isso, talvez sua partida não devesse ser uma surpresa. Consigo até imaginar a sequência de eventos que levou a essa decisão.

Primeiro a briga, terminando com um golpe forte no rosto de Tom.

Depois, minha ligação, provavelmente feita depois que ela já havia decidido ir embora. Pensando em sua breve aparição à janela, agora vejo aquele aceno estranho de maneira diferente. É totalmente possível que tenha sido um aceno de despedida.

Depois disso, ela pode ter feito as malas freneticamente, no escuro do quarto. Enfim, quando estava prestes a ir embora, a briga recomeçou. Os dois tentando tirar uma última casquinha. Durante essa última discussão, Katherine gritou. Pode ter sido de frustração. Ou raiva. Ou simplesmente um extravasar de todas as emoções que havia guardado dentro de si.

Ou, penso com um calafrio, talvez Tom tenha feito algo que a fez gritar.

— Que horas nesta manhã? — pergunto, olhando-o desconfiada.

— Cedo. Ela me ligou faz pouco tempo para dizer que chegou bem.

Até aí, as coisas batem com minha teoria sobre quando ela partiu. O que não bate é o Bentley de Tom, estacionado sob o pórtico que se estende do lado da casa. É de um cinza-ardósia, tão liso e brilhante quanto uma foca molhada.

— De que jeito ela foi?

— De motorista, é claro.

Isso não explica por que Katherine não retornou minha ligação e minhas mensagens. Depois da noite passada — e depois de fazermos planos para nos encontrarmos de novo, nesta manhã, para um café — parece estranho que ela não tenha me dito que voltaria para Nova York.

— Tentei falar com ela várias vezes hoje — explico. — Ela não está atendendo o celular.

— Ela não fica com o telefone quando viaja. Deixa na bolsa, no silencioso.

A resposta de Tom, como todas as outras até então, faz todo sentido e, se pensar um pouco melhor, nenhum sentido. Seis dias atrás, enquanto Ricardo me trazia para a casa do lago, o tédio me manteve completamente fixada no celular. Tudo bem que a maior parte desse tempo foi tentando descobrir se alguma loja de bebidas da região tinha delivery.

— Mas você acabou de dizer que ela ligou do apartamento.

— Acho que ela não quer ser incomodada — diz Tom.

Presumo que isso signifique que *ele* não quer ser incomodado. Não estou pronta para isso ainda. Quanto mais ele fala, mais desconfiada fico. Foco a marca vermelha em sua bochecha, visualizando o momento exato em que aconteceu.

Ele puxando Katherine para longe da janela.

Ela se debatendo, socando de volta.

Será que foi a primeira vez que algo assim aconteceu? Ou já havia se repetido várias vezes antes? Se sim, é possível que Tom tenha ido um passo além quando estava amanhecendo no lago.

— *Por que* Katherine foi embora? — pergunto, sendo propositalmente enxerida na esperança de que ele revele mais do que disse até o momento.

Tom aperta os olhos, coça a nuca e cruza apertadamente os braços em frente ao peito:

— Ela disse que não queria estar aqui quando o furacão Trish passasse. Estava preocupada. Casa grande. Ventos fortes. Todo esse vidro.

Isso é o oposto do que Katherine me disse ontem. De acordo com ela, era Tom quem estava preocupado com a tempestade. Mesmo assim, é inteiramente possível que ela tenha mudado de ideia porque falei sobre ficar sem energia. Assim como também é possível que ela não esteja tão disposta a passar tantos perrengues quanto alegou.

Mas então por que ela partiu e Tom ficou?

— Por que você não foi com ela? — questiono.

— Porque *eu* não estou preocupado com a tempestade — responde ele. — Além disso, achei que era uma boa ficar para o caso de acontecer alguma coisa com a casa.

Uma resposta racional. *Quase* soa como verdade. Eu estaria tentada a acreditar, exceto por duas coisas.

Número um: Tom e Katherine brigaram na noite passada. É quase certeza que isso tem algo a ver com o motivo de ela ter ido embora tão de repente.

Número dois: não explica o que escutei hoje de manhã. E, já que Tom não vai mencionar, sobra para mim:

— Achei que ouvi um barulho hoje cedo. Vindo deste lado do lago.

— Um barulho?

— É. Um grito.

Faço uma pausa, esperando para ver como Tom vai reagir. Ele não reage. Seu rosto continua rígido como uma máscara, até que ele diz:

— Que horas?

— Pouco antes de amanhecer.

— Eu dormi até bem depois disso.

— Mas não foi essa hora que Katherine foi embora?

Tom fica paralisado por um segundo, e de início penso que o peguei em uma mentira. Mas ele se recupera rápido, dizendo:

— Eu falei que ela saiu cedo. Não ao amanhecer. E não gosto que você insinue que eu esteja mentindo.

— E eu não precisaria insinuar se você simplesmente me dissesse um horário.

— Oito.

Mesmo que Tom cuspa o número como se houvesse acabado de pensar nisso, a linha do tempo se encaixa. Leva pouco menos de cinco horas daqui a Manhattan, tornando mais do que possível que Katherine já tenha chegado, mesmo que tenha feito uma longa parada na estrada.

Tom ergue uma mão para a bochecha, esfregando o ponto que se conectou com o punho da esposa.

— Não entendo por que você está tão curiosa sobre Katherine. Nem sabia que vocês eram amigas.

— Éramos amigáveis — retruco.

— Sou amigável com muita gente. Isso não me dá um passe livre para interrogar seus cônjuges se vão a algum lugar sem me contar.

Ah, o velho truque de desprezar-a-preocupação-de-uma-mulher-fazendo-ela-pensar-que-está-obcecada-e-um-tanto-histérica. Eu esperava algo um pouco mais original de Tom.

— Só estou preocupada — digo.

Percebendo que ainda está esfregando a bochecha, Tom abaixa a mão.

— Não deveria. Porque Katherine não está preocupada com você. É isso que você precisa entender sobre a minha esposa: ela fica entediada fácil. Uma hora, quer sair da cidade e passar duas semanas no lago. Dois dias depois, decide que quer voltar para a cidade. É a mesma coisa com pessoas. São como roupas para ela. Uma coisa que ela possa provar e vestir por um tempo antes de trocar pelo *look* mais novo.

Katherine nunca passou essa impressão. Ela — e a breve conexão que tivemos — pareceu genuína, o que me faz desconfiar ainda mais de que Tom esteja mentindo.

Não só sobre isso.

Sobre tudo.

E decido colocá-lo contra a parede:

— Eu falei com ela ontem à noite. Depois da uma da manhã. Ela disse que vocês tinham brigado.

Uma mentira de minha parte. Pequeninha. Mas Tom não precisa saber disso. De início, penso que ele vai me contar outra mentira em resposta. Há engrenagens girando por trás de seus olhos. Matutando, procurando uma desculpa. Sem encontrar uma, ele enfim diz:

— É, nós brigamos. Perdemos a cabeça. Os dois disseram coisas que não deveriam. Quando acordei hoje cedo, Katherine tinha ido embora. *Por isso* estou sendo vago sobre tudo. Feliz agora? Ou tem mais perguntas pessoais sobre meu casamento que você queira fazer?

Enfim, Tom parece estar dizendo a verdade. É claro que é provável que seja isso o que tenha acontecido. Eles brigaram, Katherine foi embora e agora está em Nova York, provavelmente ligando para o advogado de divórcios mais caro que o dinheiro pode pagar.

E também não é nada da minha conta, um fato que nunca considerei de verdade até o momento. Agora que o fiz, me encontro presa entre vergonha e uma prova de inocência. Tom estava errado em sugerir que eu estava sendo obsessiva e histérica. Eu fui pior: a vizinha enxerida. Um papel que nunca assumi antes, nem no palco nem nas telas. Na vida real, não combina. Na verdade, é totalmente hipócrita. Eu, mais do que ninguém, deveria saber como é a sensação de ter problemas pessoais expostos para o público criticar. Só porque foi feito comigo não significa que seja certo fazer com Tom Royce.

— Não — falo. — Eu sinto muito mesmo por ter incomodado você.

Caminho encolhida pelo deque e subo na lancha, já preparando uma lista mental de coisas a fazer quando voltar para casa.

Primeiro, jogar o binóculo de Len no lixo.

Segundo, encontrar algo para fazer que não envolva espionar os vizinhos.

Terceiro, deixar Tom em paz e esquecer Katherine Royce.

O que se prova ser mais fácil falar do que fazer. Porque, conforme empurro a lancha para longe da doca, vejo de relance Tom me observar partir. Está sob um trecho de sol que faz a marca em seu rosto se destacar ainda mais. Ele a toca de novo, os dedos circulando ao redor do lembrete vermelho de que a esposa esteve aqui um dia e agora não está mais.

Vê-lo desperta a memória de algo que Katherine disse ontem sobre ele.

"Tom precisa demais de mim para concordar com um divórcio. Ele me mataria antes de me deixar partir."

Envio outra mensagem a Katherine assim que chego à casa do lago. *Fiquei sabendo que você voltou para a Grande Maçã. Se soubesse que estava planejando uma fuga, eu teria pedido carona.*

Então fico plantada na varanda, encarando o celular, como se fazê-lo por tempo o suficiente fosse conjurar uma resposta. Até agora, não está funcionando. A única ligação que recebo é a checagem diária de minha mãe, que deixo cair direto na caixa postal antes de entrar em casa e servir um copo de bourbon.

Meu segundo do dia.

Talvez terceiro.

Tomo um gole vigoroso, volto à varanda e confiro as mensagens anteriores que enviei a Katherine. Nenhuma foi lida.

Preocupante.

Se ela ligou para Tom depois de chegar em casa, em Nova York, então certamente teria visto que liguei e mandei mensagem.

A não ser que Tom estivesse mesmo mentindo sobre isso.

Sim, ele disse a verdade sobre a briga, mas só depois que eu cutuquei. E, em relação ao outro ponto — o grito que ainda tenho cinquenta por cento de certeza que escutei —, ele permaneceu frustrantemente vago. Só disse que estava dormindo até depois do amanhecer. Nunca negou de fato que houve um grito.

Então tem aquelas duas frases — fáceis de deixar passar na hora, cada vez mais perturbadoras agora — que Katherine disse enquanto estava sentada exatamente na mesma cadeira de balanço que ocupo agora. Elas se recusam a sair da minha cabeça, se repetindo no fundo do meu crânio como falas que passei tempo demais ensaiando.

"Tom precisa demais de mim para concordar com um divórcio. Ele me mataria antes de me deixar partir."

Normalmente, eu presumiria que era uma brincadeira. É meu mecanismo coringa de defesa, afinal. Usar humor como escudo, fingir que minha dor não machuca nada. Que é o porquê de eu suspeitar que tinha um fundo de verdade no que Katherine disse. Principalmente depois de ela ter me contado sobre todo o dinheiro de Tom estar enrolado com o Mixer e como ela paga por tudo.

E tem a briga em si, que pode ter sido sobre dinheiro, mas suspeito que seja algo mais. Gravada em minha memória está a forma como Tom implorou a Katherine, repetindo aquela palavra que eu não conseguia ler direito em seus lábios. *Como? Quem?* Tudo isso convergindo com o clímax de ele arrancando-a para longe da janela e ela golpeando de volta.

Pouco antes disso, entretanto, houve o momento surreal em que meus olhos e os de Katherine se cruzaram. Sei, pela ligação posterior, que ela de alguma forma sabia que eu estava olhando. Agora me pergunto se, naquele breve instante em que nossos olhares se encontraram, Katherine estava tentando me dizer algo.

Talvez estivesse implorando por ajuda.

Apesar de minha promessa de jogar o binóculo no lixo, cá está ele, esperando, bem ao lado do meu copo de bourbon. Pego-o e olho para o outro lado do lago, para a casa dos Royce. Embora Tom não esteja mais do lado de fora, a presença do Bentley me diz que ele continua lá.

Tudo o que ele me disse se encaixa na maior parte, indicando que eu deveria acreditar nele. Mas aquelas poucas pontas soltas me impedem. Não conseguirei confiar totalmente em Tom até que Katherine me ligue de volta, ou que eu consiga provas de outra fonte.

Ocorre-me que Tom mencionou exatamente onde eles moram na cidade. Um prédio elegante não muito longe do meu, embora o deles faça divisa com o Central Park. Conheço-o bem. Upper West Side. Algumas quadras ao norte de onde antes ficava o Bartholomew.

Já que não tenho como ir até lá, convoco a segunda melhor pessoa para a missão.

— Você quer que eu faça *o quê?* — pergunta Marnie quando ligo para fazer o pedido.

— Ir até o prédio deles e pedir para falar com Katherine Royce.

— Katherine? Achei que ela estivesse no Lago Greene.

— Não mais.

Eu lhe passo uma atualização sobre os últimos dias. Katherine infeliz. Tom agindo estranho. Eu observando tudo através do binóculo. A briga, o grito e a partida súbita de Katherine.

Em defesa de Marnie, ela espera até eu terminar para perguntar:

— Por que você estava espionando eles?

Não tenho uma resposta adequada. Eu estava curiosa, entediada, sou enxerida, todas as alternativas anteriores.

— *Eu* acho que é porque você está triste e sozinha — sugere Marnie. — O que é compreensível, considerando tudo pelo você que passou. E você quer dar um tempo de sentir tudo isso.

— Tem como me culpar?

— Não. Mas não é assim que se distrai. Agora você está obcecada com a supermodelo que mora do outro lado do lago.

— Não estou obcecada.

— Está o quê, então?

— Preocupada — respondo. — Naturalmente preocupada com alguém que acabei de salvar da morte. Você conhece o ditado. Salve a vida de alguém e você se tornará responsável por ela para sempre.

— Um: nunca ouvi esse ditado. Dois: isso é, tipo, a definição de estar obcecado.

— Talvez. Mas isso não importa agora.

— Discordo. Esse comportamento não é saudável, Casey. Não é *moralmente certo*.

Deixo escapar uma bufada irritada tão alta que soa como o vento forte atingindo meu celular.

— Se eu quisesse uma lição de moral, teria ligado para a minha mãe.

— Ligue para ela — pede Marnie. — *Por favor*. Ela está me incomodando, dizendo que você está ignorando as ligações dela.

— E estou. Se você for até o prédio para ver se Katherine está lá, eu ligo para a minha mãe e peço para ela parar de te encher.

Marnie finge refletir, mesmo que eu já saiba que temos um trato feito.

— Está bem — diz ela. — Mas, antes, última pergunta. Você conferiu as redes sociais dela?

— Eu não tenho redes sociais.

— Graças a Deus. Mas imagino que Katherine tenha. Encontre as contas dela. Twitter. Instagram. Aquela que o marido dela literalmente criou e é dono. Com certeza ela tem conta lá. Talvez dê alguma ideia de onde ela está e o que está fazendo.

É uma ideia tão boa que fico irritada por não ter sido eu a pensar nisso. Afinal, seguir alguém nas redes sociais é simplesmente uma forma mais aceitável de espionagem.

— Farei isso. Enquanto você vai conferir se Katherine está em casa. Agora.

Depois de alguns xingamentos em voz baixa e uma promessa de que está saindo neste instante, Marnie desliga o telefone. Enquanto espero um retorno, faço o que ela sugeriu e confiro as redes sociais de Katherine.

Primeiro, Instagram, onde ela tem mais de quatro milhões de seguidores.

É claro que tem.

As fotos que ela postou são uma mistura agradável de interiores banhados pelo sol, recordações de seus tempos de modelo e selfies perfeitas com cremes no rosto ou comendo doces em barra. Intercaladas com essas, há pedidos gentis e sinceros de apoio às instituições de caridade com as quais ela trabalha.

Mesmo que seja tudo cuidadosamente selecionado, Katherine ainda se sai como uma mulher inteligente que quer ser conhecida como mais do que um simples rosto bonito. Uma imagem precisa da Katherine que conheci. Tem até uma foto recente tirada no Lago Greene, mostrando-a reclinada na beira da doca deles, vestindo aquele maiô azul-turquesa, com a água ao fundo e, para além dela, a exata varanda em que estou sentada neste momento.

Olho a data e vejo que foi postada há dois dias.

Pouco antes de ela quase se afogar no lago.

A foto mais recente é de uma imaculada cozinha toda branca, com uma chaleira de aço inoxidável no fogão, um calendário do Piet Mondrian na parede e lírios em um vaso à janela. Lá fora, o Central Park se estende abaixo em todo seu esplendor pastoral. A legenda é curta e fofa: *Não há lugar como o nosso lar.*

Confiro quando foi postada.

Uma hora atrás.

Então, no fim, Tom não estava mentindo. Katherine realmente voltou para o apartamento deles, um fato que parece ter surpreendido seus amigos famosos que deixaram comentários.

Vc voltou pra cidade?! YAY!!, escreveu um.

Outro respondeu: *Que rápido!*

O próprio Tom se manifestou: *Cuida da casa, amor!*

Eu exalo, soprando toda a tensão que não sabia que estava contendo.

Katherine está bem.

Ótimo.

Mesmo assim, meu alívio é acompanhado por uma facada de rejeição. Talvez seja outra verdade de Tom que Katherine se entedia facilmente. Agora que tenho certeza de que ela estava com o celular, é evidente que viu minhas mensagens e ligações. Ela está me ignorando, da mesma forma como eu estou ignorando a minha mãe. Percebo que sou o tipo de pessoa para quem Katherine deu um toque gentil na gravação de sua caixa postal. O tipo que está sendo ignorado.

Depois da noite passada, não posso exatamente culpá-la. Ela sabe que estive observando sua casa. Marnie tinha razão quando disse que não é um comportamento saudável. Na verdade, é extremamente desconcertante. Quem passa tanto tempo espiando os vizinhos? Fracassados, isso, sim. Fracassados solitários que bebem demais e não têm nada melhor para fazer.

Está bem, talvez Marnie esteja certa e eu *esteja mesmo* um pouco obcecada com Katherine. Sim, um tanto dessa obsessão é válido. Já que salvei a vida dela, é natural que eu esteja preocupada com seu bem-estar. Mas a verdade é mais dura do que isso. Criei uma fixação por Katherine para evitar encarar meus próprios problemas, que são muitos.

Irritada — com Katherine, com Marnie, comigo mesma — pego o binóculo, levo para dentro e jogo no lixo. Algo que deveria ter feito dias atrás.

Volto à varanda e à minha camada protetora de bourbon, que bebo até Marnie ligar de volta meia hora depois, com os sons familiares do trânsito de Manhattan buzinando ao fundo.

— Já sei o que você vai falar — digo. — Katherine está lá. Você tinha razão, e eu sou uma estúpida.

— Não é isso o que o porteiro deles acabou de me dizer.

— Você falou com ele?

— Eu disse que era uma amiga antiga de Katherine que estava por acaso na vizinhança e queria saber se ela não queria almoçar comigo. Não sei se ele acreditou em mim, mas não importa, porque ele me disse mesmo assim que os Royce estão de férias na casa de veraneio deles, em Vermont.

— E essas foram as palavras exatas dele? — questiono. — Os Royce. Não só o Sr. Royce.

— No plural. Até joguei a cartada do "ah, achei que tivesse visto a Katherine ontem na rua". Ele me disse que estou enganada e que a Sra. Royce não aparece no apartamento há muitos dias.

Um gelo implacável percorre minha espinha. Parece que acabei de ser jogada no lago e que agora estou perdida na frígida escuridão da água.

Eu tinha razão.

Tom *estava mesmo* mentindo.

— Agora eu estou preocupada mesmo — falo. — Por que Tom mentiria assim para mim?

— Porque, seja lá o que esteja acontecendo, não é da sua conta — retruca Marnie. — Você mesma disse que Katherine parecia infeliz. Talvez esteja. Então o deixou. Até onde você sabe, pode ter uma carta de despedida no balcão da cozinha deles neste mesmo instante.

— Mesmo assim, as coisas não se encaixam. Fiz o que você sugeriu e olhei o Instagram. Ela acabou de postar uma foto de dentro do apartamento.

Marnie reflete um pouco sobre isso.

— Como você sabe que é o apartamento dela?

— Não sei — confesso. — Só assumi que fosse porque Katherine disse na legenda que era, porque tinha uma vista do Central Park e pareceu ser mais ou menos onde fica o apartamento dos Royce.

— Viu? Talvez Katherine tenha dito a Tom que voltaria para o apartamento, mas na verdade foi ficar com uma amiga ou familiar. Ele pode não fazer ideia de onde ela está e ficou envergonhado demais para admitir.

Seria uma boa teoria se eu não tivesse visto o comentário de Tom na foto.

Cuida da casa, amor!

— Isso significa que é mesmo o apartamento deles — digo a Marnie depois de explicar o que vi.

— Está bem. Digamos que *seja* o apartamento deles. Isso quer dizer que ou Katherine está lá e o porteiro mentiu, ou que ela postou uma foto que já tinha no celular para esconder do marido o fato de que não está mesmo lá. De qualquer forma, nada disso indica que ela esteja em perigo.

— Mas eu escutei ela gritar hoje de manhã.

— Tem certeza de que foi isso que você ouviu?

— Não foi um animal.

— Não estou dizendo que foi. Só estou falando que talvez você não tenha escutado de verdade.

— Você acha que eu imaginei?

A pausa delicada que recebo em resposta me alerta para o fato de que Marnie está prestes a lançar uma bomba de honestidade.

Uma grande bomba.

Atômica.

— Quanto você bebeu ontem à noite? — pergunta ela.

Meu olhar é atraído para a garrafa quase vazia de uísque ainda tombada no chão da varanda.

— Um monte.

— Quanto é "um monte"?

Eu penso, contando os drinks nos dedos. Os que consigo lembrar, pelo menos.

— Sete. Talvez oito.

Marnie deixa escapar uma tosse fraca para esconder sua surpresa:

— E você não acha que é muito?

Frente ao seu tom bem intencionado demais, assumo a defensiva. Ela parece minha mãe.

— Não estamos falando do meu alcoolismo. Você precisa acreditar em mim. Tem alguma coisa errada nisso tudo.

— Pode ser que seja verdade. — A voz de Marnie continua irritantemente calma. Como alguém conversando com uma criança que está fazendo birra. — Mas ainda assim não quer dizer que Tom Royce tenha matado a esposa.

— Eu não disse que ele matou.

— Mas é o que você acha, não é?

Não exatamente, mas quase. Embora tenha com certeza se passado pela minha cabeça que Tom tenha feito algo para machucar Katherine, não estou pronta ainda para dar o salto mental para assassinato.

— Seja sincera — diz Marnie —, o que você *acha* que aconteceu com ela?

— Não tenho certeza se aconteceu alguma coisa. Mas tem algo errado nesta situação. Katherine estava aqui e de repente não está mais. E eu não sei bem se o marido dela está dizendo a verdade.

— Ou ele disse o que *acredita* que seja verdade.

— Não boto fé nisso. Quando conversei com ele, ele me deu uma explicação muito simples para uma coisa que, até onde eu vi, parecia uma situação muito complexa.

— O que você viu? — repete ela, minhas palavras soando inegavelmente enxeridas. — É assim que você passa seu tempo? Observando eles?

— Só porque percebi algo errado no instante em que comecei a observar.

— Eu queria que você pudesse se escutar agora — diz Marnie, seu tom calmo sendo substituído por algo pior. Tristeza. — Admitindo que está espionando os vizinhos e falando que Tom Royce tem algo a esconder...

— Você também acharia isso, se tivesse visto o que eu vi.

— Essa é questão. Você não deveria ter visto. Nada do que está acontecendo naquela casa é da sua conta.

Não tenho como argumentar. É verdade que eu não tinha o direito de observá-los como fiz. Mas, mesmo assim, se me deparei com uma situação potencialmente perigosa, não é minha responsabilidade tentar fazer algo a respeito?

— Eu só quero ajudar Katherine — digo.

— Eu sei que você quer. Mas, se Katherine Royce quisesse sua ajuda, teria pedido.

— Eu acho que ela pediu. Ontem de madrugada, quando vi eles brigando.

Marnie deixa escapar um suspiro fraco de tristeza. Ignoro-a.

— Nossos olhos se encontraram. Só por um segundo. Ela estava olhando para mim, e eu, para ela. E acho que, naquele momento, ela estava tentando me dizer alguma coisa.

Marnie suspira de novo, desta vez mais alto e mais triste.

— Eu sei que você está passando por um momento difícil agora. Sei que está com dificuldades. Mas por favor não arraste outras pessoas para isso.

— Como você? — retruco.

— Sim, como eu. E Tom e Katherine Royce. E qualquer um que esteja no lago agora.

Embora Marnie não soe nada além de simpática, sei qual é a dela. Minha prima também oficialmente se cansou das minhas merdas. A única surpresa, na verdade, é ter levado todo esse tempo. A não ser que eu queira perdê-la por completo, e não quero, não posso insistir mais.

— Você tem razão — digo, tentando soar adequadamente arrependida. — Me desculpe.

— Não preciso de desculpas. Preciso que você melhore.

Marnie desliga o telefone antes que eu possa dizer mais alguma coisa — um alerta não dito de que, embora tudo esteja perdoado, certamente não foi esquecido. E que, quando se trata de Katherine e Tom Royce, preciso deixá-la de fora.

O que não é um problema. Talvez ela tenha razão e não esteja acontecendo nada além do desfecho do casamento dos Royce. Eu sinceramente espero que seja isso, e nada pior. Infelizmente, minha intuição me diz que não é tão simples.

Volto ao Instagram de Katherine e analiso aquela foto do apartamento, pensando na teoria de Marnie de que ela postou uma foto antiga para enganar o marido. A ideia faz sentido, principalmente quando olho de novo para a vista do Central Park do lado de fora da janela. As folhas lá ainda estão verdes, bem diferente do vermelho-vivo e laranja das árvores ao redor do Lago Greene.

Dou zoom até que a foto preencha a tela do meu celular. Correndo os olhos pelo borrão granulado, foco o calendário do Mondrian na parede. Ali, impresso logo abaixo de uma reprodução da obra mais famosa do artista, *Composição em Vermelho, Azul e Amarelo*, está o mês que representa.

Setembro.

Marnie tinha razão. Katherine postou mesmo uma foto antiga. Frente à prova de que ela está tentando enganar alguém, provavelmente o marido, percebo que posso parar de me preocupar — e, sim, me obcecar — com onde ela está ou o que aconteceu com ela.

Não é da minha conta.

Está na hora de aceitar isso.

Deslizo o dedo pelo celular, voltando ao tamanho original da foto.

É então que vejo.

A chaleira no fogão, polida a ponto de brilhar como um espelho. Reluz tanto que é possível ver o reflexo de quem tirou a foto na superfície.

Curiosa, dou zoom de novo, deixando a chaleira o maior possível, sem desfocar demais a imagem. Embora o reflexo esteja embaçado por conta da ampliação e distorcido pela curva do metal, consigo identificar quem é.

Tom Royce.

Não tem erro. Cabelo escuro, mais comprido na parte de trás, excesso de produto na frente.

Katherine nunca tirou esta foto.

O que significa que estava salva não no celular dela, mas no do marido.

A única explicação em que consigo pensar é que Marnie estava certa sobre ser um post para enganar, mas errada sobre quem o fez e o porquê.

Tom postou a foto no Instagram da esposa.

E quem ele está enganando sou eu.

A parte mais difícil de atuar oito vezes por semana em *Sombra de uma Dúvida* estava no primeiro ato, em que minha personagem precisava encontrar um equilíbrio entre ficar preocupada demais e desconfiada de menos. Passei semanas de ensaio tentando encontrar o balanço perfeito entre ambos e nunca consegui um resultado realmente perfeito.

Até agora.

Neste momento, estou empoleirada precisamente entre as duas emoções, me perguntando em qual direção devo me inclinar. É fácil agora que estou vivendo isso. Não preciso atuar.

Quero ligar para Marnie e pedir ajuda, mas sei o que ela diria. Que Katherine está bem. Que eu deveria deixar quieto. Que não é da minha conta.

Tudo isso pode ser verdade. E pode ser uma completa mentira. Não tenho como ter certeza até entender melhor a situação. Então lá vou eu de volta à rede social, deixando o Instagram para trás e mergulhando na criação de Tom Royce, Mixer.

Primeiro, preciso baixar o aplicativo no celular e criar um perfil. É um processo descaradamente invasivo que exige meu nome completo, data de nascimento, número de celular e localização, que é determinada pelo GPS. Tento várias vezes driblar o sistema, colocando Manhattan como localização. O aplicativo muda para Lago Greene toda vez.

E eu achei que *eu* estava sendo enxerida.

Só depois que meu perfil é criado tenho permissão para acessar o Mixer. Preciso dar crédito a Tom e sua equipe de desenvolvimento. É um aplicativo bem-feito. Minimalista, bonito, fácil de usar. Em segundos, descubro que tem várias formas de encontrar um contato, incluindo pela empresa e localização e digitando seus bares e restaurantes favoritos para ver quem mais os listou.

Escolho a busca por localização, o que me permite ver todos os usuários em um raio de um quilômetro e meio. Neste momento, há outros quatro usuários no Lago Greene, cada um representado por um triângulo vermelho em uma vista de satélite da área.

O primeiro é Tom Royce.

Nenhuma surpresa aí.

Eli e Boone Conrad também têm perfis, o que seria surpreendente se eu não suspeitasse que tivessem criado como cortesia ao vizinho. Como eu, nenhum dos dois preencheu nada além dos campos obrigatórios. Eli não listou nenhum lugar favorito ou visitado recentemente, e o único lugar no perfil de Boone é uma casa de sucos a duas cidades de distância.

A real surpresa é a quarta pessoa atualmente listada no Lago Greene.

Katherine Royce.

Fico encarando o triângulo que indica sua localização.

Logo na outra margem do lado.

Diretamente do lado oposto ao meu próprio triângulo vermelho.

Vê-lo faz meu coração começar a martelar no peito. Embora não faça ideia de qual seja o nível de precisão do aplicativo, imagino que seja alta. Já que não consegui mudar minha localização apesar de várias tentativas, é provável que Katherine também não consiga.

Se esse for o caso, significa que ou ela foi embora do Lago Greene sem levar o celular, ou nunca saiu.

Eu me levanto, enfio o telefone no bolso e entro em casa, direto para a cozinha. Ali, caço o binóculo no lixo, sopro migalhas perdidas do meu almoço de suas lentes e o levo até a varanda. De pé, atrás do parapeito, observo a casa de vidro dos Royce, me perguntando se Katherine está de fato lá. É impossível saber. Embora o sol esteja perto de deslizar para trás das montanhas daquele lado do lago, o reflexo ondulante da água mascara o que quer que possa estar acontecendo no interior.

Mesmo assim, corro os olhos por onde sei que cada cômodo fica, torcendo para que uma luz de dentro melhore minha visão. Nada. Tudo atrás das foscas janelas está invisível.

A seguir, analiso os arredores da casa, começando pelo lado que dá para a propriedade de Eli antes de desviar para o pátio dos fundos, descer para a doca, então para o lado que dá para os Fitzgerald. Nada ali também. Nem mesmo o Bentley impecável de Tom.

Mais uma vez, percebo que estou observando a casa dos Royce com um binóculo bom o suficiente para ver crateras na lua. É extremo.

E obsessivo.

E simplesmente estranho.

Abaixo o binóculo, corada com a vergonha de que talvez esteja sendo ridícula em relação a isso tudo. Marnie me diria que não tem "talvez" nisso. Eu acharia o mesmo se não fosse pela única coisa que me perturba desde o começo.

O grito.

Sem ele, eu não estaria tão preocupada.

Mesmo que tenha sido só a minha imaginação, não consigo parar de pensar nisso.

Afundo na cadeira de balanço, imitando a situação dolorida em que acordei. Olhos fechados com força, tento me lembrar do som, torcendo para que desencadeie alguma memória reveladora. Embora eu tenha me incomodado quando ela mencionou, Marnie tinha razão em dizer que bebi demais na noite passada. Bebi mesmo, e por um bom motivo, como em todas as outras noites. Mas, em meu estupor bêbado, é inteiramente possível que eu tenha imaginado aquele grito. Afinal, se Eli não o escutou e Tom não o escutou, é razoável concluir que eu também não tenha escutado.

Mas não é só porque mais ninguém alega ter ouvido que não tenha acontecido. Mesmo que uma árvore caia no meio da floresta, para usar o clichê batido, ainda sim faz barulho. E, conforme o Mixer me lembra quando confiro o celular pela milésima vez, há outra pessoa neste lago para quem não perguntei ainda. Posso ver seu pequeno triângulo vermelho na minha tela, neste exato momento, localizado a algumas centenas de passos do meu.

Sim, sei que prometi a Eli que ficaria longe dele. Mas, às vezes, como agora, uma promessa precisa ser quebrada.

Especialmente quando Boone Conrad pode ter a resposta para o que é agora minha questão mais urgente.

Eu me levanto, guardo o telefone e desço saltando os degraus da varanda. Em vez de ir para a frente da casa e fazer a caminhada de entrada a entrada, escolho o mesmo caminho que Boone fez no outro dia e corto pela floresta entre nós. É uma rota bonita, principalmente pelo sol que se põe, banhando este lado do lago com seu brilho dourado. É tão brilhante que preciso apertar os olhos enquanto caminho. Uma sensação acolhedora que me lembra de estar no palco, sob os holofotes, aquecida com seu brilho.

Eu amava essa sensação.

Sinto falta dela.

Se Marnie estivesse aqui, ela me diria que é só questão de tempo até que eu volte a caminhar pelo tablado. Eu sinceramente duvido.

À frente, visível por entre as árvores que rareiam, está a imponente silhueta em forma de A da casa dos Mitchell. Como a dos Royce, tem grandes janelas com vista para o lago, que agora reflete os tons de chama do pôr do sol. Isso, somado ao formato da casa, me lembra um desenho infantil de uma fogueira. Um triângulo laranja sobre uma pilha de lenha.

Conforme avanço pelo fim das árvores para o pequeno quintal repleto de folhas dos Mitchell, vejo Boone no deque de trás. De jeans e camiseta branca, ele está de pé, olhando para o lago, com uma mão sombreando os olhos do sol poente. Imediatamente percebo que também está olhando para a casa dos Royce.

Acho que Boone sabe por que estou aqui, pois, assim que me vê cruzando o jardim, um olhar estranho percorre seu rosto. Uma parte confusão, duas partes preocupação, com apenas uma pitada de alívio para finalizar.

— Você também escutou, não foi? — diz ele antes que eu consiga falar qualquer coisa.

— Escutei o quê?

— O grito. — Ele vira a cabeça até estar de novo voltado para a casa dos Royce. — Que veio de lá.

V ocê viu mais alguma coisa? — pergunta Boone.
— Só o que já contei.
Nós dois estamos na varanda dos fundos da casa do lago de minha família, eu olhando Boone observar a casa dos Royce com o binóculo. Ele está apoiado no parapeito, inclinado tão para frente que me preocupo que vá quebrá-lo e despencar para o chão abaixo. Ele é certamente grande o suficiente, o que percebo apenas quando estamos frente a frente. Como eu estava acima dele em nosso primeiro encontro, não conseguia calcular como ele é alto. Agora sei. Tão alto que preciso olhar para cima para conversar.

— Você me disse que está aqui desde agosto — falo. — Conheceu Tom e Katherine?

— Encontrei com eles uma ou duas vezes. Não os conheço bem.

— Percebeu alguma coisa estranha?

— Não — responde Boone. — Só que eu não estava observando com um desses.

Ele afasta o binóculo dos olhos por tempo o suficiente para me lançar um sorriso, mostrando que está brincando. Mas percebo um tom de julgamento em sua voz, o que sugere que não esteja completamente de acordo com o que venho fazendo.

Nem eu, agora que estou a um passo de distância do homem que espionei pelado. Em nenhum momento Boone deu indícios de suspeitar que eu havia assistido a seu mergulho nu, na outra noite. Em troca, não dou indícios de que estava de fato assistindo. O que leva a um silêncio desconfortável em que me pergunto se ele está pensando o mesmo que eu.

Do outro lado do lago, a casa dos Royce continua escura, mesmo que o cinza aveludado do início da noite tenha descido sobre a paisagem. Tom ainda não voltou, como evidenciado pelo espaço vazio sob o pórtico onde seu Bentley deveria estar.

— Você acha que ele vai voltar? — questiono. — Ou que fugiu de vez?

Boone volta ao binóculo.

— Acho que ele vai voltar. Ainda tem móveis no pátio. Se ele fosse passar o inverno fora, teria levado tudo para dentro.

— A não ser que tenha precisado sair com pressa.

Ele me entrega o binóculo e se senta em uma cadeira de balanço, que estala com o seu peso.

— Não estou pronto para pensar o pior.

Eu me sentia da mesma forma uma hora atrás, quando não tinha certeza se o grito era real e se havia algum motivo lógico para Katherine não estar onde Tom disse que estava. Agora que Boone confirmou o que ouvi e o localizador de Katherine no Mixer continua sobre a casa enquanto o marido desapareceu já faz um tempo, estou pronta para deixar minhas suspeitas correrem soltas.

— Onde você estava quando escutou o grito? — pergunto a Boone.

— Na cozinha, fazendo café.

— Você sempre acorda cedo?

— Estou mais para dormir pouco. — Boone dá de ombros, e, nesse triste erguer dos músculos largos, percebo uma aceitação cansada, comum entre as pessoas que são assombradas por alguma coisa. *É um saco*, parece dizer, *mas o que é que eu posso fazer?* — A porta para o deque estava aberta. Gosto de escutar os pássaros no lago.

— Porque do contrário é quieto demais.

— Exatamente — diz, satisfeito por eu me lembrar de algo de nossa primeira conversa. — Eu estava prestes a passar o café quando escutei. Me pareceu vir do outro lado do lago.

— Como você sabe?

— Porque teria soado diferente se fosse deste lado. Mais alto. Eu soube que veio de lá assim que ouvi. — Boone aponta para a margem oposta, o dedo parando entre a casa de Eli e a dos Royce. — Estava a uma distância suficiente para eu escutar o eco.

— Você viu alguma coisa?

Boone balança a cabeça.

— Eu saí para olhar, mas não tinha nada para ver. O lago estava calmo. A margem oposta parecia vazia. Foi como qualquer outra manhã comum aqui.

— Só que com um grito — complemento. — Você concorda comigo que soava como uma mulher, certo?

— Mais que isso, concordo que soava como Katherine Royce.

Deixo o parapeito e me sento na cadeira de balanço ao lado de Boone.

— Você acha que deveríamos ligar para a polícia?

— E falar o quê?

— Que nossa vizinha está desaparecida e estamos preocupados com ela.

Na mesa entre nós, há dois copos de refrigerante *ginger ale*. Não seria minha primeira escolha de bebida, mas eu teria me sentido culpada de tomar um bourbon na frente de Boone. O *ginger ale*, que estava na geladeira desde a última vez que estive aqui, está totalmente sem gás. Parece que Boone não se importa, pois toma um gole e diz:

— Não devemos fazer isso ainda. Primeiro porque não sabemos se Katherine está mesmo desaparecida. Se chamarmos a polícia, a primeira coisa que vão fazer é falar com Tom...

— Que pode ser o motivo para Katherine estar desaparecida.

— Talvez. Talvez não. Mas, quando a polícia falar com ele, Tom provavelmente vai dizer a mesma coisa que falou para você e usar o mesmo post no Instagram que você me mostrou como prova. Isso vai fazer a polícia se afastar. Não para sempre. Principalmente se mais pessoas que conhecem Katherine aparecerem dizendo que não têm notícias dela. Mas seria tempo o suficiente para Tom fugir.

Olho para o outro lado do lago e para o espaço vazio em que o carro dele costumava estar.

— Se é que já não está fugindo.

Boone solta um resmungo de concordância.

— E essa é a grande questão agora. Acho que deveríamos esperar para ver se ele volta.

— E se não voltar?

— Conheço uma pessoa para quem podemos ligar. Ela é detetive da polícia estadual, que é quem investigaria de qualquer forma. Se é que tem alguma coisa para investigar. Aí vamos contar tudo e perguntar o que ela acha. Mas por enquanto é melhor sermos o mais discretos possível. Acredite em mim, Casey, não queremos fazer uma acusação, envolver a polícia e equipes de resgate e descobrir que estávamos errados o tempo todo. Os policiais torcem o nariz para esse tipo de coisa.

— Como você sabe tanto sobre policiais?

— Eu era um.

Sou pega de surpresa, mesmo que não devesse. Boone tem uma familiar frieza gentil-mas-cansada de policial. E músculos. Muitos músculos. Não pergunto por que ele parou de atuar, e ele não diz. Sabendo que está agora no AA, consigo ligar os pontos sozinha.

— Então vamos esperar — digo.

E é o que fazemos, sentados em relativo silêncio conforme o anoitecer cobre o vale.

— Você não queria que eu tivesse trazido meu tabuleiro de Monopoly agora? — diz Boone quando o relógio badala sete vezes.

— É grosseria dizer que não?

Ele deixa escapar uma risada pesarosa.

— Muita. Mas sua honestidade é revigorante.

Às sete e meia, depois de escutar o estômago de Boone roncar várias vezes, entro e faço sanduíches para nós. Minhas mãos tremem conforme espalho maionese no pão. Tremores de abstinência. Meu corpo quer estar bebendo vinho agora, e não refrigerante sem gás. Olho de relance para o armário de bebidas na sala ao lado, e meu corpo estremece de desejo. Um aperto se forma em meu peito, uma coceira interna que está me enlouquecendo porque não pode ser alcançada. Respiro fundo, termino os sanduíches e os levo para fora.

Na varanda, Boone está com o binóculo de novo, mesmo que nenhuma luz esteja visível na casa de Tom e Katherine. O lugar sequer seria discernível se não fosse o luar tremeluzindo sobre o lago.

— Ele voltou? — pergunto.

— Ainda não. — Boone abaixa o binóculo e aceita o prato de papel com peru no pão branco e batata chips de acompanhamento. Não é meu melhor momento culinário. — Eu só estava admirando como esse negócio é potente.

— Meu marido que comprou. Para observar pássaros.

A voz de Boone se torna baixa e séria:

— Sinto muito pelo que aconteceu com ele, a propósito. Eu deveria ter dito isso no outro dia.

— E eu fiquei sabendo da sua esposa.

— Imagino que Eli tenha contado.

— Contou. Sinto muito que você tenha passado por isso.

— Digo o mesmo. — Ele faz uma pausa antes de acrescentar: — Estou aqui se quiser conversar sobre isso.

— Não quero.

Boone assente.

— Entendo. Eu também não queria. Não por um bom tempo. Mas uma das coisas que aprendi no último ano é que conversar sobre as coisas ajuda. Torna mais fácil de lidar.

— Vou pensar nisso.

— Ela caiu da escada. — Boone faz uma pausa, deixando a informação ser absorvida. — Foi assim que a minha esposa morreu. Caso você esteja se perguntando.

Eu estava, mas não tive coragem de questionar descaradamente. Apesar de meu hábito atual de espionar vizinhos, ainda tenho, na maior parte do tempo, respeito pela privacidade dos outros. Mas Boone está disposto a compartilhar informações, então assinto e o deixo continuar.

— Ninguém sabe bem como aconteceu. Eu estava no trabalho. Cheguei em casa do meu turno, entrei pela porta e encontrei ela caída, no pé da escada. Fiz tudo o que deveria. Chamei a emergência. Tentei massagem cardíaca. Mas eu sabia assim que vi que ela estava morta. O legista disse que passou boa parte do dia assim. Deve ter acontecido pouco depois que eu saí para trabalhar. Ela tropeçou ou perdeu o equilíbrio. Um acidente grotesco. — Boone faz uma pausa para olhar a comida em seu prato, ainda intocada. — Às vezes acho que é o fato de ter sido tão súbito que torna difícil de lidar. Num instante ela estava lá; no outro, não estava. E eu nunca pude me despedir. Ela simplesmente desapareceu. Como naquela série.

— *The Leftovers* — digo, não me dando ao trabalho de mencionar que me ofereceram um papel na série, mas que recusei porque achei o tema deprimente demais.

— Isso. Essa mesma. Quando é tão de repente assim, faz você se arrepender de todas as vezes que não valorizou. Não me lembro qual foi a última coisa que eu disse para ela, e isso me mata. Às vezes, mesmo agora, fico acordado à noite, tentando me lembrar o que foi e torcendo para que tenha sido algo bom. — Boone ergue os olhos para mim. — Você se lembra da última coisa que disse para o seu marido?

— Não.

Coloco meu prato na mesa, peço licença e entro em casa. Segundos depois, estou na sala de jantar, ajoelhada no armário de bebidas, com uma garrafa de bourbon em punhos. Conforme minhas últimas palavras a Len se reviram em minha mente, impossíveis de se esquecer, não importa o quanto eu tente, viro a garrafa e dou vários abençoados goles.

Agora, sim.

Muito melhor.

De volta lá fora, vejo que Boone deu algumas mordidas em seu sanduíche. Pelo menos um de nós tem apetite.

— Eu não estou com muita fome — digo, me perguntando se ele consegue sentir o cheiro de bourbon no meu hálito. — Se quiser, pode comer o resto do meu.

Boone começa a responder, mas para quando algo do outro lado do lago chama sua atenção. Olho para onde ele está focando e vejo um par de faróis entrando na garagem dos Royce.

Tom está de volta.

Pego o binóculo e vejo-o parar o Bentley sob o pórtico ao lado da casa antes de desligar os faróis. Ele sai do carro, carregando uma sacola da única loja de ferramentas que existe em um raio de 25 quilômetros.

Boone cutuca meu ombro.

— Deixa eu ver.

Eu lhe passo o binóculo, e ele observa pelas lentes enquanto Tom entra na casa. No primeiro andar, as luzes da cozinha se acendem. O mesmo logo acontece com as da sala de jantar, conforme Tom avança para dentro da casa.

— O que ele está fazendo? — pergunto a Boone.

— Abrindo a sacola.

— O que tem dentro?

Boone suspira, começando a se irritar.

— Não sei ainda.

Essa ignorância dura apenas mais um segundo antes de ele soltar um assobio baixo. Devolvendo o binóculo para mim, diz:

— Você precisa ver isso.

Levanto o instrumento aos olhos e vejo Tom Royce de pé, ao lado da mesa de jantar. À frente dele está espalhado tudo o que comprou na loja de ferramentas.

Uma lona plástica dobrada num retângulo perfeito.

Um rolo de corda.

E uma serra de arco com dentes tão afiados que reluzem à luz da sala.

— Eu acho — diz Boone — que talvez seja hora de ligar para a minha amiga detetive.

A detetive Wilma Anson não chega nem perto do que eu esperava. Na minha cabeça, imaginei alguém como a detetive que interpretei em um arco de três episódios de *Law & Order: SVU*. Durona. Zero enrolação. Vestida com o terno estilo funcional que minha personagem usava. A mulher à minha porta, entretanto, está de calça roxa de ioga, um moletom largo e uma faixa de cabelo rosa controlando os cachos pretos. Uma xuxinha de cabelo amarela circula seu pulso direito. Wilma me pega olhando-a quando aperto sua mão e diz:

— É da minha filha. Ela está na aula de karatê agora. Tenho exatamente 20 minutos antes de precisar ir buscá-la.

Pelo menos a parte zero enrolação atende minhas expectativas.

O comportamento de Wilma é mais suave com Boone, mas só um pouco. Ela lhe dá um breve abraço antes de notar o armário de bebidas dois cômodos adiante.

— Você está bem com isso por perto? — pergunta.

— Estou bem, Wilma.

— Tem certeza?

— Tenho.

— Acredito em você. Mas acho bom me ligar se sequer pensar em encostar em uma daquelas garrafas.

Neste momento, capto um relance da relação deles. Ex-colegas, provavelmente, que conhecem os pontos fortes e fracos um do outro. Ele é alcoólatra. Ela é o suporte. E eu sou só a má influência que foi puxada para o meio disso tudo por causa de algo suspeito que está acontecendo do outro lado do lago.

— Me mostrem a casa — diz Wilma.

Boone e eu a levamos para a varanda, onde ela fica de pé, atrás do parapeito, e examina o céu escuro e o lago ainda mais escuro com um ar curioso. À nossa frente, do outro lado, as luzes da casa dos Royce estão acesas na cozinha e na suíte principal, mas, à distância e sem o binóculo, é impossível precisar a localização de Tom lá dentro.

Wilma aponta para a casa e pergunta:

— É ali que sua amiga mora?

— Isso — respondo. — Tom e Katherine Royce.

— Sei quem são os Royce. Assim como sei quem você é.

Pelo tom dela, presumo que Wilma viu as manchetes terríveis-porém-verdadeiras sobre mim nos tabloides. Também fica claro que ela não aprova.

— Me diz por que você acha que a Sra. Royce está em perigo.

Eu faço uma pausa, sem saber por onde começar, mesmo que devesse saber que a pergunta viria. É claro que uma detetive da polícia vai perguntar por que eu acho que meu vizinho fez algo com a esposa desaparecida dele. Percebo que Wilma Anson está encarando. Irritação percorre seu rosto, e tenho receio de que ela vá simplesmente levantar e ir embora se eu não disser algo nos próximos dois segundos.

— Escutamos um grito hoje de manhã — diz Boone, vindo em meu resgate. — Um grito de mulher. Veio do lado deles do lago.

— E eu vi coisas — acrescento. — Coisas preocupantes.

— Na casa deles?

— Sim.

— Com que frequência você vai lá?

— Não fui nenhuma vez desde que eles compraram.

Wilma se vira de volta para o lago. Apertando os olhos, questiona:

— Você notou coisas preocupantes a toda essa distância?

Eu aponto com a cabeça para o binóculo que está na mesa, entre as duas cadeiras de balanço, como tem estado por dias. Wilma, olhando de mim para a mesa e da mesa para mim, diz:

— Entendo. Posso pegar?

— Fique à vontade.

A detetive ergue o binóculo para os olhos, mexe no foco, escaneia a margem oposta do lago. Quando abaixa as lentes, é para me lançar um olhar sério:

— Existem leis contra espionar pessoas, sabia?

— Eu não estava espionando — retruco. — Estava observando. Casualmente.

— Certo — diz ela, sem sequer se dar ao trabalho de fingir que acha que eu esteja dizendo a verdade. — Quão bem cada um de vocês os conhece?

— Não muito — responde Boone. — Encontrei com eles umas duas vezes aqui, pelo lago.

— Só encontrei Tom Royce em duas ocasiões — digo. — Mas Katherine e eu já nos esbarramos mais. Ela passou aqui duas vezes, e conversamos depois que eu a salvei de se afogar no lago.

Sei que é errado, mas me agrada que a última parte de minha frase pareça ter surpreendido a antes impassiva Wilma Anson.

— Quando foi isso? — pergunta ela.

— Antes de ontem — respondo, embora pareça ter sido há muito mais. O tempo dá a impressão de se arrastar desde que voltei ao lago, com ajuda de dias bêbados e noites infinitas de insônia.

— Esse incidente no lago... você tem algum motivo para achar que o marido estivesse envolvido de alguma forma?

— Nenhum. Katherine me disse que estava nadando, que a água estava fria demais e que ela teve cãibras.

— Quando você conversou com ela, Katherine deu algum indício de que achava que o marido estivesse tentando lhe fazer mal? Ela disse se tinha medo?

— Ela deu a entender que estava infeliz.

Wilma me interrompe com uma mão erguida:

— Isso é diferente de medo.

— Ela também me disse que existiam problemas financeiros. Que ela paga por tudo e que Tom nunca concordaria com um divórcio porque precisa demais do dinheiro dela. Ela me disse que ele provavelmente a mataria antes de deixá-la ir embora.

— Você acha que ela estava falando sério?

— Não muito. Na hora, achei que fosse uma brincadeira.

— *Você* brincaria com um assunto desses?

— Não — diz Boone.

— Sim — digo eu.

Wilma ergue o binóculo aos olhos de novo, e consigo perceber que ela está focando as janelas acesas da casa dos Royce.

— Você viu algo suspeito lá dentro? Enquanto estava, sabe, observando casualmente?

— Vi eles brigarem. Ontem, tarde da noite. Ele a puxou pelo braço, e ela bateu nele.

— Então talvez seja melhor que estejam separados agora.

— Concordo. Mas a grande questão é para onde Katherine foi. O marido diz que ela voltou para o apartamento deles. Eu liguei para uma amiga na cidade, que foi lá conferir. O porteiro disse que ela não aparece em casa há dias. Um dos dois está mentindo, e eu não acho que seja o porteiro.

— Ou talvez sua amiga tenha mentido — sugere Wilma. — Talvez ela não tenha falado com porteiro nenhum.

Balanço a cabeça. Marnie não faria isso, não importa o quão de saco cheio de mim esteja.

— Tem isso também. — Mostro meu telefone a Wilma, o Instagram já aberto e visível. — Katherine supostamente postou isso do apartamento deles hoje. Mas essa foto não é de hoje. Olhe as folhas nas árvores e o calendário na parede. Foi tirada há semanas provavelmente.

— Só porque alguém posta uma foto antiga não quer dizer que não esteja onde diz que está.

— Tem razão. Mas Katherine nem tirou essa foto. Foi o marido dela. Se olhar de perto, dá para ver o reflexo dele na chaleira.

Deixo Wilma analisar a foto por um momento antes de trocar do Instagram para o Mixer. Aponto para o triângulo vermelho de Katherine, parado bem ao lado do que pertence ao marido dela:

— Por que Katherine postaria uma foto velha que não foi ela que tirou? Principalmente quando, de acordo com o software de rastreamento do aplicativo do marido, o telefone dela ainda está dentro daquela casa?

Wilma pega meu celular e estuda o mapa pipocado de triângulos vermelhos:

— Isso é tipo mil invasões de privacidade em formato de aplicativo.

— Provavelmente — concordo. — Mas não acha estranho que Katherine tenha ido embora sem levar o telefone?

— Estranho, sim. Impossível, não. Isso não significa que Tom Royce tenha feito alguma coisa com a esposa.

— Mas ele está escondendo onde ela está! — Percebo que minha voz soa um pouco alta demais, uma oitava enfática demais. Diante do ceticismo de Wilma, me tornei a impaciente. Também não ajuda o fato de que dei mais dois goles de bourbon enquanto Boone usava o lavabo antes de Wilma chegar. — Se Katherine não está aqui, mas o telefone dela, sim, significa que Tom postou aquela foto, provavelmente tentando fazer as pessoas acharem que Katherine está em um lugar que não está.

— Ele também comprou cordas, uma lona e uma serra — acrescenta Boone.

— Isso não é ilegal — retruca Wilma.

— Mas *é* suspeito se sua esposa desapareceu de repente — digo.

— Não se ela foi embora por conta própria depois de uma briga feia com o marido.

Encaro Wilma com um olhar de curiosidade.

— A senhora é casada, detetive?

— Há dezessete bons anos.

— E você já brigou feio com o seu marido?

— Muitas, já perdi a conta. Ele é teimoso como uma porta.

— Depois dessas brigas, alguma vez você saiu e comprou coisas que poderia usar para esconder o corpo dele?

Wilma empurra o parapeito e se afasta até as cadeiras de balanço, entregando-me o binóculo no caminho. Ela se senta e gira o prendedor de cabelo ao redor do pulso de uma maneira compulsiva que me faz pensar que não é da filha dela coisa nenhuma.

— Você realmente acha que Tom Royce está ali, fatiando a esposa, neste momento? — pergunta.

— Talvez — respondo, um tanto horrorizada com o fato de que não estou apenas achando, mas agora considero uma situação mais provável do que Katherine fugindo depois de brigar com o marido.

Wilma suspira.

— Não sei se entendi o que vocês querem que eu faça aqui.

— Confirme que Tom Royce está mentindo — digo.

— Não é tão simples assim.

— Você é da polícia estadual. Não tem como rastrear o telefone de Katherine e ver se ela ligou para alguém hoje? Ou olhar os dados do banco e do cartão de crédito dela?

Impaciência afina a voz de Wilma ao falar:

— Poderíamos fazer tudo isso... se o desaparecimento de Katherine for registrado junto às autoridades locais. Mas vou ser sincera com vocês aqui, se vocês registrarem, não vão acreditar. Desaparecimentos são normalmente registrados por pessoas mais próximas. Como um cônjuge. A não ser que Katherine tenha outros familiares que vocês saibam que estão preocupados também.

Boone olha para mim e balança a cabeça, confirmando que nós dois não fazemos ideia de quem sejam os parentes de Katherine.

— Foi o que eu pensei — diz Wilma.

— Imagino que fazer uma busca na casa esteja fora de cogitação — digo.

— Com certeza. Precisaríamos de um mandato e, para isso, precisamos de uma evidência real que aponte para um crime, o que não existe. Tom Royce comprar corda e uma serra não é a arma fumegante que vocês pensam que é.

— Mas e o grito? — pergunta Boone. — Nós dois ouvimos.

— Vocês já consideraram que talvez Katherine tenha sofrido um acidente? — Wilma olha para mim. — Você me disse que ela quase se afogou no outro dia. Talvez tenha acontecido de novo.

— Então por que Tom não chamou a polícia ainda? — questiono.

— Quando seu marido desapareceu, por que você não abriu um chamado?

Eu tinha imaginado que Wilma sabia tudo sobre o caso. Ela pode até ter sido um dos policiais com quem falei depois, embora eu não tenha memórias dela. O que eu *tenho* é a certeza de que, por mencionar isso agora, ela consegue ser uma vadia insensível quando quer.

— O corpo dele foi encontrado antes que eu tivesse a oportunidade — retruco entre dentes tão cerrados que chega a doer. — Porque as pessoas começaram imediatamente a procurar por ele. Ao contrário de Tom Royce. O que me faz pensar que ele não está preocupado com Katherine porque sabe onde ela está e o que aconteceu com ela.

Wilma me olha nos olhos, e a expressão em seu grande olhar cor de avelã é tanto de desculpas quanto de admiração. Acho que ganhei o respeito dela. E, possivelmente, sua confiança, porque ela desvia os olhos e diz:

— É um argumento válido.

— É claro que é.

Isso resulta em outro olhar de Wilma, embora desta vez ele pareça dizer *"não force a barra"*.

— É o seguinte. — Ela fica de pé, se espreguiça, dá uma última volta no prendedor de cabelo. — Vou investigar um pouco e ver se alguém tem notícias de Katherine. Com sorte, alguém terá, e isso tudo vai ser só um grande mal-entendido.

— O que nós devemos fazer?

— Nada. Isso é o que vocês devem fazer. Aguentem aí e esperem meu contato. — Wilma começa a deixar a varanda e aponta para o binóculo. — E, pelo amor de Deus, pare de espionar os vizinhos. Vá assistir TV ou alguma coisa assim.

Depois que Wilma vai embora, levando Boone consigo, tento seguir o conselho dela e assistir TV. Na sala, sentada à sombra da cabeça de alce na parede, assisto ao canal do tempo mapear a progressão da tempestade. Trish, apesar de não ser mais um furacão, ainda está causando destruição pelo nordeste. Neste momento, está sobre a Pensilvânia e prestes a levar seus ventos fortes e chuvas recordistas a Nova York.

A seguir, Vermont.

Depois de amanhã.

Mais uma coisa com o que se preocupar.

Mudo o canal e me deparo com uma visão inesperada.

Eu.

Dezessete anos atrás.

Caminhando por um *campus* universitário coberto por folhas de outono e lançando olhares furtivos para o cara absurdamente bonito ao meu lado.

Meu primeiro filme.

Era uma comédia dramática vagamente autobiográfica sobre um veterano de Harvard tentando descobrir o que quer fazer da vida. Eu era uma colega animada que o faz considerar largar a namorada de longa data. O papel era pequeno, mas bem construído e revigorante por ser livre de qualquer clichê de menina má que trama esquemas. Minha personagem era apresentada simplesmente como uma alternativa tentadora que o herói podia escolher.

Assistir ao filme pela primeira vez em mais de uma década me faz lembrar de toda a produção com clareza estonteante. Como eu estava intimidada pela logística de filmar fora do set, num lugar real. Como eu estava nervosa com acertar minhas marcas, lembrar as falas, acidentalmente olhar direto para a câmera. Como, quando o diretor gritou "*Ação!*" pela primeira vez, eu congelei completamente, forçando-o a me chamar de lado e, gentilmente, tão gentilmente, dizer:

— Seja você mesma.

Foi o que eu fiz.

Ou o que pensei que fiz. Assistindo à performance agora, entretanto, sei que eu só podia estar atuando, mesmo que não parecesse à época. Na vida real, eu nunca fui tão charmosa assim, ou ousada, ou *animada*.

Incapaz de olhar para minha eu mais nova por mais um segundo que seja, desligo a TV. Refletida na tela escura está a eu atual, uma transformação chocante. Tão distante da coisinha vibrante que eu estava assistindo que podíamos bem ser estranhas.

Seja você mesma.

Nem sei mais quem é essa.

Nem sei se gostaria dela se soubesse.

Deixando a sala, vou para a cozinha e me sirvo de um bourbon. Um duplo, para compensar o que perdi enquanto Boone estava aqui. Levo para a varanda, onde me balanço, bebo e assisto à casa do outro lado do lago como se eu fosse Jay Gatsby pintando para Daisy Buchanan. No meu caso, não há luz verde ao final da doca. Não há luz alguma, na verdade. As janelas estavam escuras quando voltei à varanda, embora um breve espiar com o binóculo me mostre o Bentley de Tom, indicando que ele ainda está aqui.

Continuo olhando, na esperança de que ele acenderá uma luz em algum outro lugar e dará uma ideia mais clara do que planeja. É o que Wilma quer, afinal. Algo sólido para sustentar nossas suspeitas. Embora eu também queira, fico inquieta pensando no quê, exatamente, esse algo sólido seria. Sangue pingando da serra recém-comprada de Tom? O corpo de Katherine varrido na margem, como o de Len?

Lá vou eu de novo, pensando que ela está morta. Odeio que minha mente fique indo nessa direção. Eu preferia ser como Wilma, certa de que há uma explicação lógica por trás da coisa toda e de que tudo vai ficar bem no final. Meu cérebro simplesmente não funciona assim. Porque, se o que aconteceu com Len me ensinou alguma coisa, foi a esperar o pior.

Dou outro gole no bourbon e levanto o binóculo para o rosto. Em vez de focar a frustrantemente ainda escura casa dos Royce, corro os olhos pela área em geral, pelas densas florestas, a encosta rochosa das montanhas ao fundo, a margem dentada ao final do lago.

Tantos lugares para enterrar coisas indesejadas.

Tantos lugares para desaparecer.

Isso sem contar o lago. Quando éramos crianças, Marnie me provocava sobre a profundidade do Lago Greene, normalmente quando estávamos as duas com água até o pescoço, meus dedos do pé esticados ao máximo para tentar um mínimo de contato com o fundo.

— O lago é mais escuro do que um caixão com a tampa fechada — dizia ela. — E mais profundo do que o oceano. Se você afundar, nunca mais volta. Fica presa para sempre.

Embora não seja tecnicamente verdade — o destino de Len provou isso —, é fácil imaginar que partes do lago sejam tão fundas a ponto de algo ficar perdido para sempre lá.

Até mesmo uma pessoa.

Essa ideia leva mais do que um gole de bourbon para ser expulsa de minha mente. Leva o maldito copo todo, virado em poucos goles grandes. Eu me levanto e cambaleio para a cozinha, onde sirvo outro duplo antes de voltar ao meu posto na varanda. Mesmo que agora tenha uma calorosa leveza percorrendo o sangue, não consigo parar de pensar se Katherine está realmente morta, por que Tom faria algo assim.

Minha suspeita é dinheiro.

Esse era o motivo em *Sombra de uma Dúvida*. A personagem que eu interpretava havia ganhado uma fortuna de herança, o marido era pobre — e queria o que ela tinha. Partes das falas de Katherine flutuam por minha mente ensopada de bourbon.

"Eu banco tudo."

"Tom precisa demais de mim para concordar com um divórcio."

"Ele me mataria antes de me deixar partir."

Entro em casa, tiro o notebook do carregador na sala de TV, falo oi para a cabeça de alce e subo as escadas. Enfiada na cama, debaixo de uma coberta, ligo o computador e procuro Tom Royce no Google, com esperanças de que isso traga informações incriminadoras o suficiente para persuadir Wilma de que há algo errado.

Uma das primeiras coisas que vejo é uma reportagem da *Bloomberg Businessweek* do mês passado, relatando que o Mixer tem cortejado empresas de capital de investimento, tentando conseguir um caixa de 30 milhões de dólares para manter as coisas sob controle. Baseado no que Katherine me disse sobre a falta de lucro do aplicativo, não me surpreende.

"Não estamos desesperados", alega Tom no artigo. *"O Mixer continua a ter um desempenho acima de nossas maiores expectativas. Para levá-lo ao próximo nível da maneira mais rápida e eficiente possível, necessitamos de um parceiro que pense igual."*

Tradução: ele está completamente desesperado.

A falta de novas notícias sugere que Tom ainda não conseguiu atrair investidores de peso. Talvez seja porque, conforme leio, na *Forbes*, em outra reportagem sobre aplicativos populares, o Mixer está perdendo usuários enquanto outros estão ganhando em um ritmo constante.

Mais palavras de Katherine cutucam minha mente.

"Todo o dinheiro dele está enrolado no Mixer, que ainda não deu lucro e provavelmente nunca vai dar."

Decido atirar para outro lado. Em vez de buscar informações sobre Tom, procuro o patrimônio líquido de Katherine Royce. E é surpreendentemente fácil encontrar. Há sites inteiros dedicados a listar quanto as celebridades ganham. De acordo com um deles, o patrimônio de Katherine é de 35 milhões de dólares. Mais que o suficiente para bancar as necessidades do Mixer.

Essa palavra fica cravada em meu crânio.

Necessidade.

Contrariando a fala de Tom, a palavra cheira a desespero. *Querer* implica um desejo que, se não for atendido, não muda muita coisa no longo prazo. *Necessidade* implica que algo é essencial para sobreviver.

"*Necessitamos de um parceiro que pense igual.*"

"*Tom precisa demais de mim para concordar com um divórcio.*"

"*Ele me mataria antes de me deixar partir.*"

Talvez Katherine estivesse falando totalmente sério quando disse isso. Talvez estivesse até me dando pistas.

De que Tom estava planejando algo.

De que ela sabia que podia estar em perigo.

De que ela queria que mais alguém soubesse também, só para garantir.

Fecho o notebook, parcialmente enjoada de preocupação e parcialmente enjoada de virar bourbon tão rápido. Quando o quarto começa a girar, assumo que devo culpar uma das duas coisas. Provavelmente ambas.

O cômodo continua girando, como um carrossel que ganha velocidade aos poucos. Fecho os olhos para fazê-lo parar e tombo no travesseiro. Minha vista começa a escurecer, e não tenho certeza se estou prestes a dormir ou desmaiar. Conforme deslizo para a inconsciência, sou recebida por um sonho com Katherine Royce.

Em vez da Katherine que conheci na vida real, a Katherine do sonho é idêntica à que vi no outdoor da Times Square todos aqueles anos atrás.

Com vestido de noiva e joias.

Descalça.

Correndo sobre o orvalho na grama, tentando desesperadamente fugir do homem com quem iria se casar.

Katherine ainda está correndo pelos meus sonhos quando acordo pouco depois das três da manhã, um tanto confusa com, bem, tudo. Todas as luzes do quarto estão acesas, e eu ainda estou completamente vestida, de tênis e jaqueta inclusive. O notebook está do lado da cama que costumava ser de Len, me lembrando de que mais cedo eu estava bêbada, fazendo buscas no Google.

Deslizo para fora da cama e coloco um pijama antes de ir ao banheiro. Lá, faço xixi, escovo os dentes, que estavam melados, e faço gargarejo com enxaguante bucal para me livrar do bafo de bourbon. De volta ao quarto, estou apagando todas as luzes que havia deixado acesas quando vejo algo através das janelas que dão para o lago.

Uma luz na margem oposta.

Não na casa dos Royce, mas no bosque de árvores à esquerda, perto da beirada da água.

De onde estou, não preciso de binóculos para saber que é uma lanterna balançando pelas árvores. O grande mistério é quem está carregando-a e por que está perambulando pela margem do lago a esta hora.

Corro para fora do quarto e pelo corredor, passando pelos cômodos vazios no caminho, as portas abertas e camas perfeitamente arrumadas, como se estivessem à espera de que outros cheguem. Mas só tem eu, sozinha nesta casa grande e escura, agora descendo as escadas para o andar principal e me apressando à varanda, onde passo a maior parte do tempo. Lá fora, pego o binóculo.

Tarde demais.

A luz sumiu.

Está tudo escuro de novo.

Mas, conforme volto para dentro e subo as escadas, suspeito já saber quem era e por que estava lá fora tão tarde.

Tom Royce.

Fazendo um bom uso da corda, da lona e da serra que comprou mais cedo.

Acordo de novo às 8 horas, enjoada e com a boca seca. Nada de novo aí. O que *é* novo é um soco no estômago de preocupação com o destino de Katherine, resumido pelas ideias que me atingem a mente assim que recupero a consciência.

Ela está morta.

Tom a matou.

E agora está ou debaixo da terra em algum lugar da outra margem do lago ou na própria água, tão fundo que talvez jamais seja encontrada.

Isso me perturba tanto a ponto de minhas pernas fraquejarem quando desço para a cozinha e minhas mãos tremerem ao passar uma caneca de café. Enquanto bebo, uso o celular para conferir que não, Katherine não postou outra foto no Instagram desde ontem, e, sim, sua localização no Mixer continua diretamente do outro lado do lago.

Nenhuma dessas duas coisas é bom sinal.

Mais tarde, depois de me forçar a engolir uma tigela de mingau de aveia e tomar um banho, estou de volta à varanda, com o celular, caso Wilma Anson ligue, e o binóculo, caso Tom Royce decida aparecer. Por uma hora, ambos continuam sem uso. Quando meu telefone eventualmente toca, fico desapontada ao ouvir não a voz de Wilma, mas a de minha mãe.

— Conversei com Marnie e estou preocupada — diz, indo direto ao ponto.

— Preocupada porque eu falo mais com ela do que com você?

— Preocupada porque você está espionando os vizinhos e agora parece pensar que sua nova amiga modelo foi assassinada pelo marido.

Merda, Marnie. Sua traição é tão afiada e dolorida quanto a ferroada de uma abelha. E o pior é saber que as coisas ficarão mais irritantes agora que minha mãe está envolvida.

— Isso não tem nada a ver com você — digo. — Ou Marnie, que seja. Só, por favor, me deixem em paz.

Minha mãe suspira de desdém.

— Como você não negou ainda, assumo que seja verdade.

Há duas maneiras de jogar esse jogo. Uma é dar à minha mãe a negação que ela tanto quer. Assim como com meu hábito de beber, ela ficará desconfiada, mas eventualmente enganará a si mesma e acreditará que seja verdade, porque é o caminho mais fácil. A outra é simplesmente admitir a verdade na esperança de que ela fique tão frustrada quanto Marnie e me deixe em paz.

Aposto na segunda opção.

— Sim, estou preocupada que o homem do outro lado do lago tenha matado a esposa.

— Por céus, Casey. O que é que deu em você?

Ela não deveria soar tão escandalizada. Me banir para a casa do lago foi ideia dela. Minha mãe, mais do que ninguém, deveria ter percebido que não daria certo me abandonar sozinha aqui, com minhas próprias maquinações. Embora, na minha cabeça, descobrir o que aconteceu com Katherine pareça uma boa ideia.

— Ela está desaparecida, e eu quero ajudar.

— Tenho certeza de que está tudo bem.

— Não está — explodo. — Tem alguma coisa muito errada acontecendo aqui.

— Se isso for sobre Len...

— Ele não tem nada a ver — digo, embora tenha tudo a ver. O que aconteceu com ele é o único motivo pelo qual estou aberta a acreditar que algo de ruim também possa ter acontecido com Katherine. Se já aconteceu uma vez, pode muito bem acontecer de novo.

— Mesmo assim — insiste minha mãe —, é melhor ficar fora disso.

— Não é mais uma opção. Um cara que está ficando na casa dos Mitchell pensa da mesma forma que eu. Já contamos para uma detetive que é amiga dele.

— Você envolveu a polícia? — Minha mãe parece estar prestes a surtar ou derrubar o telefone ou desmaiar de choque. Talvez as três coisas. — Isso... isso não é bom, Casey. Eu te mandei *praí* para ficar longe dos olhares do público.

— E estou.

— Não com a polícia em volta. — A voz de minha mãe cai a um sussurro de súplica. — Por favor, não se envolva mais. Só fique longe.

Acontece que não posso fazer isso, mesmo se quisesse. Porque, conforme minha mãe fala, algo me chama a atenção do outro lado do lago.

Tom Royce.

Enquanto ele cruza o pátio, a caminho de seu Bentley, ergo o binóculo, e a voz de minha mãe se torna um ruído ambiente ao fundo. Foco apenas em Tom, buscando alguma coisa que possa parecer suspeita. Sua lenta e tranquila caminhada ao carro seria apenas uma encenação por saber que está sendo observado? Aquela expressão sombria em seu rosto é só porque a esposa o deixou? Ou é porque ele está se lembrando de como a impediu de partir?

Minha mãe continua falando, soando como se estivesse a mil quilômetros de distância:

— Casey? Você está me ouvindo?

Continuo olhando para o outro lado da água enquanto Tom desliza para trás do volante do Bentley e dá ré para fora do pórtico. Quando o carro pega a esquerda a caminho da cidade, digo:

— Mãe, preciso ir.

— Casey, espere...

Desligo antes que ela possa terminar. Encarando a agora vazia casa dos Royce, penso no último aniversário que celebrei com Len. Grandiosos 35 anos. Para comemorar, ele alugou uma sala de cinema inteira para que eu pudesse finalmente viver meu sonho de assistir *Janela Indiscreta* na telona.

Se minha mãe ainda estivesse na linha, me diria que o que estou fazendo é brincar de encenar. Fingindo ser Jimmy Stewart em sua cadeira de rodas porque não tem mais nada de interessante acontecendo na minha vidinha patética. Embora isso provavelmente seja mais real do que eu queira admitir, não estou só fingindo.

É real. Está acontecendo. E eu sou parte disso.

O que não significa que eu não possa pegar algumas dicas com o bom e velho Jimmy. No filme, ele mandou Grace Kelly fazer uma busca no apartamento de seu vizinho suspeito, e ela encontrou a aliança que provava que o homem havia matado a esposa. Embora os tempos tenham mudado e eu não saiba se a aliança de Katherine é prova o bastante para Wilma Anson, talvez haja mais alguma coisa naquela casa que possa ser.

Quando o Bentley de Tom desaparece de vista, o celular é enfiado em meu bolso, o binóculo está tomando meu lugar na cadeira de balanço, e eu estou marchando para fora da varanda.

Enquanto ele está fora, pretendo fazer mais do que apenas observar a casa dos Royce.

Vou fazer uma busca no lugar.

Em vez de atravessar o lago de lancha — a opção mais rápida e fácil —, escolho andar pela estrada de cascalho que circula o Lago Greene. Está completamente quieta e é mais discreta do que a lancha, que poderia ser vista e ouvida por Tom se, Deus me livre, ele voltar quando eu ainda estiver lá e eu precisar sair com pressa.

Além disso, andar é uma oportunidade para esvaziar a cabeça, reunir os pensamentos e, sinceramente, mudar de ideia. A estrada, tão estreita e contornada por árvores a ponto de poder se passar por uma trilha, convida à contemplação. Conforme caminho, o lago reluzindo através das árvores à minha esquerda e a densa floresta à direita, penso que invadir a casa dos Royce é uma má ideia.

Péssima.

A pior.

Paro ao chegar ao trecho mais ao norte do lago, precisamente no meio da curva em formato de ferradura que separa a casa de Eli da dos Mitchell, onde Boone está ficando. Eu me pergunto o que os dois homens diriam se soubessem o que estou planejando. Que é ilegal, provavelmente. Que arrombamento e invasão são crimes, mesmo que minhas intenções sejam genuínas. Boone, como o ex-policial que é, provavelmente faria uma lista com mais de doze infrações às quais eu teria que responder se fosse pega. E Eli não hesitaria em mencionar que o que eu estou prestes a fazer é também perigoso. Tom Royce *vai* voltar em algum momento.

Do outro lado da água, lá longe, na ponta sul do lago, consigo ver a encosta rochosa onde Len e eu fizemos nosso piquenique à tarde, uma semana antes de ele morrer. Na água abaixo, o Velho Teimoso emerge da água. Por conta do lugar onde está situado, o antigo tronco não pode ser visto de nenhuma das casas no Lago Greene, o que é provavelmente o motivo para ter conquistado tamanha aura mitológica.

O guardião do lago, segundo Eli.

Mesmo que ele tenha razão e o Velho Teimoso esteja *de fato* observando o Lago Greene, há limites para o que ele pode fazer. Não pode, por exemplo, invadir a casa dos Royce e procurar pistas.

O que faz com que o trabalho recaia sobre mim.

Não porque eu queira.

Porque preciso.

Principalmente se encontrar algo incriminador lá dentro for a única forma que tenho de convencer Wilma de que Tom está mentindo sobre Katherine.

Volto a andar, mais rápido do que antes, e não diminuo o ritmo até passar pela casa de Eli e a mansão dos Royce ficar à vista. A fachada é bem diferente dos fundos. Nada de vidros do chão ao teto aqui. Só um moderno bloco de aço e pedras com estreitas venezianas nas janelas tanto do andar de cima quanto no de baixo.

A porta de entrada, feita de carvalho e grande o suficiente para um castelo, está trancada, o que me força a dar a volta para a lateral da casa e tentar a porta do pátio aos fundos. Eu queria evitar a possibilidade de ser vista do meu lado do lago. Tomara que Boone esteja ocupado, trabalhando dentro da casa dos Mitchell, e não sentado na doca, espionando este lugar de maneira tão fervorosa quanto eu.

Cruzo o pátio depressa, em linha reta para a porta de correr que dá para dentro da casa. Dou-lhe um empurrão, e a fechadura destrancada cede um trechinho.

Ver aquele vão de quatro dedos entre a porta e a esquadria me faz parar. Embora não esteja atualizada sobre o código penal de Vermont, não preciso de Boone para saber que o que estou prestes a fazer vai contra a lei. Não é exatamente arrombamento, graças à porta destrancada. E eu certamente não pretendo roubar nada, então não é furto. Mas *é* invasão de propriedade, o que, se eu for pega, vai dar em pelo menos multa e mais algumas manchetes horríveis.

Mas então penso em Katherine. E em como Tom mentiu, mentiu descaradamente, sobre o paradeiro dela. E penso que, se eu não fizer nada agora, ninguém fará. Não até que seja tarde demais. Se é que já não é tarde demais.

Então abro um pouco mais a porta, deslizo para dentro e a fecho depressa atrás de mim.

No interior da casa dos Royce, a primeira coisa que me chama a atenção é a vista das janelas que dão para o lago e ocupam paredes inteiras. Principalmente a charmosa e decrépita casa de minha família. É tão pequena, tão distante. Graças às sombras das árvores ao seu redor, mal consigo identificar a fileira de janelas na suíte principal ou qualquer coisa na varanda além do parapeito. Nenhuma cadeira de balanço. Nenhuma mesa entre elas. Com certeza nenhum binóculo. Alguém poderia estar sentado lá, neste instante, me observando do outro lado do lago, e eu não faria a mínima ideia.

Mesmo assim, Katherine sabia que eu estava olhando. Na última noite em que a vi, pouco antes de Tom a arrancar deste mesmo lugar, ela olhou direto para aquela varanda, sabendo que eu estava lá, vendo tudo acontecer. Minha esperança é de que isso tenha lhe dado conforto. Meu medo é que a tenha deixado tão perturbada quanto eu me sinto agora. Como se estivesse em um aquário, cada movimento exposto. Me traz uma sensação de vulnerabilidade que eu não esperava e da qual não gosto.

E culpa. Um monte de culpa.

Porque hoje não é a primeira vez que entro na casa dos Royce.

Com minha espionagem quase constante, de certa forma tenho entrado aqui há dias.

E, embora tenha certeza, no fundo do coração, de que ninguém saberia que Katherine estava em perigo se não fosse minha vigilância, a vergonha queima minhas bochechas com mais intensidade do que o sol filtrado pelas janelas.

Meu rosto continua queimando conforme decido onde olhar primeiro. Graças àquela visita de muitos anos atrás e minhas horas recentes de espionagem, conheço bem a planta da casa. A sala de conceito aberto ocupa um lado todo do primeiro andar, da frente ao fundo. Já que me parece o lugar menos provável para achar algo, cruzo a sala de jantar e sigo para a cozinha.

Como o restante da casa, tem um estilo entre escandinavo de meados do século ao moderno que é febre nos programas de decoração que assisto às vezes quando estou bêbada e não consigo dormir de madrugada. Eletrodomésticos de inox. Branco no restante. Pastilhas de revestimento por todo canto.

Ao contrário das casas na TV, a cozinha dos Royce mostra sinais de uso frequente e descuidado. Respingos de comida de diversas cores estão espalhados pelos balcões. Uma bandeja ao centro da ilha tem uma travessa e uma colher coberta de mingau de aveia seco. No fogão, uma panela com restos de sopa no fundo. Pela camada fina que a cobre, meu chute seria creme de cogumelos, requentado na noite passada. Presumo que Katherine fosse a cozinheira da casa, e agora Tom está tendo que comer como um universitário. Não consigo evitar de julgá-lo ao espiar a lata de lixo e ver embalagens de comida mexicana e refeições congeladas da Lean Cuisine. Mesmo no ápice de minha embriaguez e preguiça, eu jamais me rebaixaria a burritos congelados.

O que não vejo — no lixo ou em qualquer outro lugar da cozinha — são sinais de que algo ruim tenha acontecido aqui. Não há gotas de sangue entre os respingos de comida. Nem uma faca afiada, serra ou arma de qualquer tipo secando no escorredor. Não há sequer uma carta de despedida de Katherine, que é o que Marnie tinha imaginado.

Satisfeita de que não há mais nada a ver aqui, faço um rápido tour pelo restante do primeiro andar — solário de muito bom gosto depois da cozinha, lavabo de visitas que cheira a lavanda, hall de entrada — antes de subir as escadas.

Minha primeira parada no segundo andar é o único cômodo não visível através das imensas janelas na parte de trás da casa: um quarto de hóspedes. É luxuoso, ostenta uma cama *king size*, área de estar e um banheiro que parece saído de um SPA. É tudo organizado, limpo e entediante.

O mesmo vale para a academia, embora eu examine o suporte de halteres e anilhas atrás de sangue seco caso algum tenha sido usado como arma. Estão limpos, o que me faz sentir tanto aliviada quanto um pouco perturbada de que tenha pensado em conferi-los para começo de conversa.

A seguir, a suíte principal, onde a vista de minha própria casa através das janelas massivas traz outra pontada de culpa de que observei Katherine e Tom neste lugar tão privado. Só piora com o fato de que agora estou *dentro* de seu santuário interno, vasculhando o lugar como um bandido faria.

Não vejo nada imediatamente estranho no quarto em si, exceto pela cama desfeita, uma cueca boxer de Tom descartada no chão e um copo baixo e vazio em sua mesinha de cabeceira. Não consigo decidir o que é pior: que minha espionagem já tenha me informado qual lado da cama é de Tom ou que uma única cheirada no copo instantaneamente tenha me dito que ele esteve bebendo uísque.

Quando dou a volta na cama e confiro a mesinha de Katherine, encontro o primeiro sinal de algo suspeito. Uma pequena travessa da cor de uma caixa da Tiffany's está ao lado de seu abajur. Ao fundo, há duas joias.

Um anel de noivado e uma aliança.

Isso me faz pensar imediatamente em *Janela Indiscreta* e Grace Kelly pelas lentes teleobjetivas de Jimmy Stewart, registrando a aliança da falecida Sra. Thorwald. Em 1954, isso era prova de um crime. Hoje, entretanto, não prova nada. É o que Wilma Anson me diria.

Neste caso, tendo a concordar. Se Katherine de fato abandonou Tom, não faria sentido deixar os anéis para trás? O casamento acabou. Ela quer um novo começo. Não precisa guardar as joias que simbolizavam sua união infeliz. Além disso, pela dramática primeira vez que nos encontramos, sei que Katherine nem sempre usa sua aliança.

Mesmo assim, é suspeito o suficiente para que eu puxe o celular do bolso e tire algumas fotos dos anéis apoiados na gentil curva da travessa. Continuo com ele em mãos conforme espio dentro do banheiro, que é ainda maior e tem mais cara de SPA do que o de visitas. Como todo o resto, a única coisa que me diz que Tom Royce é um relaxado quando fica sozinho. A primeira prova é a toalha amontoada ao lado da pia. A segunda prova é outra cueca no chão. Desta vez, não julgo. Se alguém vasculhasse meu quarto neste exato momento, veria as roupas de ontem em um montinho ao pé da cama e um sutiã jogado no encosto da poltrona do canto.

Vou do banheiro ao closet. É grande e arrumado, as paredes cobertas por uma elaborada combinação de prateleiras, araras e gavetas. Nada parece estar faltando, uma descoberta que traz um renovado senso de preocupação. Enquanto andava pela casa, estava aos poucos começando a considerar que talvez Katherine houvesse apenas ido embora e abandonado Tom sem lhe dar indícios de para onde iria. Todas essas roupas, com etiquetas da Gucci, Stella McCartney e, em uma animadora pitada de normalidade, H&M, sugerem o contrário. Assim como um par de malas combinando enfiadas em um canto que eu teria presumido serem de Tom se as etiquetas penduradas nas alças não tivessem o nome de Katherine.

Embora eu consiga entender que ela tenha deixado seu anel de noivado e aliança para trás, com certeza teria levado as roupas consigo. Mas o closet está cheio com as coisas dela, a ponto de eu conseguir ver apenas um cabide vazio e um espaço vago nas prateleiras.

Quando Katherine partiu, *se* partiu, levou só as roupas do corpo.

Começo a abrir gavetas, vendo suéteres dobrados com cuidado, camisetas e moletons esportivos, roupas íntimas de um arco-íris de cores.

E um celular.

Está enfiado no fundo da gaveta de lingeries de Katherine, quase escondido atrás de uma calcinha da Victoria's Secret. Vê-lo me faz pensar no Mixer e no triângulo vermelho que marca a localização dela.

Uso meu próprio celular para fotografá-lo e deslizo pelo meu registro de chamadas até encontrar o número de Katherine. No segundo em que aperto para discar, o telefone na gaveta toca. Afasto as calcinhas até ver meu número aceso na tela. Abaixo está o horário da última vez em que liguei.

Ontem. Uma da tarde.

Deixo que continue tocando até cair na caixa postal.

"Oi. Você ligou para Katherine."

Mais preocupação corre por minhas veias. Tudo o que ela trouxe consigo — telefone, roupas, joias — continua aqui.

A única coisa que falta é a própria Katherine.

Pego o celular dela, usando uma calcinha para evitar que minhas impressões digitais fiquem na tela. Obrigada, atriz convidada em *Law & Order*.

Tem senha, é claro. A única informação que fornece é o que está na tela de desbloqueio. Hora, data e quanto falta para acabar a bateria. Pouquíssimo, aparentemente. O celular de Katherine está prestes a apagar, o que me diz que não é carregado há pelo menos um dia, talvez mais.

Coloco o telefone de volta onde o achei, para o caso de Tom conferir. Não preciso alertá-lo sobre minha presença. Fecho a gaveta e estou prestes a sair do closet quando o telefone de Katherine começa a tocar de novo, o som abafado dentro da gaveta.

Volto até lá, abro-a, vejo um número brilhando em branco na tela preta. Assim como eu, quem quer que esteja ligando não foi considerado familiar o suficiente para ter o número salvo na agenda.

Mas é alguém que ligou antes.

Ao lado do número, há um lembrete de quando ligou pela última vez.

Hoje de manhã.

Como não posso responder, saco meu próprio celular e tiro uma foto do número que brilha na tela antes que ele desligue. Pode ser uma boa ideia ligar depois. Talvez seja alguém que também está procurando por Katherine. Talvez alguém tão preocupado quanto eu.

Guardo meu celular no bolso, fecho a gaveta, saio do closet. Depois disso, deixo o quarto e sigo pelo corredor do segundo andar, a caminho do único cômodo que ainda não olhei.

O escritório. Praticamente território de Tom. A mobília tem um ar mais masculino. Madeira escura, vidro e uma distinta falta de personalidade. Há uma prateleira de antiguidades de bar com o nome do aplicativo dele e uma estante de livros cheia de títulos ambiciosos de negócios. Acima, em uma moldura prateada, está a mesma foto do casamento de Tom e Katherine que vi anos atrás, na revista *People*.

Perto da janela há uma mesa de vidro com o notebook de Tom Royce. Está fechado agora, tão fino e compacto quanto um livro infantil. Ando até ele, lembrando-me da noite em que observei Katherine a essa mesa, usando esse mesmo computador. Não consigo esquecer sua expressão de surpresa. Tão chocada que o semblante ficou claro, mesmo pelas lentes do binóculo e a meio quilômetro de distância. Também me lembro do quão assustada ela pareceu quando Tom surgiu à porta, mal conseguindo disfarçar.

Minha mão paira sobre o notebook enquanto considero abri-lo e ver o que descubro. Ao contrário do celular de Katherine, não tenho como usá-lo sem espalhar minhas digitais por todo canto. Sim, eu poderia usar minha camiseta para limpar depois, mas isso apagaria as digitais de Tom e Katherine também. O que pode parecer obstrução de justiça, e as cortes não tendem a gostar. Outra coisa que aprendi com *Law & Order*.

Por outro lado, este notebook pode ser a chave de que precisamos para desvendar a verdade sobre o que aconteceu com Katherine. Mostrar a Wilma Anson fotos do celular de Katherine e anéis deixados para trás pode não ser o suficiente para conseguir um mandato. Enquanto isso, seria tão fácil para Tom impedir que outros vejam o que tem no computador. Basta jogar no Lago Greene.

Essa imagem, do notebook descendo até o fundo escuro e lamacento, me faz decidir abri-lo. Se eu não olhar neste exato momento, há uma chance de que ninguém mais veja.

Abro a tampa, e a tela acende, revelando a página de boas-vindas de um lago em todo seu esplendor de verão. Árvores num tom de verde que só existe em julho. Luz do sol brilhando como poeira de fada na água. Um céu tão azul que parece ter sido feito no Photoshop.

Lago Greene.

Eu o reconheceria em qualquer lugar.

Aperto a barra de espaço, e o lago é substituído por uma área de trabalho cheia de abas, ícones e pastas. Deixo escapar um suspiro de alívio. Estava preocupada de que o notebook pudesse ser protegido por senha, como o celular de Katherine.

Mas, agora que tenho acesso, não consigo decidir o que buscar primeiro. A maioria das pastas parece específica do Mixer, com nomes como Dados Q2, Agências de Publicidade, Rascunhos 2.0. Clico em algumas e vejo planilhas, memorandos e relatórios que usam uma linguagem comercial que parece grego.

Apenas uma planilha chama minha atenção. Com data de três meses atrás, consiste em uma coluna de números, todos vermelhos. Tiro uma foto da tela, mesmo sem saber se os números são dólares, usuários ou outra coisa. Só porque não entendo não quer dizer que não possa ser útil depois.

Fecho a pasta e começo a procurar as que não parecem estar relacionadas com o aplicativo de Tom Royce. Escolho a que tem um nome promissor.

Kat.

Dentro, há mais pastas, nomeadas com o ano, começando meia década atrás. Espio dentro de cada uma, vendo não apenas fotos de Katherine em seus dias de modelo, mas também mais planilhas. Uma por ano. No topo de cada, o mesmo título: *ganhos*. Corro os olhos por algumas, notando que não há um único número vermelho à vista. Mesmo que não seja mais modelo, Katherine continua ganhando uma quantia obscena de dinheiro. Muito mais do que aquele website de patrimônios estimou e muito mais do que o Mixer.

Tiro fotos das planilhas dos últimos três anos e abro o navegador do notebook. Dois segundos e um clique depois, estou olhando para o histórico.

Bingo.

Imediatamente vejo que aparentemente Tom não navegou na internet nos últimos dois dias. Não há buscas instantaneamente suspeitas sobre como se livrar de um corpo ou quais as melhores serras para cortar ossos. Ou ele não encostou no notebook desde que Katherine desapareceu ou limpou o histórico das últimas 48 horas.

Três dias atrás, entretanto, há uma festa de sites visitados. Alguns, incluindo a mesma reportagem da *Bloomberg Businessweek* sobre o Mixer que encontrei, me parecem trabalho de Tom Royce. Outros, como a seção de moda do *New York Times* e a *Vanity Fair*, sugerem ser obra de Katherine. Assim como uma curiosa busca no Google.

Causas de afogamento em lagos.

Clico no link e vejo uma breve lista de motivos, incluindo nadar sozinho, intoxicação e passeios de barco sem colete salva-vidas. O último me faz pensar em Len. Também me faz querer correr escada abaixo e me servir de algo forte do bar da sala.

Tentando me livrar tanto da memória quanto da urgência, me chacoalho de leve e continuo. Vou até o Google e confiro os últimos assuntos buscados no notebook, descobrindo mais sobre afogamentos e água.

Nadar à noite.

Fantasmas em reflexos.

Lagos assombrados.

Um suspiro escapa de meus lábios. A história à fogueira de Eli fez Tom ou Katherine correr para o Google. Um deles, na verdade, fez várias buscas alguns dias atrás. Além de temas relacionados a lagos, encontro pesquisas sobre os jogos da World Series, a previsão do tempo, receitas de *paella*.

Um assunto, entretanto, me faz paralisar.

Mulheres desaparecidas em Vermont.

Por que diabos Tom ou Katherine estava interessado *nisso*?

Em choque, mexo o mouse para clicar no link quando vejo um nome logo abaixo dele.

O meu.

Ver meu nome no histórico do navegador não é uma surpresa. Tenho certeza de que um monte de completos desconhecidos pesquisou meu nome no Google no último ano. Faz sentido que meus vizinhos também o façam. Até já sei qual vai ser o primeiro resultado antes de clicar. E, realmente, lá estão uma foto minha virando um tradicional duplo e a manchete que vai me seguir como um cachorro para o resto da vida.

"O Grande Porre de Casey."

Abaixo há notícias sobre minha demissão de *Sombra de uma Dúvida*, minha página no IMDB, o obituário de Len no *LA Times*. Todos os links foram clicados, deixando claro que ou Tom ou Katherine tem pesquisado minha vida.

O que não fica tão claro é qual dos dois foi.

E por quê.

Quando volto ao histórico do navegador para tentar descobrir, percebo que outro nome familiar foi digitado no Google.

Boone Conrad.

A busca retornou uma notícia sobre a morte de sua esposa. Ao lê-la, descubro dois fatos surpreendentes. O primeiro é que Boone é realmente o nome verdadeiro dele. O segundo é que ele era um policial na delegacia mais próxima do Lago Greene. Todo o restante é exatamente o que me disse ontem. Ele voltou do trabalho, encontrou a esposa caída na escada e chamou os paramédicos, que a declararam morta. Há uma fala do chefe de polícia, o superior de Boone, dizendo que foi um acidente trágico. Fim da história.

Sigo em frente, vendo que os Royce não pesquisaram só pessoas do lago. Também vejo uma pesquisa por alguém de quem nunca ouvi falar antes: Harvey Brewer.

Clicando nele, aparece uma surpreendente quantidade de resultados. Escolho o primeiro: uma notícia de um jornal da Pensilvânia, publicada há um ano, com uma manchete fantasmagórica.

"Homem Admite Envenenar a Esposa Lentamente."

Leio o texto, cada sentença fazendo meu coração saltar mais depressa. Harvey Brewer era um carteiro de 50 e poucos anos de East Stroudsburg, cuja esposa de 40 e poucos anos, Ruth, subitamente caiu morta de ataque cardíaco, dentro do mercado.

Embora fosse do tipo saudável — *"Forte como um touro"*, disse uma amiga —, a morte de Ruth não foi uma surpresa total. Seus irmãos disseram à polícia que ela vinha reclamando de fraquezas repentinas e tonturas nas semanas anteriores à sua morte. *"Ela disse que não estava se sentindo como ela mesma"*, disse uma das irmãs.

Como Harvey estava registrado para receber uma boa quantia em dinheiro após a morte da esposa, a família de Ruth suspeitou de uma ação criminosa. Eles tinham razão. A autópsia revelou traços de brimladina, um ingrediente comum em veneno de rato, no sistema de Ruth. Brimladina, um estimulante que alguns especialistas chamam de "a cocaína dos venenos", funciona ao aumentar os batimentos cardíacos. Em roedores, a morte é instantânea. Em humanos, leva um bom tempo a mais.

Quando a polícia interrogou Harvey, ele arregou imediatamente e confessou ter dado microdoses de brimladina para a esposa, por semanas. O veneno, acrescentado diariamente em suas refeições e bebidas, enfraqueceu o coração de Ruth a ponto de causar uma parada. Harvey alegou ter pegado a ideia de uma peça da Broadway que os dois haviam visto em uma viagem recente a Nova York.

Sombra de uma Dúvida.

Puta.

Merda.

Harvey Brewer esteve na plateia da minha peça. Ele me viu no palco, atuando como uma mulher que descobre que o marido a está envenenando lentamente. Ele se sentou naquele teatro escuro, se perguntando se tal coisa poderia ser feita na vida real. Acontece que poderia. E ele quase saiu ileso dessa.

Quando chego ao final da notícia, momentos diferentes que passei com Katherine estão passando pela minha mente como uma apresentação de slides.

Flutuando no lago, imóvel, os lábios de um azul gelado.

"Foi como se meu corpo todo tivesse parado de funcionar", descreveu posteriormente.

Jogada em uma cadeira de balanço, tomada pela ressaca.

"Não tenho sido eu mesma ultimamente."

Tonta depois de só duas taças de vinho.

"Não estou me sentindo muito bem."

É àquela noite ao redor da fogueira que me agarro com mais força, conforme detalhes que pareciam pequenos à época subitamente se enchem de significado.

Tom me dizendo como ele achou que eu estava fantástica em *Sombra de uma Dúvida*.

Ele insistindo em servir o vinho, de costas para nós, para que não pudéssemos ver o que estava fazendo.

Entregando cautelosamente as taças a cada um, como se houvessem sido especialmente designadas.

Katherine virando a dela em um gole só, pedindo para o marido encher de novo.

Por um segundo, fico pasma. A descoberta é como um daqueles flashes de câmeras antigas acendendo na minha cara. Branco, quente e ofuscante. Tonta com o choque, fecho os olhos e me pergunto se o que aconteceu com Ruth Brewer também aconteceu com Katherine.

Faz sentido da mesma forma que um quebra-cabeças quando todas as peças foram montadas no lugar. Tom viu *Sombra de uma Dúvida* e, como Harvey, começou a ter ideias. Ou talvez tenha descoberto sobre o crime de Harvey Brewer primeiro e decidiu ver a peça por si mesmo. É impossível saber o como, por que ou quando. Não que isso importe. Tom decidiu imitar tanto Harvey quanto a peça, dando a Katherine minúsculas doses de veneno quando podia, enfraquecendo-a até que, enfim, tudo simplesmente parou.

E Katherine descobriu, provavelmente ao fazer o que eu estou fazendo agora, simplesmente vendo tudo no histórico do navegador do marido.

Foi *isso* que ela viu na noite antes de desaparecer.

Por *isso* ela pareceu simultaneamente chocada e curiosa enquanto eu a observava da varanda. Sentada nesta mesma cadeira. Olhando para este mesmo notebook. Tão surpresa quanto eu estou agora.

E é por isso que ela e Tom brigaram mais tarde naquela noite. Ela lhe disse que sabia o que ele estava fazendo. Ele negou, talvez tenha exigido saber de onde tirou a ideia. "*Como? Quem?*"

Ao amanhecer, Katherine havia desaparecido. Ou Tom a matou, ou ela fugiu, deixando tudo para trás. Agora pode estar enterrada na floresta, no fundo do lago ou se escondendo. São as únicas opções que consigo conceber.

Preciso descobrir qual é a verdade.

E convencer a detetive Wilma Anson a me ajudar com isso.

Pego o celular de novo e tiro uma foto da tela do notebook. A notícia sobre Harvey Brewer está ilegível, mas a manchete é clara. Estou prestes a tirar mais uma quando escuto um som desagradável do lado de fora da casa.

Pneus esmagando cascalho.

À minha direita está a janela que dá vista para o lado sudoeste da casa. Vou até ela e vejo o Bentley de Tom Royce desaparecer sob o pórtico.

Merda.

Corro para fora do escritório, mas paro e dou meia-volta quando percebo que o notebook continua aberto. Volto para a mesa, bato a tampa do notebook, me apresso para fora do cômodo de novo. Paro no corredor do segundo andar, sem saber para onde ir agora. Em segundos, Tom estará aqui dentro. Se eu descer correndo as escadas agora, ele provavelmente me verá. Pode ser mais inteligente ficar neste andar e me esconder em um lugar onde ele provavelmente não vá entrar. O quarto de hóspedes parece ser a melhor aposta. Eu poderia rastejar para baixo da cama e esperar até ter certeza de que posso escapar sem ser vista.

O que pode levar horas.

Enquanto isso, Tom ainda não entrou. Talvez esteja fazendo algo lá fora. Talvez *haja* tempo o suficiente para eu voar pelas escadas e desaparecer pela porta de entrada.

Decido arriscar, principalmente porque, se eu me esconder aqui — possivelmente por um longo período —, não tenho garantias de que Tom não vá me encontrar de qualquer forma. O mais seguro a fazer é sair da casa.

Imediatamente.

Sem pensar em mais nada a não ser sair daqui o mais rápido possível, corro para as escadas.

Então pelos degraus.

Então em direção à porta da frente.

Pego a maçaneta e puxo.

Trancada, o que eu já sabia, mas havia me esquecido, porque, um, tenho outras coisas na cabeça agora e, dois, nunca havia feito isso antes.

Conforme toco a fechadura, escuto outra porta se abrir.

A de vidro, de correr, nos fundos.

Tom está entrando, e eu estou a um segundo de ser pega. A porta de entrada é logo depois da sala. Se ele for para qualquer lugar que não a sala de jantar ou a cozinha, serei vista. Mesmo que ele não vá, o clique da fechadura e o som da porta se abrindo irão alertá-lo de minha presença.

Eu me viro, pronta para encará-lo, a mente girando como um redemoinho para pensar uma desculpa minimamente lógica para estar dentro da casa dele. Não consigo. Meu cérebro trava com o pânico.

Conforme um segundo se passa, depois outro, percebo que não escutei a porta de correr se fechando ou os passos de Tom dentro da casa. O que *escuto de fato*, deslizando pela brisa de outono que entra por aquela porta ainda aberta, é a água varrendo a margem, o som de um barco chegando à doca dos Royce e uma voz familiar chamando o nome de Tom.

Boone.

Continuo à porta, esperando um sinal de que Tom continua lá fora. O sinal vem quando escuto Boone, agora no pátio dos fundos, perguntar se ele precisa de algum reparo ou ajuda na casa.

— Pensei em perguntar, já que praticamente terminei na propriedade dos Mitchell.

— Não preciso de nada — responde Tom. — Tudo parece estar em...

Não presto atenção ao resto porque estou ocupada demais destrancando a porta e abrindo-a depressa. Assim que estou do lado de fora, faço a única coisa razoável que tem a ser feita.

Correr.

Graças à sua lancha, Boone chega primeiro ao nosso lado do lago. Mesmo que eu tenha parado de correr assim que passei da casa de Eli, ainda estou sem fôlego quando o vejo à frente, na estrada, braços cruzados sobre o peito como um pai irritado.

— Isso foi idiota e perigoso — diz conforme me aproximo. — Tom teria pegado você se eu não tivesse pulado no meu barco e impedido ele.

— Como você sabia que eu estava lá?

A resposta, percebo, está na mão direita dele.

O binóculo.

Ele me entrega e diz:

— Peguei emprestado depois que te vi passando pela casa. Eu sabia o que você estava planejando e corri para a sua varanda, para ficar de olho.

— Por que não me impediu de ir?

— Porque eu estava pensando em fazer a mesma coisa.

— Mas você acabou de me falar que foi idiota e perigoso.

— Foi. Mas isso não quer dizer que não tenha sido necessário. Encontrou alguma coisa?

— Um monte.

Voltamos a andar, passando pela casa onde Boone está ficando e seguindo para a minha. Caminhando lado a lado com folhas da cor de uma fogueira de acampamento girando ao nosso redor, seria um passeio adorável, quase romântico, se não fosse o assunto em questão. Conto a Boone sobre como os anéis de Katherine, celular e roupas ainda estão em seu quarto antes de chegar ao que encontrei no notebook de Tom, incluindo Harvey Brewer.

— Tom estava envenenando ela aos poucos — falo. — Exatamente como esse cara fez com a esposa. Tenho certeza. Katherine me disse que não estava se sentindo bem ultimamente. Se sentia fraca e cansada de repente.

— Então você acha que ela está morta?

— Eu acho que ela descobriu. Com sorte, conseguiu fugir. Mas tem uma chance...

Boone assente, sério, sem dúvida pensando na lona, na corda e na serra.

— ...de que Tom tenha agido antes que ela conseguisse.

— Mas agora temos provas. — Pego meu celular e começo a passar as fotos que tirei. — Viu? Essa é a notícia sobre Harvey Brewer, bem ali, no notebook de Tom.

— Não é o suficiente, Casey.

Paro no meio da estrada coberta por folhas, deixando Boone dar vários passos à frente até perceber que não estou mais ao seu lado.

— Como assim não é suficiente? Tenho fotos do telefone de Katherine, das roupas, sem contar provas de que o marido dela estava lendo sobre um homem que matou a esposa.

— O que eu quero dizer — explica Boone — é que isso não é legal. Você conseguiu todas essas coisas invadindo a casa dele. Um crime que é pior que espionagem.

— Sabe o que é pior? — retruco, sem conseguir conter o tom de impaciência. — Planejar matar a esposa.

Ainda não me mexi, forçando Boone a voltar e colocar um de seus grandes braços ao redor dos meus ombros para me fazer voltar a andar.

— Eu concordo com você — diz. — Mas não é assim que a lei funciona. Você não pode provar que alguém cometeu um crime cometendo outro. Para realmente pegar ele, precisamos de algum tipo de prova, *não* adquirida ilegalmente, que aponte para uma atitude criminosa.

O que ele não diz, mas eu deduzo mesmo assim, é que, até agora, Tom Royce tem sido muito bom em cobrir seus rastros. Aquela foto que ele postou no Instagram de Katherine é prova disso. Logo, é improvável que tenha deixado uma evidência a alcance legal.

Paro de novo, desta vez paralisada ao perceber que *existe* uma evidência em minha posse.

Mas não foi deixada por Tom.

Katherine fez tudo sozinha.

Começo a descer a estrada de novo, o movimento tão abrupto quanto quando parei. Em vez de andar, volto a correr, trotando bem à frente de Boone, a caminho de casa.

— O que você está fazendo? — chama ele.

Não reduzo o ritmo ao gritar minha resposta:

— Conseguindo provas. Legalmente!

De volta à casa, vou direto para a cozinha e para a lata de lixo que deveria ter sido esvaziada um dia atrás, mas felizmente não foi. Um ponto raro para a preguiça. Vasculho o saco, meus dedos esmagando toalhas de papel molhadas e pelotas de mingau de aveia. Quando Boone me alcança, já virei a lixeira e derrubei seu conteúdo no chão. Depois de outro minuto procurando, encontro o que queria.

Um caco de vidro.

Triunfante, seguro-o à luz. A superfície está mais suja agora do que quando a encontrei reluzindo no quintal. Há migalhas grudadas e um respingo branco que pode ser molho para salada. Felizmente isso não fará diferença porque a camada fina que parece sal seco continua ali.

Se Tom Royce realmente colocou algo no vinho de Katherine naquela noite, com sorte esse pedaço de vidro conseguirá provar.

Quando Wilma Anson chega, o caco de vidro já foi seguramente enfiado em um saco hermético. Ela o analisa através do plástico transparente, inclinando a cabeça em sinal de curiosidade ou irritação. A respeito dela, é difícil dizer.

— Onde foi que você conseguiu isso mesmo?

— No quintal — respondo. — A taça quebrou quando Katherine desmaiou na grama com ela na mão.

— Por que ela havia sido supostamente drogada? — pergunta a detetive.

— Envenenada — corrijo.

— Os resultados do laboratório podem discordar.

Boone e eu chegamos ao consenso de que não era uma boa ideia contar a Wilma como, exatamente, suspeitei que Tom estivesse tentando envenenar a esposa. Em vez disso, dissemos a ela que eu tinha me lembrado de repente de Katherine mencionar o nome Harvey Brewer, o que me levou à internet e à minha teoria de que Tom pode ter tentado fazer o mesmo que Brewer fez à esposa. Foi o suficiente para convencer Wilma a vir. Agora que está aqui, a grande questão é se fará algo a respeito.

— Isso significa que você vai fazer alguns testes, certo? — questiono.

— Vou — responde ela, a palavra se derretendo em um suspiro. — Só que vai levar uns dias para sair o resultado.

— Mas até lá Tom pode fugir. Você não pode pelo menos interrogar ele?

— Eu pretendo.

— Quando?

— No momento certo.

— O momento certo não é *agora*? — Começo a balançar para a frente e para trás, movida pela impaciência que fervilha dentro de mim. Tudo o que quero contar a Wilma é exatamente o que *não* posso contar. Revelar que sei que o celular, as roupas e os anéis de Katherine continuam no quarto dela seria admitir que invadi a casa dos Royce. Então fico quieta, me sentindo como uma garrafa chacoalhada de champagne, torcendo para não explodir com a pressão. — Você não acredita na gente?

— Acho que é uma teoria válida. Uma de muitas.

— Então investigue! Vai até lá e interroga ele!

— E perguntar se ele matou a esposa?

— É, para começar.

Wilma anda até a sala acoplada sem ser convidada. De terno preto, camisa branca e sapatos de trabalho, finalmente se parece com a detetive de TV de minha imaginação. A única similaridade com seu look do dia anterior é uma xuxinha no pulso. Verde em vez de amarela e claramente não é da sua filha. No ombro está uma bolsa-carteiro preta, que ela coloca sobre a mesa. Quando se senta, sua jaqueta se abre, oferecendo uma visão de relance da arma no coldre.

— Isso não é tão simples quanto você pensa — diz ela. — Pode ser que tenha mais alguma coisa acontecendo aqui. Algo maior do que Katherine Royce.

— Maior como? — pergunta Boone.

— Você já fez um exercício de confiança? Sabe, um daqueles que alguém se joga de costas na expectativa de que será amparado por quem está atrás? — Wilma demonstra, erguendo o dedo indicador e lentamente inclinando-o de lado. — O que estou prestes a contar é bem parecido com isso. Vou confiar informações confidenciais a vocês. E, em troca dessa confiança, vocês não vão fazer nada, falar nada e me deixar fazer o meu trabalho. De acordo?

— Que tipo de informação? — questiono.

— Detalhes de uma investigação em curso. Se contarem a qualquer pessoa que mostrei isso a vocês, vou ter problemas, e vocês podem acabar atrás das grades.

Espero Wilma revelar que está exagerando com um sorriso de "estou brincando". Não acontece. Sua expressão é fria como um túmulo conforme ela gira a xuxinha no pulso e diz:

— Jurem que não contarão para ninguém.

— Você sabe que pode confiar em mim — diz Boone.

— Não é com você que estou preocupada.

— Eu juro — digo, embora a seriedade dela me faça questionar se *realmente* quero ouvir o que ela está prestes a falar. O que já descobri hoje me deixou borbulhando de nervoso.

Wilma hesita, apenas por um instante, antes de pegar a bolsa:

— Quando foi que os Royce compraram aquela casa?

— No inverno passado — respondo.

— Esse foi o primeiro verão deles aqui — acrescenta Boone.

Wilma abre o zíper da bolsa.

— Tom Royce mencionou alguma vez que veio para a área antes de comprar a casa?

— Sim — digo. — Ele contou que passaram vários verões alugando diferentes propriedades aqui.

— Ele disse a mesma coisa para mim — confirma Boone. — Disse que estava feliz por finalmente ter uma casa dele.

Wilma gesticula para que a gente se sente. Depois que o fazemos, Boone e eu lado a lado, ela puxa uma pasta de arquivos de dentro da bolsa e a coloca na mesa à nossa frente.

— Vocês já ouviram o nome Megan Keene?

— É aquela garota que desapareceu dois anos atrás, certo? — pergunta Boone.

— Correto.

Wilma abre a pasta, puxa uma folha de papel e a desliza para nós. Na página há uma foto, um nome e uma única palavra que traz um calafrio à minha espinha.

Desaparecida.

Encaro a foto de Megan Keene. Ela é bonita como uma modelo em um comercial de xampu. Cabelo cor de mel, bochechas rosadas e olhos azuis. A personificação da Miss American Pie.

— Megan tinha 18 anos quando desapareceu — diz Wilma. — Era daqui. A família dela é dona da loja de utilidades na cidade vizinha. Há dois anos, disse aos pais que ia a um encontro e saiu, dando um beijo na bochecha da mãe, a caminho da porta. Foi última vez que ela foi vista. O carro dela foi encontrado onde ela sempre o deixava, atrás da loja dos pais. Não havia sinais de crime ou de luta. E nada para sugerir que ela não voltaria.

Wilma desliza outra folha em nossa direção. É do mesmo formato da primeira.

Foto: uma morena bonita com lábios pintados de vermelho-cereja e rosto emoldurado por cabelos pretos.

Nome: Toni Burnett.

Também desaparecida.

— Toni desapareceu dois meses depois de Megan. Era praticamente nômade. Nascida e criada no Maine, mas foi expulsa de casa pelos pais extremamente religiosos depois de muitas brigas sobre o comportamento dela. Enfim foi parar no Condado de Caledonia, em um hotel de beira de estrada que aluga quartos por semana. Quando a semana terminou e ela não fez o *check out*, o gerente achou que tivesse ido embora. Mas, ao entrar no quarto, parecia que todos os pertences dela estavam lá. Toni Burnett, entretanto, não estava. O gerente não chamou a polícia imediatamente, achando que ela voltaria em um ou dois dias.

— Imagino que isso nunca tenha acontecido — diz Boone.

— Não — confirma Wilma. — Definitivamente não aconteceu.

Ela puxa uma terceira folha da pasta.

Sue Ellen Stryker.

Tímida, como mostra o sorriso assustado em seu rosto, como se houvesse acabado de perceber que alguém estava tirando uma foto.

Desaparecida, como as outras.

E a mesma garota que Katherine mencionou quando estávamos sentados ao redor da fogueira, na outra noite.

— Sue Ellen tinha 19 anos — conta Wilma. — Desapareceu no verão passado. Fazia faculdade e estava trabalhando num resort à beira de um lago, em Fairlee, durante o verão. Saiu do trabalho numa noite e nunca mais voltou. Como as outras, não havia nada que sugerisse que ela tinha feito as malas e fugido. Simplesmente... sumiu.

— Achei que ela tivesse se afogado — diz Boone.

— Essa era uma teoria, embora nada concreto sugira que foi isso que realmente aconteceu.

— Mas você acha que ela está morta — diz Boone. — As outras também.

— Sinceramente? Acho.

— E que as mortes estão relacionadas?

— Sim. Recentemente, começamos a acreditar que sejam todas vítimas da mesma pessoa. Alguém que tem frequentado regularmente a região por pelo menos dois anos.

Boone inspira fundo.

— Um serial killer.

As palavras pesam no ar abafado da sala, pairando como um cheiro ruim. Olho para as fotos espalhadas pela mesa, o estômago apertado de tristeza e raiva.

Três mulheres.

Meninas, na verdade.

Ainda jovens, ainda inocentes.

Pegas na flor da juventude.

Agora perdidas.

Analisando cada foto, me surpreendo com o quanto suas personalidades pulam para fora das páginas. A efervescência de Megan Keene. O mistério de Toni Burnett. A inocência de Sue Ellen Stryker.

Penso em suas famílias e amigos e no quanto devem sentir falta delas.

Penso em suas aspirações, seus sonhos, suas frustrações, esperanças e sofrimentos.

Penso em como devem ter se sentido pouco antes de serem mortas. Com medo e sozinhas, provavelmente. Duas das piores sensações do mundo.

Um soluço se forma em meu peito, e, por um breve momento, temo que vá explodir para fora de mim. Mas o engulo, me contenho e faço a pergunta que precisa ser feita:

— O que isso tem a ver com Katherine Royce?

Wilma puxa mais um item para fora da pasta. É a cópia colorida de um cartão-postal. A vista aérea de um lago de margens bruscas, cercado por florestas e montanhas. Vi essa imagem centenas de vezes em displays de lojas locais e sei o que é sem precisar ler o nome impresso na parte debaixo do cartão.

Lago Greene.

— Mês passado, alguém enviou isso para a delegacia local. — Wilma olha para Boone. — Seu antigo território. Eles repassaram para nós. Por causa disso.

Ela vira a folha, revelando uma cópia do verso do cartão-postal. Do lado esquerdo, em letras maiúsculas tão tremidas que parecem escritas por uma criança, está o endereço da antiga delegacia de Boone, a uns 15 minutos daqui. Do lado direito, no mesmo rabisco infantil, há três nomes.

Megan Keene.

Toni Burnett.

Sue Ellen Stryker.

Debaixo dos nomes, cinco palavras.

Acho que elas estão aqui.

— Puta merda — diz Boone.

Não digo nada, chocada demais para falar.

— Não tem como rastrear quem enviou — explica Wilma. — Esse mesmo cartão é vendido por todo o condado há anos. Como vocês podem ver, não tem o endereço do remetente.

— Impressões digitais? — sugere Boone.

— Várias. O cartão passou por mais de uma dúzia de mãos antes de chegar à polícia estadual. O selo era adesivo, então não tem DNA no verso. Uma análise da caligrafia revelou que foi escrito por um destro que usou a mão esquerda. Por isso mal é legível. Quem quer que tenha enviado fez um bom trabalho em esconder seus rastros. A única pista que temos, na verdade, é o carimbo postal, que nos diz que foi depositado em uma caixa dos correios no Upper West Side de Manhattan. Que é, curiosamente, onde fica o apartamento de Tom e Katherine Royce. Pode ser só uma coincidência, mas eu duvido.

Boone esfrega uma mão em sua barba rala, refletindo sobre toda essa informação.

— Você acha que um deles enviou esse cartão?

— Acho — confirma Wilma. — Katherine, em particular. A análise da caligrafia sugere que foi escrito por uma mulher.

— Por que ela faria isso?

— Por que você acha?

Leva menos de um segundo para a ficha cair, com a expressão de Boone se transformando de confusa para pensativa para compreensão.

— Você realmente acredita que Tom matou essas garotas? E que Katherine sabia? Ou pelo menos suspeitava?

— É uma teoria. Por isso estamos tomando muito cuidado aqui. Se Katherine enviou esse cartão como forma de dar pistas à polícia sobre o marido dela, então também é possível que tenha fugido e esteja escondida em algum lugar.

— Ou que Tom descobriu e a silenciou — diz Boone.

— Essa também é uma possibilidade, sim. Mas, se ela *de fato* fugiu para se proteger, precisamos encontrá-la antes do marido. De qualquer forma, vocês dois merecem um pouco do crédito por isso. Se não tivessem me ligado sobre Katherine, nós nunca teríamos pensado em conectar ela e Tom a esse cartão. Então, obrigada.

— Qual é o próximo passo? — pergunta Boone, radiante de orgulho. Uma vez policial, sempre policial, imagino.

Wilma reúne as folhas e as coloca de volta na pasta. Conforme o faz, olho uma última vez para os rostos das garotas desaparecidas. Megan, Toni e Sue Ellen. Cada uma aperta meu coração com tanta força que quase faço uma careta de dor. Então a detetive fecha a pasta, e as três desaparecem de novo.

— Neste momento, estamos investigando todos os lugares que Tom alugou em Vermont nos últimos dois anos. Onde ele ficou. Quanto tempo passou lá. Se Katherine estava junto. — Wilma coloca a pasta na bolsa e olha em minha direção. — Se as datas baterem com as desses desaparecimentos, então *esse* será o momento certo de interrogar Tom Royce.

Outro calafrio me atinge. Um daqueles de corpo todo que chacoalha a gente como se fôssemos uma coqueteleira.

A polícia acha que Tom é um serial killer.

Embora Wilma não tenha dito de maneira explícita, deixou claramente implícito.

Eles acham que foi ele.

E a situação toda é muito pior do que eu pensava.

AGORA

Aperto a faca com mais força, torcendo para que disfarce a forma como minha mão continua tremendo. Com falso desinteresse, ele olha para a lâmina e diz:

— Eu deveria me sentir ameaçado por isso? Porque não me sinto.

— Sinceramente, não me importo com o que você sente.

É a verdade, embora um pouco distorcida. Eu me importo, *sim*. Eu *quero* que ele se sinta ameaçado. Mas também sei que não faz muita diferença. O mais importante é fazê-lo falar, e, se imitar sua indiferença funcionar, então estou disposta a jogar assim.

Volto para a outra cama no quarto, soltando a faca e pegando o copo de bourbon da mesinha de cabeceira.

— Achei que você fosse fazer café — diz ele.

— Mudei de ideia. — Ergo o copo. — Quer?

Ele balança a cabeça.

— Não acho que seja uma boa ideia. Quero ficar com a mente livre.

Dou um gole:

— Mais para mim então.

— Acho que você também deveria pensar em manter a mente livre. Vai precisar durante essa batalha de persuasão que acha que estamos jogando.

— Não é uma batalha. — Dou mais um gole, estalando os lábios para lhe mostrar o quanto estou curtindo. — E não estamos jogando nada. Você vai me dizer o que eu quero saber. Em algum momento.

— E o que você vai fazer se eu me negar?

Aponto para a faca que está perto de mim, na cama.

Ele sorri de novo.

— Você não tem coragem.

— Você pode falar isso o quanto quiser, mas não acho que acredite de verdade.

Simples assim, o sorriso desaparece.

Bom.

Lá fora, o vendo continua uivando enquanto a chuva continua a cair sobre o telhado. A tempestade deve parar até o amanhecer. De acordo com o relógio que está entre as camas, não é nem meia-noite ainda. Embora tenhamos um bom tempo entre agora e o nascer do sol, pode não ser o suficiente. O que estou planejando fazer não pode ser feito à plena luz do dia, e não acho que eu aguente essa situação até amanhã à noite. Vou enlouquecer até lá. E, mesmo que não, suspeito que Wilma Anson vá aparecer logo cedo amanhã.

Preciso fazê-lo falar imediatamente.

— Já que você se recusa a falar sobre Katherine — digo —, me conta sobre as garotas, então.

— Que garotas?

— As que você assassinou.

— Ah, sim. *Elas.*

O sorriso reaparece, desta vez tão distorcido e cruel que tenho vontade de pegar a faca e cravar direto no coração dele.

— Por que... — Eu paro, tentando controlar minhas emoções, que pairam em algum ponto entre ódio e revolta. — Por que você as matou?

Ele pensa sobre o assunto, mesmo que não exista uma única resposta que possa dar que justifique o que fez. Percebe isso e desiste. Então, com aquele sorriso distorcido ainda intacto, apenas diz:

— Porque foi divertido.

ANTES

Quando vai embora, Wilma Anson leva consigo o caco de vidro. A forma como ela o carrega até o carro, segurando o saco com o braço esticado como se tivesse um sanduíche mofado dentro, me diz que ela já pensa que não vai dar em nada. Eu estaria irritada se não tivesse sido pega tão de surpresa pelo que acabamos de ouvir.

Ela acha que Tom Royce é um serial killer.

Ela acha que Katherine também acreditava nisso.

E que agora Katherine está morta ou se escondendo.

Wilma tinha razão. Isso é muito maior que o desaparecimento de Katherine. E eu não tenho ideia do que devo fazer agora. Sei o que Marnie e minha mãe diriam. Para eu me proteger, ficar fora do caminho dele, não me transformar em um alvo. Eu concordo, em teoria. Mas a verdade é que já sou parte disso, quer queira, quer não.

E estou com medo.

Essa é a verdade brutal.

Depois de observar o carro de Wilma se afastando, volto à sala de jantar, procurando por Boone. Em vez disso, encontro-o na varanda, de binóculo em mãos e olhando fixo para a casa dos Royce do outro lado do lago.

— Essa época é ótima para observar pássaros — digo. — Toda aquela plumagem.

— Ouvi dizer — responde Boone, encorajando a mim e à minha fraca tentativa de fazer uma brincadeira.

Eu me sento na cadeira de balanço ao seu lado.

— Algum sinal de Tom?

— Nada. Mas o carro dele continua lá, então sei que ele também está. — Boone faz uma pausa. — Você acha que Wilma está certa? Sobre Tom ser um serial killer?

Eu dou de ombros, mesmo que ele não possa me ver porque continua olhando pelo binóculo. Vê-lo tão focado na casa dos Royce me dá uma noção de como eu deveria estar nos últimos dias. Estacionada nesta varanda. Binóculo colado na cara. Não prestando atenção em mais nada. Não é uma visão bonita, mesmo para alguém tão absurdamente atraente quanto Boone.

— Acho que a teoria dela pode estar no caminho certo — diz ele. — Tom tem passado bastante tempo na área, algo que eu nunca entendi. Ele é rico. A esposa dele é uma supermodelo. Eles podem ir para qualquer lugar. Provavelmente podem até comprar uma ilha particular, caramba. Mesmo assim, sempre escolhem vir para cá, as remotas florestas de Vermont, onde é tranquilo e menos provável que ele seja perturbado. E tem também o fato de que eu sempre senti uma energia estranha nele. Parece um cara tão...

— Intenso? — sugiro, roubando a descrição de Marnie para Tom Royce.

— É. Mas é uma intensidade silenciosa. Como se tivesse algo fervilhando logo abaixo da superfície. Esse é o tipo de gente com quem se deve tomar cuidado. Graças a Deus você estava fazendo exatamente isso, Casey. Se você não estivesse observando, ninguém teria percebido nada disso. O que significa que não podemos desistir agora. Precisamos continuar prestando atenção nele.

Eu me volto para o lago, olhando não para a casa dos Royce, mas para a água. Agora pincelada pelo sol do final da tarde, parece tranquila, convidativa até. Impossível de se imaginar o quão profunda ou escura possa ser. Tão escura que não dá para dizer o que tem lá embaixo.

Talvez Megan Keene.

E Toni Burnett.

E Sue Ellen Stryker.

Talvez até Katherine Royce.

Pensar em várias mulheres no meio do lodo e das algas me deixa tão tonta que agarro os braços da cadeira e desvio os olhos da água.

— Não acho que Wilma iria gostar disso — digo. — Você ouviu o que ela disse, que quer que a gente se afaste e deixe a polícia lidar com o caso.

— Você está esquecendo que ela também disse que não teriam ligado Katherine àquele cartão-postal se não fosse por nós. Talvez possamos encontrar mais alguma coisa que seja útil para eles.

— E se encontrarmos? Eles vão poder usar?

Penso em tudo o que vi na casa dos Royce. O celular de Katherine, as roupas e o baú de tesouros de informações naquele computador. É enlouquecedor que nada disso possa ser usado contra Tom, mesmo que tudo aponte para que ele seja culpado de *alguma coisa*.

— Isso é diferente de invadir a casa deles. Aquilo foi ilegal. O que estou falando não é.

Boone abaixa o binóculo e me lança um olhar brilhante com a agitação contida. O oposto de como me sinto. Embora não faça ideia do que ele está planejando, não acho que eu vá gostar. Principalmente porque parece que Boone está pensando em ir além de observar a casa de Tom.

— Ou nós podemos fazer o que Wilma disse — argumento. — Que é nada.

Essa sugestão não ajuda muito a diminuir o fogo nos olhos de Boone. Na verdade, ele parece ainda mais determinado ao dizer:

— Ou podemos passar na loja dos pais de Megan Keene. Talvez dar uma olhada em volta, fazer umas perguntas inocentes. Não estou dizendo que vamos solucionar o caso. Provavelmente não vai dar em nada. Mas, caramba, é melhor do que ficar sentado aqui, olhando e esperando.

Ele inclina a cabeça na direção do outro lado do lago. Há frustração em seu gesto, me dizendo que isso não é só sobre Tom Royce. Suspeito que seja sobre Boone, na verdade, um ex-policial desejando voltar à ativa. Conheço a sensação. Fico impaciente toda vez que assisto a um bom filme ou vejo uma ótima performance na televisão, meu corpo pedindo para voltar ao palco ou para a frente das câmeras.

Mas essa parte da minha vida acabou agora. Assim como a carreira policial de Boone. E brincar de detetive não vai mudar isso.

— Pode ser uma aventura — diz ele, cutucando meu braço com um de seus cotovelos formidáveis. — E vai ser bom sair da casa por um tempo. Quando foi a última vez que você saiu?

— Hoje de manhã. — Agora é minha vez de apontar para a casa dos Royce. — Estar lá já foi aventura o bastante por um dia.

— Como quiser. Mas eu vou de qualquer jeito, com ou sem você.

Quase lhe respondo que será sem mim. Não quero me envolver nisso mais do que já me envolvi. Só que, quando considero a alternativa, ficar sozinha, aqui, esperando acontecer alguma coisa, tentando não espionar quando sei que vou espionar... percebo que é melhor ficar com o ex-policial gato.

Além disso, ele tem razão. Vai me fazer bem sair um pouco, e não só da casa. Preciso tirar um tempo do próprio Lago Greene. Passei tempo demais olhando para a água e para a casa do outro lado do lago, que é exatamente o que farei se Boone partir sozinho. A ideia de ficar sentada, aqui, encarando a água pincelada pelo sol, pensando em todas as pessoas que podem estar lá no fundo, é tão deprimente que não tenho outra escolha a não ser concordar.

— Está bem — respondo. — Mas você vai me comprar um sorvete na volta.

Um sorriso se abre no rosto de Boone, um tão grande que até parece que acabei de concordar em jogar Monopoly.

— Feito. Vou até pagar pelo dobro de granulado.

A loja da família de Megan Keene é parte mercado, parte vendinha de suvenires para turistas. Do lado de fora, encarando a estrada em uma tentativa de atrair motoristas, há um alce de madeira esculpido com serra elétrica. Pendurado acima da porta da frente, tem um banner dizendo a todos que eles vendem xarope de bordo, como se isso fosse uma raridade na Vermont encharcada de xarope.

É igual do lado de dentro. Uma mistura do funcional comum com o agradavelmente acolhedor. O já mencionado xarope de bordo está sobre uma antiga estante logo à porta, enfileirado em tamanhos que vão de um copo de drink até galões. Ao lado há um barril de bourbon cheio de alces e ursos de pelúcia e um aramado de cartões-postais. Giro-o e vejo o mesmo cartão que Wilma Anson nos mostrou. Recuo ao vê-lo, quase trombando com outro alce de madeira, este com gorros de crochê nos chifres.

A loja se torna mais de utilidades conforme avançamos para os fundos. Há vários corredores com comida enlatada, caixas de macarrão, pasta de dente e papel higiênico, a maioria esvaziado em antecipação à tempestade que se aproxima. Há um balcão de frios, uma seção de comida congelada e um caixa transbordando de itens tradicionais de conveniência, como bilhetes de loteria e cigarros.

Quando vejo a garota que está operando a caixa registradora, meu coração dá um pulo no peito.

É Megan Keene.

Embora seu rosto esteja de lado, olhando para fora da vitrine, reconheço a beleza jovem da foto que vi uma hora atrás. Por um momento, o choque me paralisa.

Megan não está morta.

O que significa que talvez nenhuma delas esteja.

Isso tudo foi só um grande e terrível mal-entendido.

Estou prestes a agarrar o braço de Boone e lhe dizer tudo isso quando a garota atrás da caixa registradora vira em minha direção e percebo que estou errada.

Não é Megan.

Mas é definitivamente parente dela. Tem os mesmos olhos azuis e sorriso fotogênico perfeito. Meu chute é que seja uma irmã mais nova que desabrochou como a adorável garota da vizinhança que Megan parecia ser.

— Posso ajudar? — pergunta ela.

Não sei como responder, em parte porque o choque de ver quem eu achava que era Megan custa a passar e em parte porque Boone e eu nunca conversamos sobre o que fazer ou dizer quando chegássemos à loja. Felizmente, ele reponde por mim.

— Estamos só dando uma olhada — diz ao se aproximar. — Vimos o alce lá na frente e decidimos entrar. É uma loja bacana.

A garota olha ao redor, claramente nada impressionada pelas prateleiras e suvenires que vê todos os dias.

— Acho que sim. Meus pais se esforçam bastante.

Então ela *é* irmã de Megan. Fico orgulhosa de mim mesma por ter adivinhado, mesmo que a semelhança seja tamanha a ponto de a maioria das pessoas poder deduzir o mesmo.

— Aposto que fica cheia no final de semana — diz Boone.

— Às vezes. Está sendo um bom outono. Várias pessoas vieram para ver as folhas.

Percebo algo conforme a garota fala. Ela não está olhando para Boone, que é para onde eu estaria olhando se fosse ela. Em vez disso, fica desviando os olhos para mim.

— Vocês têm Mixer? — pergunta ele, tirando o celular do bolso.

— Acho que não. O que é isso?

— Um aplicativo. As pessoas se conectam aos seus lugares preferidos para os amigos verem. — Ele dedilha o celular e mostra a ela. — Vocês deveriam criar uma conta. Pode ajudar a trazer mais gente.

A garota olha para o telefone por um segundo apenas antes de voltar a me encarar. É visível que está me reconhecendo, mas não sabe de onde. Acontece com frequência. Só espero que seja de um dos meus filmes ou séries, e não de um dos tabloides que preenchem o display do caixa.

— Vou falar para os meus pais — responde ela ao se virar de volta para o celular de Boone.

— É um aplicativo ótimo. O cara que criou mora aqui perto. Tem uma casa no Lago Greene.

Até então, eu estava me perguntando por que ele falaria do Mixer. Mas, quando ele dedilha o telefone de novo e aparece com o perfil de Tom Royce, compreendo perfeitamente o que está fazendo.

— O nome dele é Tom — diz Boone ao mostrar a foto. — Já viu ele aqui na loja?

A garota analisa o celular.

— Não tenho certeza. Talvez?

— É uma figura marcante — insiste Boone. — Digo, não é todo dia que um milionário da tecnologia visita a sua loja.

— Só fico aqui depois da escola e de final de semana.

— Deveria perguntar para os seus pais então.

Ela assente nervosa antes de olhar para mim de novo, só que desta vez acho que está procurando alguém para resgatá-la da conversa. Parece tão vulnerável, tão absurdamente jovem e carente de proteção, que sou tomada pela urgência de pular o balcão, dar-lhe um abraço apertado e sussurrar o quanto sinto muito por sua perda. Em vez disso, me aproximo do caixa e empurro Boone de lado.

— Ignore meu namorado — digo, a palavra escapando antes que eu pense em uma alternativa melhor. — Ele está tentando distrair você do motivo pelo qual realmente entramos aqui.

— Que é...? — pergunta a garota.

Boone enfia o celular de volta no bolso.

— Também estou curioso para saber.

Um segundo passa antes que eu consiga inventar uma boa desculpa para entrar na loja:

— Eu queria perguntar se tem alguma sorveteria boa por aqui.

— A Hillier's — responde a garota. — É a melhor.

Ela não está errada. No verão passado, Len e eu fomos várias vezes à Hillier's, uma pequena fazenda de laticínios a pouco mais de um quilômetro de onde estamos. Pegávamos nossos sabores preferidos e tomávamos no banco de madeira que fica do lado de fora. Pistache na casquinha para mim. Um copinho de rum com passas para ele. Não consigo me lembrar qual foi a última vez em que estivemos lá, o que parece algo que alguém iria querer lembrar. A última casquinha de sorvete com seu marido antes de ele morrer.

Olho para a irmã de Megan e me pergunto se ela tem um problema parecido. Se falha em se lembrar de tantos últimos momentos porque estava completamente alheia ao fato de que jamais aconteceriam de novo. Última conversa entre irmãs. Última briga. Última casquinha de sorvete, jantar em família e aceno de despedida.

Pensar nisso faz meu coração doer. Assim como imaginar se Toni Burnett e Sue Ellen Stryker também têm irmãs que sentem saudades delas e desejam, do fundo sombrio de seus corações, sem contar para ninguém, que alguém simplesmente encontre seus corpos e as livre do sofrimento.

— Valeu — digo, lhe dando um sorriso que provavelmente parece mais triste do que agradecido.

— Só não tenho certeza se está aberta hoje. É baixa temporada.

— *Você* vende sorvete?

A irmã de Megan aponta para a seção de congelados.

— Temos potes de 4 e 1 litro, e alguns picolés.

— Perfeito.

Pego Boone pelo cotovelo e o puxo até os sorvetes. Enquanto olhamos as opções, ele se inclina e sussurra:

— Namorado, é?

Calor percorre minhas bochechas. Abro uma das portas do freezer, torcendo para que a lufada de ar frio as resfrie, e pego um picolé Bomb Pop vermelho, branco e azul.

— Desculpa, foi o que deu *pra* improvisar na hora.

— Interessante — diz Boone ao pegar uma casquinha Drumstick com cobertura de chocolate. — E, só para você saber, não precisa pedir desculpas. Mas eu acho que vamos precisar manter as aparências até sair da loja.

Com uma piscadinha, ele pega minha mão, sua palma quente na minha. É estranho ter algo tão frio numa mão e algo tão quente e vivo na outra. Conforme voltamos ao caixa, meu corpo não sabe se deve suar ou tremer.

A irmã de Megan passa nossa compra, e Boone solta minha mão só pelo tempo necessário para puxar o cartão e pagar. Assim que volta a carteira para o bolso, pega minha mão de novo. Eu fecho os dedos e me permito ser guiada para fora da loja.

— Obrigado pela ajuda — diz ele por cima do ombro à irmã de Megan.

— Disponha. Tenham um bom dia!

Antes de sair, olho uma última vez para a garota no caixa. O cotovelo dela está apoiado no balcão, e a cabeça, pensativa, na mão em concha. Fica nos observando passar pela porta, olhando para a estrada, as árvores e as montanhas à distância. Mesmo que possa estar focando qualquer uma dessas coisas, não consigo deixar de pensar que talvez esteja, na verdade, olhando além, os olhos perdidos em algum lugar remoto e escondido para onde a irmã possa ter fugido e onde esteja até agora, à espera do momento certo de voltar para casa.

Tomamos sorvete na caçamba da picape de Boone, com as pernas penduradas para fora da tampa traseira abaixada. Fico arrependida de ter pegado o Bomb Pop no momento em que ele toca meus lábios. É doce e artificial demais e tinge minha boca de um vermelho forte. Abaixo-o e digo:

— Então tudo isso não serviu para nada.

Boone dá uma mordida em seu Drumstick, e a cobertura de chocolate se quebra ruidosamente.

— Não acho, não.

— Você escutou o que ela disse. Tom Royce nunca veio aqui.

— Que ela saiba. O que não me surpreende. Se nossa teoria estiver certa, Tom veio à loja quando Megan estava trabalhando. Não a irmã dela. Provavelmente aconteceu várias vezes. Ele entrou, conversou com ela, flertou, talvez tenha chamado ela para sair. Então a matou.

— Você parece ter bastante certeza.

— Porque tenho. Não perdi meu instinto de policial.

— Então por que você se demitiu?

Boone me olha de lado.

— Quem disse que eu me demiti?

— Você disse. Falou que *costumava* ser policial, o que imaginei que significasse que você se demitiu.

— Ou que levei uma suspensão não remunerada de seis meses e nunca mais voltei depois disso.

— Ah, merda.

— É, isso resume bem — diz ele antes de dar outra mordida.

Olho para o meu picolé. Está começando a derreter um pouco. Gotas cor de arco-íris pingam no chão como sangue em um filme de terror.

— O que aconteceu? — pergunto.

— Uns meses depois que a minha esposa morreu, eu estava bêbado em serviço. Não é a pior coisa que um policial já fez, obviamente. Mas é ruim. Principalmente porque fui atender a um chamado. Suspeita de assalto. Acontece que era só um vizinho usando a cópia da chave para pegar o cortador de grama emprestado. Mas eu não sabia disso até depois de disparar a arma, quase acertando o cara e ganhando um afastamento de presente.

— Foi por isso que você decidiu ficar sóbrio?

Boone ergue os olhos do sorvete.

— Não é motivo suficiente?

É, o que eu deveria ter percebido antes de perguntar.

— Agora que está sóbrio, por que não volta a ser policial?

— Não é mais a carreira certa para mim. Sabe aquele ditado, "velhos hábitos são difíceis de matar"? É verdade. Principalmente quando todo mundo que você conhece ainda mantém esses hábitos. É estressante ser policial. Precisa ter uma válvula de escape no final do dia. Cervejas depois do turno. Bebida durante os churrascos de final de semana. Eu só precisava me afastar de tudo isso. Do contrário sempre teria um daqueles diabinhos de desenho animado sentado no meu ombro, sussurrando na minha orelha que está tudo bem, é só um drink, nada de ruim vai acontecer. Eu sabia que não poderia viver assim, então me afastei. Agora me viro fazendo uns bicos e estou mais feliz assim, acredite se quiser. Fui infeliz por muito tempo. Só precisei chegar ao fundo do poço para perceber.

Dou uma lambida sem vontade no picolé e me pergunto se já cheguei ao fundo do poço ou se ainda tem alguma distância para cair. Ou, pior, considero a possibilidade de que ser demitida de *Sombra de uma Dúvida* tenha sido o fundo, e agora estou em algum lugar abaixo disso, me enterrando num subnível do qual nunca sairei.

— Talvez as coisas teriam sido diferentes se eu tivesse filhos — diz Boone. — Eu provavelmente não teria virado tantas garrafas depois que minha esposa morreu. Ter alguém para cuidar nos força a ser menos egoístas. Nós queríamos filhos. E com certeza tentamos. Simplesmente nunca aconteceu.

— Len e eu nunca conversamos sobre isso — digo, o que é verdade. Mas suspeito que ele queria e que morar na casa do lago em definitivo era parte do plano. Também suspeito que ele soubesse que eu não queria, principalmente porque não queria causar o mesmo dano psicológico que minha mãe causou em mim.

Acabou sendo para o melhor. Embora eu goste de pensar que, com filhos envolvidos na história, teria conseguido me conter depois que Len morreu, duvido muito. Talvez eu não tivesse desmoronado tão depressa e tão monumentalmente. Uma longa e lenta queda, em vez de minha própria implosão pública. De qualquer forma, tenho a sensação de que acabaria exatamente onde estou hoje.

— Você sente falta? — pergunto.

Boone morde o sorvete, enrolando. Ele sabe que não estou mais falando sobre ser policial.

— Não mais — diz enfim. — No começo, sim. Muito. Aqueles primeiros meses... Cara, foi *difícil*. É a única coisa em que você consegue pensar. Mas, aí, passa um dia, depois uma semana, então um mês, e você começa a sentir cada vez menos falta. Logo não pensa mais nisso porque está distraído demais pela vida que poderia estar vivendo esse tempo todo e não estava.

— Não acho que seja tão fácil assim.

Boone abaixa seu Drumstick e me lança um olhar.

— Ah, é? Você está conseguindo agora mesmo. Quando foi a última vez que bebeu?

Fico chocada pelo fato de que preciso parar para pensar, e não porque bebi tanto a ponto de esquecer. A princípio, tenho certeza de que bebi alguma coisa hoje. Mas então cai a ficha de que meu drink mais recente foi uma dose dupla de bourbon ontem à noite, antes de procurar Tom e Katherine Royce no Google, no meu computador.

— Ontem à noite — respondo, súbita e furiosamente desejando um drink. Chupo meu Bomb Pop, torcendo para que resolva minha sede. Não resolve. É enjoativo demais e falta aquele empurrão tão necessário. A versão-sorvete de Shirley Temple.

Boone percebe meu óbvio desgosto. Estendendo-me seu Drumstick parcialmente comido, diz:

— Parece que você não gostou do seu. Quer provar do meu?

Balanço a cabeça.

— Não, estou bem.

— Não me importo. Tenho certeza de que você não vai me passar nada.

Eu me inclino e dou uma pequena mordida do lado, metade sorvete, metade casquinha.

— Eu amava esse sabor quando era criança — digo.

— Eu também. — Boone olha para mim de novo. — Tem sorvete na sua cara.

Toco meus lábios, procurando.

— Onde? Aqui?

— Do outro lado — diz ele com um suspiro. — Aqui, deixa eu te ajudar.

Boone toca um indicador no canto da minha boca e lentamente o desliza pela curva do meu lábio inferior.

— Pronto.

Pelo menos é o que eu acho que ele disse. Meu coração está batendo rápido demais e alto demais nos meus ouvidos para que eu tenha certeza. Mesmo enquanto tudo começa a embaralhar, sei que foi uma jogada da parte de

Boone. De leve. Mas foi. Muito mais calculada do que a tímida honestidade de Len naquele dia, no aeroporto.

"Posso ganhar um beijo antes?"

Eu estava disposta a dar esse passo naquele dia. Agora, nem tanto. Não ainda.

— Valeu — digo, deslizando para o lado, a fim de colocar mais alguns centímetros entre nós. — E obrigada pela ajuda mais cedo hoje. Por distrair Tom para eu conseguir sair da casa.

— Não foi nada.

— E obrigada por não contar sobre isso à Wilma. Imagino que você quisesse. Vocês dois parecem próximos.

— Nós somos mesmo.

— Trabalhavam juntos?

— Sim, mas eu conhecia Wilma muito antes disso. Estudamos juntos, tanto no ensino médio quanto na academia de polícia. Ela me ajudou muito ao longo dos anos. Foi uma das pessoas que me convenceu a parar de beber. Me fez perceber que eu estava fazendo mal para os outros, e não só para mim mesmo. E, agora que estou sóbrio, continua de olho em mim. Ela que me apresentou aos Mitchell. Sabia que eles precisavam de reparos na casa e que eu precisava de um lugar para ficar por alguns meses. Então é culpa dela que eu seja seu vizinho.

Ele enfia a última ponta da casquinha na boca antes de olhar para o meu picolé, que é uma mistura derretida demais para voltar a comer.

— Você acabou aí? — pergunta.

— Acho que sim.

Pulo da caçamba para deixar Boone subir a tampa de volta. Depois de jogar meu picolé metade comido em uma lixeira próxima, volto para a picape. Conforme passo o cinto de segurança pelo peito, sou atingida por um pensamento: Boone e eu não somos as únicas pessoas no lago com Tom. Ele também tem um vizinho, que até onde sei não faz ideia sobre nada disso.

— Você acha que a gente deveria contar para o Eli? — questiono.

— Sobre Tom?

— Ele mora bem do lado. Merece saber o que está acontecendo.

— Acho que você não precisa se preocupar. Eli sabe se cuidar. Além disso, não é como se Tom estivesse predando homens de 70 anos de idade. Quanto menos Eli souber, melhor.

Ele liga o motor e manobra para fora do estacionamento. Pelo retrovisor, vejo de relance um velho Toyota Camry estacionado no cascalho, atrás da loja. Vê-lo me faz pensar se é o carro de Megan Keene, agora dirigido pela irmã.

E se a irmã é tomada de dor toda vez que se senta atrás do volante.

E quanto tempo o carro ficou parado ali, até os pais de Megan perceberem que havia algo errado.

E se, quando o veem estacionado ali, pensam por um breve e cruel momento que a filha há muito perdida voltou.

Esses pensamentos continuam se revirando em minha mente muito depois de o carro e a loja atrás da qual ele está parado se afastarem no retrovisor, me fazendo desejar ser como Eli e não saber nada sobre o que está acontecendo.

Mas é tarde demais para isso.

Agora infelizmente já sei demais.

Em vez de pegar a saída da estrada que dá nas nossas respectivas casas, Boone dirige um pouco adiante para aquela que dá acesso ao outro lado do lago. Ele não explica por que e nem precisa. Sei que circular o lago todo nos fará passar pela casa dos Royce, para ver se Tom ainda está lá.

Acontece que está.

E não está sozinho.

Quando a entrada dos Royce fica à vista, vemos o carro de Wilma Anson estacionado perto do pórtico ao lado da casa, bloqueando de maneira eficiente o Bentley de Tom. Os dois estão do lado de fora, conversando de uma maneira que parece ser amigável.

Bom, o mais amigável possível para a detetive Anson. Ela não sorri ao falar, mas também não parece preocupada demais em estar conversando com um homem que suspeita ser um serial killer.

Tom, por outro lado, é puro charme. Tranquilo no quintal da frente, dá uma risadinha de alguma coisa que Wilma acabou de falar. Seus olhos brilham, e os dentes reluzem um branco cintilante atrás dos lábios abertos.

É tudo encenação.

Sei porque, quando Boone e eu passamos de carro, Tom me lança um olhar tão frio que poderia congelar de volta o picolé que joguei há pouco na lixeira de um estacionamento. Tento desviar os olhos — para Boone, a estrada à frente, o trecho do lago visível através das árvores —, mas não consigo. Cravada no olhar de Tom, tudo o que posso fazer é suportar conforme ele me persegue pela picape em movimento.

Sua cabeça se virando lentamente.

Seus olhos fixos nos meus.

O sorriso que estava lá segundos antes totalmente desaparecido agora.

Quando Boone me deixa na casa do lago, há alguns desconfortáveis segundos de silêncio enquanto ele espera que eu o convide para entrar e me pergunto se é algo que eu queira. Cada conversa ou breve contato nos aproxima um pouco mais, como dois adolescentes tímidos sentados no mesmo banco, inevitavelmente deslizando para mais perto. E, neste momento, isso pode não ser o melhor para nós dois.

Não passei por essa hesitação com Morris, o parceiro-de-bar-que-virou--parceiro-de-cama, o auxiliar de palco em *Sombra de uma Dúvida*. Ele e eu tínhamos o mesmo objetivo: bebida e sexo.

Mas Boone não é Morris. Ele está sóbrio, para começar. E tão destruído quanto eu. Em relação ao que quer, imagino, e espero, que envolva seu corpo nu entrelaçado no meu. Mas com que finalidade? Essa é a questão que não sai da minha cabeça, como uma música da Taylor Swift. Não saber qual é a jogada final dele me faz não querer nem jogar.

Além disso, preciso mesmo de um drink.

Aquela sede que tive imediatamente ao lembrar que não bebi nada o dia todo ainda não me deixou. Claro, ficou um pouco mais fraca quando Boone passou um dedo pelo meu lábio e quando Tom me encarou ao passarmos pela casa dele. Agora, entretanto, é uma coceira que precisa ser coçada.

Uma que não posso tocar enquanto Boone estiver por perto.

— Boa noite — digo, falando um pouco mais alto do que o comum para ser ouvida acima do motor ocioso da picape. — Obrigada pelo sorvete.

Boone responde com uma piscada digna de um meme, como se estivesse surpreso por ser rejeitado. Com a aparência que tem, imagino que não aconteça muito.

— Disponha — responde. — Uma boa noite para você, então!

Saio da picape e entro em casa. A noite começa a descer pelo vale, tornando o interior da casa do lago escura e cinzenta. Vou de cômodo em cômodo, acendendo as luzes e espantando as sombras. Quando chego à sala de jantar, vou direto para o armário de bebidas e pego a primeira garrafa que vejo.

Bourbon.

Mas, depois de abri-la, algo que Boone disse mais cedo me faz parar antes de levá-la aos lábios.

"Eu estava fazendo mal para os outros, e não só para mim mesmo."

Será que *eu* estou fazendo mal para os outros por beber?

Sim. Sem dúvidas. Estou ferindo Marnie. Estou ferindo meus amigos e colegas. Estremeço ao pensar no quão absurdamente rude fui com o elenco e a equipe de *Sombra de uma Dúvida*. Aparecer bêbada foi uma demonstração magna de desrespeito com o trabalho duro e a preparação deles. Ninguém veio em minha defesa depois que fui demitida, e não posso culpá-los.

Quanto à minha mãe, estou com certeza bebendo para feri-la, mesmo que ela insista que eu esteja apenas me punindo. Não é verdade. Se eu realmente quisesse ser punida, negaria uma das poucas coisas que me traz prazer.

E eu gosto de beber.

Muito.

Gosto de como me sinto depois de três, ou quatro, ou cinco drinks. Relaxada e flutuando. Uma água-viva deslizando por um mar tranquilo. Mesmo sabendo que não vai durar, que em algumas horas no futuro eu estarei com a boca seca, dor de cabeça e tendo que suportar tudo de novo, aquela leveza temporária faz valer a pena.

Mas nenhuma dessas coisas são o motivo pelo qual não passei um único dia sóbria nos últimos nove meses.

Eu não bebo para ferir, me punir ou me sentir bem.

Eu bebo para esquecer.

Que é o porquê inclino a garrafa e a trago aos meus lábios secos e partidos. Quando o bourbon encosta na minha língua e no fundo da garganta, toda a tensão em minha mente e músculos de súbito diminui. Eu relaxo, como o botão de uma flor abrindo as pétalas.

É muito, muito melhor assim.

Dou outros dois goles na garrafa antes de encher um copo, sem gelo, e levá-lo à varanda. O crepúsculo tornou o lago de um cinza-mercúrio, e uma brisa suave soprando pela água faz pequenas ondinhas na superfície. Do outro lado do lago, a casa dos Royce está escura. Suas paredes de vidro refletem a água em movimento, fazendo parecer que a casa em si está ondulando.

A ilusão de ótica faz meus olhos arderem.

Fecho-os e dou mais alguns goles, às cegas.

Fico assim por só Deus sabe quanto tempo. Minutos? Meia hora? Não acompanho porque na verdade não me importo. Estou feliz em simplesmente sentar na cadeira de balanço, de olhos fechados conforme o bourbon reage contra o frio da brisa da noite.

O vento ganhou força o suficiente para chicotear o lago em uma confusão de movimentos. Trish, anunciando sua chegada iminente. A água varre a margem, estapeando o muro de pedras de contenção logo depois da varanda. O som é perturbador, como se alguém estivesse pisoteando a água com força, e não consigo me impedir de imaginar os corpos mordiscados por peixes de Megan Keene, Toni Burnett e Sue Ellen Stryker se erguendo das profundezas e saindo pela margem.

É pior quando visualizo Katherine fazendo a mesma coisa.

E pior ainda quando imagino Len ali também, uma imagem mental tão forte que juro que consigo sentir a presença dele. Não importa que, ao contrário dos outros, seu corpo tenha sido encontrado e cremado, as cinzas espalhadas neste mesmo lago. Ainda acho que ele está lá, a alguns metros da margem, de pé, na escuridão, conforme a água desliza por seus joelhos.

"Você sabe que o lago é assombrado, não sabe?"

Não, Marnie, não é.

Memórias, por outro lado, são outra história. Cheias de fantasmas.

Bebo mais para espantá-los.

Dois — ou três — copos de bourbon depois, os fantasmas desaparecem, mas eu continuo aqui, para lá de relaxada e inevitavelmente a caminho da embriaguez total. Tom também continua aqui, seguro em sua casa, que está agora brilhante como uma fogueira.

Aparentemente Wilma não o levou para a delegacia a fim de interrogá-lo melhor, ou Tom de alguma forma contou mentiras o suficiente para evitar isso por ora. De qualquer forma, não é bom sinal. Katherine continua desaparecida, e ele está andando livre por aí, como se nada tivesse acontecido.

Segurando o binóculo com mãos que estão anestesiadas e descontroladas demais por excesso de bourbon, observo-o através da janela da cozinha. Está de pé, ao fogão, com um pano de prato no ombro, como se fosse um chef profissional, e não um milionário mimado com dificuldades para esquentar sopa congelada. Há outra garrafa de vinho de 5 mil dólares na bancada. Ele se serve de uma taça e dá um gole de estalar os lábios. Ver Tom tão despreocupado quando a esposa continua desaparecida me faz pegar meu próprio copo e esvaziá-lo.

Quando me levanto para entrar e me servir de outro, a varanda, o lago e a casa dos Royce começam a inclinar como o *Titanic*. Sob meus pés, parece que a terra está se mexendo como se eu houvesse caído dentro de um estúpido filme de desastre que Len teria escrito. Em vez de andar de volta para a cozinha, eu sinto as pernas cederem.

Ok, então não estou a caminho da embriaguez.

Já cheguei lá.

O que significa que outro drink não fará mal, certo?

Certo.

Despejo mais bourbon no copo e levo para fora, andando com cuidado. Um pé lentamente à frente do outro, como um equilibrista na corda bamba. Logo estou na cadeira de balanço, me jogando nela, com uma risadinha. Depois de outro gole de bourbon, troco o copo pelo binóculo e espio a casa dos Royce de novo, focando a cozinha.

Tom não está mais lá, embora a sopa esteja. A travessa está no balcão ao lado do vinho, o vapor ainda serpenteia pelo ar.

Meu olhar desliza para a sala de jantar, também vazia, e então para a grande sala de estar. Tom também não está lá.

Inclino o binóculo um pouco para cima, acompanhando com a visão o mesmo caminho que fiz pessoalmente ontem.

Academia.

Vazia.

Suíte principal.

Vazia.

Escritório.

Vazio.

Um pensamento preocupante me cutuca em meio à embriaguez: e se Tom de repente fugiu? Talvez tenha se assustado pela conversa com Wilma Anson. Ou talvez ela tenha ligado quando ele estava prestes a tomar a sopa, dizendo que queria que ele aparecesse na delegacia para um interrogatório formal, o que o fez disparar para as chaves do carro. É totalmente possível que esteja dirigindo para longe neste exato segundo, acelerando a caminho da fronteira canadense.

Desvio o binóculo do segundo andar em direção à lateral da casa, procurando pelo Bentley. Ainda está lá, estacionado debaixo do pórtico.

Conforme volto a olhar para a casa, passando pelo pátio de trás coberto de folhas secas e as árvores nuas de onde caíram à margem, percebo algo na doca dos Royce.

Uma pessoa.

Mas não uma pessoa qualquer.

Tom.

Está no final do deque, a coluna tão reta quanto uma barra de aço. Em suas mãos há um binóculo, apontado para este lado do lago.

E para mim.

Eu me abaixo, tentando me esconder atrás do parapeito, o que compreendo mesmo em meu estado bêbado que é extremamente ridículo. Primeiro, é um parapeito, não uma parede de tijolos. Ainda estou visível através da grade branca. Segundo, Tom me viu. Ele sabe, como Katherine sabia, que eu tenho observado.

Agora está me observando de volta. Mesmo que eu tenha abaixado o binóculo, ainda consigo vê-lo, uma figura envolta pela noite à beira da doca. Ele continua assim por outro minuto antes se virar de súbito e caminhar de volta pelo deque.

É só depois que Tom cruza o pátio e entra em casa que me arrisco a erguer o binóculo aos olhos de novo. Lá dentro, vejo-o passar pela sala de jantar e chegar à cozinha, onde para, a fim de pegar algo no balcão. Então está andando de novo, voltando para fora pela porta lateral da cozinha.

Ele entra no Bentley. Dois segundos depois, os faróis se acendem, dois fachos idênticos cruzando o lago.

Quando Tom dá a ré de debaixo do pórtico, primeiro penso que está finalmente fugindo. Ele sabe que estou prestes a desmascará-lo e decidiu ir embora, talvez para sempre. Arranco o celular do bolso, prestes a ligar para Wilma Anson e alertá-la. O aparelho pula como uma rã saltadora de meus dedos lentos de bourbon. Tento pegá-lo, erro e fico olhando impotente conforme ele quica no chão, desliza por baixo do parapeito e cai nas ervas daninhas lá embaixo.

Do outro lado da água, o Bentley chegou ao final do terreno. Ele pega a direita, a estrada que circula o lago. Ver isso traz mais uma luz sóbria à minha mente: se Tom estivesse fugindo, teria ido para a esquerda, em direção à rodovia principal.

Em vez disso, está dirigindo no sentido oposto.

Contornando o lago.

Direto para mim.

Ainda ajoelhada na varanda, vejo os faróis do Bentley cravarem um caminho pela escuridão, progredindo para além da casa de Eli, então fora de vista ao chegar à curva norte do lago.

Finalmente começo a me mexer.

Cambaleio para a casa.

Fecho num baque as portas de vidro atrás de mim.

Tenho dificuldades com a fechadura porque estou bêbada e com medo e nunca precisei usá-la antes. Na maioria das noites, não tem por que trancar as portas.

Hoje, tem.

Dentro de casa, eu ziguezagueio pelos cômodos, apagando todas as luzes que acendi antes.

Sala de jantar e cozinha. Sala de estar e de TV. Biblioteca e hall de entrada.

Logo a casa toda retorna à escuridão que encontrei ao chegar. Afasto a cortina da janelinha ao lado da porta de entrada e espio para fora. Tom chegou neste lado do lago e está vindo em minha direção. Vejo primeiro os faróis, cortando pelo escuro, abrindo caminho para o Bentley, que desacelera ao se aproximar da casa.

Minha tola esperança é que, embora saiba que estou aqui, Tom veja o lugar todo escuro e continue dirigindo.

Ele não continua.

Apesar das luzes apagadas, Tom manobra o carro pela entrada. Os faróis reluzem pelos painéis de vidro da janela à porta, projetando um retângulo brilhante na parede do hall. Esquivo para fora de seu alcance, rastejo até a porta e viro o trinco.

Então espero.

Encolhida no chão.

Com as costas apoiadas na porta.

Escutando Tom sair do carro, caminhar pelo cascalho em direção à casa, subir na varanda da frente.

Quando ele bate na porta, a madeira treme às minhas costas. Cubro meu nariz e boca com as duas mãos, rezando para que ele não possa me ouvir.

— Eu sei que você está aí, Casey! — A voz de Tom é como um tiro de canhão. Explosiva. Brava. — Assim como sei que você invadiu a minha casa. Você se esqueceu de trancar a porta quando saiu.

Faço uma careta para minha própria estupidez. Embora tenha saído com pressa, eu deveria ter pensado em trancar a porta. Pequenos detalhes assim podem ser um erro quando se tem algo a esconder.

— Talvez eu devesse ter contado *isso* para a sua amiga detetive em vez de responder todas as perguntas dela. O que eu tenho feito? Tive notícias da minha esposa? Onde passei o verão nos últimos dois anos? Eu sei que isso foi coisa sua, Casey. Sei que você fica me espionando.

Ele faz uma pausa, talvez na expectativa de que eu responda de alguma forma, mesmo que só para negar o que é evidentemente verdade. Continuo em silêncio, respirando rápido, frenética, através de dedos entrelaçados, me preocupando com o que Tom fará a seguir. O brilho dos faróis passando pela janela da porta é um indesejado lembrete das muitas vulnerabilidades da casa. Basta uma janela quebrada ou um empurrão poderoso contra uma das portas.

Em vez disso, ele bate de novo, com tanta força que realmente penso que está prestes a estourar as dobradiças. Um gritinho de susto escapa por entre minhas mãos. Aperto-as com força contra a boca, mas não importa. O som já escapou. Tom escutou.

Quando ele volta a falar, está com a boca na fechadura. Sua voz é um sussurro em minha orelha:

— Você deveria aprender a cuidar da própria vida, Casey. E a calar a boca. Porque, seja lá o que você acha que esteja acontecendo, entendeu tudo errado. Você não faz ideia do que está acontecendo. Só deixa a gente em paz, porra.

Continuo caída contra a porta quando Tom vai embora. Escuto seus passos se afastando da casa, a porta do carro abrir e fechar. Observo o reflexo dos faróis enfraquecer na parede do hall e escuto o roncar do carro desaparecer noite de outubro adentro.

Mesmo assim, continuo onde estou, o corpo pesado de preocupação.

De que Tom voltará a qualquer instante.

De que, se ele o fizer, eu vou desaparecer de repente como Katherine.

Assustada e cansada demais — e, sejamos honestos, bêbada demais — para me mexer, fecho os olhos e escuto o tique-taque do relógio de coluna da sala passando os segundos em minha mente. O som logo desaparece. Assim como meus pensamentos. E consciência.

Quando há outra batida na porta, estou apenas vagamente ciente dela. Soa distante e não exatamente real. Como em um sonho acordado ou uma TV ligada, esquecida na hora de dormir.

Uma voz a acompanha.

Talvez.

— Casey? — Uma pausa. — Você está aí?

Murmuro algo. Acho que é "Não".

A voz do outro lado da porta diz:

— Eu vi Tom passando e fiquei preocupado de que fosse vir te ver. Está tudo bem?

Eu respondo "Não" de novo, embora desta vez não tenha certeza se a palavra foi dita ou apenas pensada. Minha consciência está falhando de novo. Através das pálpebras semicerradas, o hall gira como um cata-vento, e eu, com ele, espiralando para dentro de um poço de nada.

Antes de chegar ao fundo, percebo duas coisas. A primeira é um som vindo de baixo, do porão onde me recuso a entrar. A segunda é a sensação assustadora de que não estou mais sozinha, de que tem mais alguém dentro de casa comigo.

Reconheço uma porta se abrindo.

Passos em minha direção.

Outra pessoa no hall.

Assustada para fora do meu estado chapado por um breve segundo, meus olhos se abrem, e vejo Boone inclinado sobre mim, a cabeça de lado em um gesto de curiosidade ou pena.

Minhas pálpebras se fecham de novo quando ele me carrega, e eu finalmente desmaio.

Acordo com a cabeça latejando e o estômago revirado em uma cama na qual não tenho memórias de ter subido. Quando abro os olhos, a claridade que entra pelas altas janelas me faz torcer o rosto, mesmo que o céu da manhã esteja cinza-ardósia. Através dos olhos apertados, vejo a hora — nove e quinze — e um copo quase cheio de água na mesinha de cabeceira. Dou vários goles, com vontade, antes de tombar de volta na cama. Espalhada sobre o colchão, com os lençóis enrolados nas pernas, faço esforço para tentar me lembrar da noite anterior.

Lembro-me de beber na varanda.

E abaixar estupidamente quando percebi que Tom estava me observando.

E Tom à porta, gritando e batendo, embora a maioria do que ele disse tenha se perdido em uma névoa de bourbon. Assim como tudo o que aconteceu depois, que é o porquê de eu me espantar quando percebo o cheiro de algo cozinhando no andar de baixo.

Tem mais alguém aqui.

Pulo para fora da cama, acidentalmente chutando uma lata de lixo que foi deixada ao lado dela, e perambulo para fora do quarto, o corpo ainda rígido e dolorido. No corredor, o cheiro de comida é ainda mais forte, mais reconhecível. Café e bacon. Do topo da escada, grito para quem quer esteja na cozinha.

— Oi? — digo, a voz falhando tanto de incerteza quanto de uma ressaca de matar.

— Bom dia, bela adormecida. Achei que você nunca fosse acordar.

Escutar a voz de Boone traz outro flash de memória. Ele vindo até a porta não muito depois de Tom ter ido embora, eu tentando responder, mas sem ter certeza se realmente o fiz. Então ele dentro da casa, embora eu tenha certeza de que nunca abri a porta.

— Você passou a noite toda aqui?

— Com certeza — responde Boone.

Isso só traz mais perguntas. Como? Por quê? O que fizemos a noite toda? Embora perceber que ainda estou com a mesma calça jeans e moletom que estava ontem sugira que não tenhamos feito nada.

— Eu, ahn, já vou descer — digo, antes de correr de volta para o quarto.

Lá, confiro o espelho sobre a cômoda. O reflexo que me encara de volta é alarmante. Olhos vermelhos e cabelo desastroso, pareço uma mulher ainda tonta por ter bebido demais na noite anterior, que é exatamente o que sou.

Os cinco minutos seguintes são gastos cambaleando e tateando no banheiro. Tomo o que deve ser um recorde de banho mais rápido, seguido pelo necessário escovar de dentes e cabelo. Depois de um gargarejo com enxaguante bucal e um novo e menos fedido conjunto de jeans e moletom, pareço apresentável.

Quase.

O lado bom de toda essa atividade é que me fez esquecer o tamanho da minha ressaca. O lado ruim é que tudo volta de repente assim que começo a tentar descer os degraus. Olho para baixo, para a inclinação da escada, e acho que estou prestes a vomitar. Inspiro até o enjoo passar e começo a descer devagar, uma mão no corrimão, outra estendida na parede, os dois pés parando em cada degrau.

No fim, inspiro fundo mais algumas vezes antes de entrar na cozinha. Boone está no fogão, fazendo panquecas e parecendo um chef sexy e famoso com jeans apertado, camiseta mais apertada ainda e um avental que literalmente diz *Beije o Cozinheiro*. Pego-o no meio de uma virada de panqueca. Com um movimento do pulso, a massa pula da frigideira como uma ginasta dando um mortal antes de voltar ao lugar.

— Senta aí — diz. — Está quase pronto.

Ele se afasta do fogão por tempo suficiente para me entregar uma caneca fumegante de café. Dou um gole agradecido e me sento no balcão. Apesar da minha insistente dor de cabeça, e sem saber detalhes da noite passada, há algo de acolhedor na situação que me faz sentir tanto conforto quanto uma medida nada pequena de culpa. É exatamente assim que Len e eu passávamos as manhãs de final de semana aqui, eu tomando café enquanto ele cozinhava com o mesmo avental que Boone está usando agora. Fazer o mesmo com outra pessoa parece traição, o que me surpreende. Não senti essa culpa quando estava transando com um auxiliar de *Sombra de uma Dúvida*. Acho que é porque, naquela situação, eu sabia o que estava em jogo. Aqui, não faço ideia.

Boone me desliza um prato com uma pilha de panquecas e bacon para acompanhar, e meu estômago dá uma guinada dolorida.

— Para falar a verdade, não estou com muita fome — digo.

Boone se junta a mim com seu próprio montinho de comida no prato.

— Comer vai te fazer bem. Alimente o cara de ressaca, jejue o febril. Não é esse o ditado?

— Não.

— Ah, passou perto — diz ao jogar duas colheres de manteiga sobre suas panquecas. — Agora coma.

Mordisco um pedaço de bacon, preocupada de que me faça correr, enjoada, para o banheiro. Para minha surpresa, faz eu me sentir melhor. Assim como uma garfada de panqueca. Logo estou engolindo tudo de uma vez, fazendo descer com café.

— Deveríamos ter pegado xarope de bordo na loja ontem — comenta Boone casualmente, como se tomássemos café da manhã juntos todos os dias.

Abaixo o garfo.

— Podemos conversar sobre ontem à noite?

— Claro, se você se lembrar.

Boone imediatamente dá um gole no café, como se isso fosse de alguma forma aliviar o julgamento em sua voz. Finjo ignorar.

— Eu esperava que você fosse me ajudar com isso.

— Eu estava indo dormir quando vi o Bentley de Tom passando pela casa — conta ele. — Já que não tem motivo para ele dirigir deste lado do lago, imaginei que estivesse vindo atrás de um de nós. E, como ele não parou na minha casa, eu soube que ele viria aqui. E achei que não fosse bom sinal.

— Ele me pegou observando a casa. Aparentemente comprou seu próprio binóculo quando passou na loja de ferramentas.

— Ficou bravo?

— Bravo seria eufemismo.

— O que aconteceu enquanto ele estava aqui?

Engulo mais duas garfadas de panqueca, dou mais um gole no café e tento fazer com que minhas memórias confusas sobre a vinda de Tom façam sentido. Algumas se organizam, ficando claras bem quando preciso delas.

— Apaguei todas as luzes e me escondi atrás da porta — digo, me lembrando da sensação da madeira nas minhas costas conforme eu tremia com as batidas de Tom. — Mas ele sabia que eu estava aqui, então gritou umas coisas.

Boone levanta os olhos do prato.

— Que *coisas*?

— É aí que começa a ficar confuso. Acho que me lembro de partes do que ele falou, mas não as palavras exatas.

— Então parafraseie.

— Ele disse que sabia que eu estava espionando e que fui eu quem contou a Wilma sobre Katherine. Ah, e ele também sabia que eu invadi a casa.

— Ele te ameaçou?

— Não exatamente. Digo, foi assustador. Mas, não, não me ameaçou. Só me disse para ficar longe e foi embora. Aí você apareceu.

Eu faço uma pausa, sinalizando que não consigo me lembrar de mais nada e que tenho esperanças de que Boone possa me contar o resto. Ele o faz, embora pareça um pouco irritado por ter que me lembrar de algo que eu deveria estar sóbria o suficiente para lembrar sozinha.

— Escutei você aqui dentro depois de bater na porta — diz. — Estava murmurando e parecia tonta. Achei que estivesse machucada, e não...

Boone para de falar, como se a palavra *bêbada* fosse contagiosa e ele fosse voltar a ser um alcoólatra se ousasse proferi-la.

— Você entrou para ver como eu estava — digo, atingida pela imagem dele inclinado sobre mim, coberto de sombras.

— Entrei.

— Como?

— O primeiro andar.

Boone se refere à porta do porão. A de tinta azul desbotada e um ranger persistente que dá direto para o quintal dos fundos, sob a varanda. Eu não sabia que estava destrancada porque não desço lá desde a manhã em que acordei e Len não estava aqui.

— Encontrei seu celular lá fora, a propósito — diz ele, apontando para a mesa de jantar, onde o telefone está agora.

— Então o que aconteceu?

— Eu te carreguei e levei *pra* cama.

— E?

— Te levei um copo d'água, pus uma lixeira do lado da cama para o caso de você vomitar e te deixei sozinha para dormir até passar.

— Onde você dormiu?

— No quarto mais adiante, no corredor. O que tem duas camas e teto inclinado.

Meu quarto de infância, compartilhado com Marnie, quem eu imagino que ficaria entretida e chocada com minha noite completamente não romântica com o ex-policial gostoso da casa ao lado.

— Obrigada — digo. — Você não precisava ter tido todo esse trabalho.

— Considerando o estado em que te encontrei, eu meio que acho que precisava.

Não digo nada depois disso, sabendo que é inútil tentar arrumar desculpas por ficar tão chapada em tão pouco tempo. Concentro-me em terminar o café da manhã, surpresa quando o prato fica vazio. Quando a caneca de café também esvazia, me levanto e pego mais.

— Talvez devêssemos ligar para Wilma e contar o que aconteceu — sugere Boone.

— Nada aconteceu. Além disso, teríamos muitas explicações a dar.

Se contarmos a Wilma Anson sobre a visita de Tom, também precisaremos contar *o motivo*. E não estou muito ansiosa para admitir a um membro da polícia estadual que entrei ilegalmente na casa de alguém. É Tom que quero ver na cadeia. Não eu.

— Está bem — diz Boone. — Mas não pense nem por um segundo que vou te deixar sozinha enquanto ele estiver por aqui.

— Ele *está*?

— O carro continua lá. — Ele aponta com a cabeça para a porta de vidro e sua vista para o outro lado do lago. — O que eu imagino que signifique que ele também esteja.

Olho para fora da porta e para a outra margem, curiosa para saber por que Tom ainda não fugiu. Quando menciono isso a Boone, ele diz:

— Porque aí ele vai parecer ainda mais culpado. E neste momento ele está apostando que a polícia não vai conseguir acusá-lo de nada.

— Mas ele não tem como manter essa farsa para sempre. Mais alguém vai perceber que Katherine está desaparecida.

Vou até a sala de jantar e pego meu celular, que está danificado por ter caído da varanda. O canto direito de baixo amassou, e a tela tem uma trinca de um lado a outro em formato de raio. Mas ainda funciona, e é isso o que importa.

Vou direto para o Instagram de Katherine, que não mudou nada desde a manhã em que ela desapareceu. Não é possível que eu seja a única que tenha percebido que aquela foto da cozinha impecável não foi postada por Katherine. Com certeza outros, principalmente quem a conhece melhor do que eu, vão perceber o mês errado no calendário e o reflexo de Tom na chaleira.

Na verdade, é possível que alguém já o tenha feito.

Fecho o Instagram e navego até as fotos no meu celular. Boone me observa do balcão da cozinha, a caneca de café congelada a meio caminho dos lábios.

— O que você está fazendo?

— Quando eu estava vasculhando a casa de Tom e Katherine, encontrei o celular dela.

— Eu sei. O que seria uma ótima evidência se não fosse por toda aquela coisa de, você sabe, ter sido obtida ilegalmente.

Percebo o sarcasmo em sua voz, mas estou ocupada demais correndo pelas fotos para me importar. Passo a imagem da notícia de Harvey Brewer granulada na tela do computador e as fotos dos registros financeiros de Katherine e dos dados trimestrais do Mixer.

— Quando eu estava lá, alguém ligou para Katherine — digo ao chegar nas fotos do quarto. — Tirei uma foto do número que apareceu na tela.

— E isso vai ajudar como?

— Se ligarmos de volta e for alguém preocupado com Katherine, principalmente alguém da família, talvez seja o suficiente para Wilma e seus policiais estaduais declararem que ela está desaparecida e interrogarem Tom oficialmente.

Corro os olhos pelas fotos no meu celular.

Os anéis de Katherine.

As roupas de Katherine.

E finalmente o telefone de Katherine, tanto apagado quanto com a tela acesa em uma ligação recebida.

Encaro a foto da tela na minha tela. Um sentimento estranho. Como olhar a foto de uma foto.

Não há nome. Só um número, o que me faz pensar que provavelmente é alguém que Katherine não conhecesse tão bem. Se é que conhecia. Existe a possibilidade bastante real de ser um atendente de telemarketing, um conhecido distante ou simplesmente engano. Eu me lembro de meu próprio número acendendo na tela para confirmar que era o telefone de Katherine. Embora aqueles dez dígitos tenham deixado claro que ela não havia me adicionado aos contatos, não me deixa menos preocupada sobre onde ela possa estar ou o que pode ter acontecido com ela. O mesmo pode valer para essa outra pessoa que ligou. Pode estar tão preocupada quanto eu.

Disco sem pensar duas vezes, intercalando entre a foto e o teclado do celular até digitar o número todo.

Prendo a respiração.

Aperto o botão verde.

No balcão da cozinha, o telefone de Boone começa a tocar.

AGORA

O que você fez com as garotas depois de matá-las? — pergunto. — Estão aqui, no lago?

Ele vira a cabeça de lado e olha para a parede. No começo, acho que está me ignorando de novo.

A chuva estapeia a janela.

Pouco além dela, algo se quebra.

Um galho de árvore sucumbindo ao vento.

Na cama, ele fala, sua voz só um tom mais alto do que a tempestade em fúria lá fora:

— Sim.

A resposta não deveria ser uma surpresa. Penso no cartão-postal, naquela vista aérea do Lago Greene, nas cinco palavras trêmulas escritas sob três nomes.

Acho que elas estão aqui.

Apesar disso, sou tomada por um leve tremor de choque. Inspiro. Um meio sopro falhado em resposta à confirmação de que Megan Keene, Toni Burnett e Sue Ellen Stryker estavam no fundo do lago todo esse tempo. Mais do que dois anos, no caso de Megan. Uma forma horrível de ser enterrada.

Só que elas não foram enterradas aqui.

Foram despejadas.

Descartadas como lixo.

Só de pensar, fico tão abalada que instantaneamente tomo outro gole de bourbon. Quando engulo, o álcool queima em vez de trazer alívio.

— Você lembra onde?

— Sim.

Ele vira a cabeça na minha direção de novo. Enquanto nos olhamos nos olhos, me pergunto o que ele vê nos meus. Espero que seja o que estou tentando projetar, e não minha realidade emocional. Compostura fria em vez de medo, determinação em vez de uma tristeza imensurável por três mulheres que nunca conheci. Suspeito, entretanto, que ele consiga ver perfeitamente através de mim. Ele sabe que ganho a vida atuando.

— Então me conte — digo. — Conte onde posso encontrá-las.

Ele aperta os olhos, curioso.

— Por quê?

Porque a verdade precisa ser conhecida. Não só que ele tenha matado Megan, Toni e Sue Ellen, mas também o que aconteceu com elas, onde estavam quando morreram, onde descansam agora. Então suas famílias e amigos, que passaram tanto tempo sem respostas, poderão viver seu luto e, espero, enfim encontrar a paz.

Não lhe digo isso porque não acho que ele se importe. No máximo, pode deixá-lo menos disposto a falar.

— Isso é sobre encontrá-las? — pergunta. — Ou descobrir o que aconteceu com Katherine?

— As duas coisas.

— E se só uma for possível?

Deslizo uma mão pelo colchão até tocar o cabo da faca.

— Acho que tudo é possível, você não acha?

Ele responde com um virar de olhos e um suspiro, como se estivesse entediado com a ideia de eu realmente usar a faca.

— Olha só para você, bancando a durona. Preciso admitir que mesmo essa fraca tentativa de me ameaçar é uma surpresa. Acho que te subestimei um pouco.

Envolvo a faca com os dedos.

— Mais do que um pouco.

— Tem só um probleminha. Umas pontas soltas que acho que você não considerou ainda.

É muito provável que ele esteja certo. Tem muita coisa que não considerei ainda. Nada disso foi planejado. Estou trabalhando sem roteiro agora, improvisando cegamente na expectativa de não estragar tudo.

— Eu não vou sair daqui. — Ele estica os braços o máximo que consegue, as cordas que o amarram à cama esticadas ao máximo. — E é óbvio que você também não. O que me deixa curioso.

— A respeito do quê?

— Do que você planeja fazer com Tom Royce.

ANTES

Deixo o telefone continuar tocando, chocada demais para encerrar a chamada. Boone, por sua vez, não se dá ao trabalho de atender. Ele sabe quem está ligando.

Eu.

Tentando falar com a pessoa que ligou para Katherine Royce.

— Eu posso explicar — diz ele ao mesmo tempo em que a chamada é redirecionada para a caixa postal, fazendo duas versões de Boone ecoarem em minhas orelhas.

— Oi, não posso atender agora. Por favor...

— ...me escuta, Casey. Eu sei o que...

— ...seu nome e número e eu vou...

— ...pensando, e te garanto...

— ...de volta.

Toco o dedo no celular, interrompendo o Boone gravado enquanto o verdadeiro se levanta do balcão da cozinha e dá um passo em minha direção.

— Não ouse — alerto.

Ele ergue as mãos, palmas para cima, em um gesto de inocência.

— Por favor, escuta.

— Por que você estava ligando para ela?

— Porque eu estava preocupado. Eu tinha ligado no dia anterior, sem resposta. E, quando vi você invadindo a casa, liguei uma última vez, na esperança de a gente estar errado e ela estar lá, me ignorando, e de que você entrando à força daquele jeito faria ela atender o telefone e dizer que estava bem.

— Te ignorando? Você me disse que mal conhecia ela. Que só se encontraram uma ou duas vezes. E disse a mesma coisa para Wilma. Parece preocupação demais com alguém que você alegou que não conhece muito bem.

Boone volta a se sentar ao balcão, com um sorrisinho de satisfação no rosto.

— Você não tem o direito de julgar. Mal conhecia Katherine.

Não tenho como argumentar com isso. Katherine e eu mal passamos do estágio de conhecidas quando ela desapareceu.

— Pelo menos eu não minto sobre isso — digo.

— Você está certa. Eu menti. Pronto, confessei. Eu conhecia Katherine. Éramos amigos.

— Então por que você não disse? Por que mentir para mim? E para Wilma?

— Porque era complicado.

— Complicado como?

Volto a pensar na tarde em que vi Katherine na água. Tinha algo sobre aquele momento que deveria ter me incomodado então, mas acabou se perdendo na confusão posterior.

Por que não percebi antes?

Eu estava lá naquela tarde, sentada na varanda, de frente para a casa dela e a doca. Mesmo à distância e sem ter pegado o binóculo ainda, e mesmo que eu não estivesse prestando muita atenção na água, teria percebido alguém do outro lado do lago sair da casa, descer a doca, mergulhar e começar a nadar.

Mas não vi nada. Não até Katherine estar no meio do lago.

O que significa que ela não começou a nadar do lado dela, mas do meu. Mais especificamente, da região da casa dos Mitchell, onde o lago recua para dentro, escondendo parcialmente a margem.

— Ela estava com você, não estava? — pergunto. — No dia em que quase se afogou?

Boone nem pisca.

— Sim.

— Por quê? — Ciúme escapa pela minha voz, sem intenção, mas impossível de evitar. — Vocês estavam tendo um caso?

— Não. Foi tudo muito inocente. Nós nos conhecemos na noite em que eu cheguei, em agosto. Ela e Tom passaram para se apresentar e disseram que ficariam até o Labor Day e que, se eu precisasse de alguma coisa, era só chamá-los. No dia seguinte, Katherine atravessou o lago nadando e me perguntou se eu queria nadar também.

— Acha que ela estava tentando te seduzir?

— Acho que ela só estava se sentindo sozinha. Se tinha sexo em mente, eu não percebi. Ela é uma supermodelo, pelo amor de Deus. Podia ter o homem que quisesse. Eu nunca suspeitei de que estivesse interessada em mim.

Toda essa modestiazinha é uma encenação. Boone sabe exatamente como é bonito. Visualizo-o pelado na doca, banhado pelo luar, tão absurdamente bonito quanto Katherine. Agora mais do que nunca estou convencida de que ele sabia que eu estava olhando naquela noite.

— Então vocês foram nadar juntos.

— Algumas vezes, sim. Mas não passou disso. Depois de nadar, a gente ficava no deque e conversava. Ela estava muito infeliz, isso ficou claro. Nunca falou diretamente, mas deu vários indícios fortes de que as coisas estavam mal entre ela e Tom.

Katherine havia feito o mesmo comigo, soltando comentários irônicos sobre o estado de seu casamento. Como Boone, eu presumi que ela estava triste, se sentindo sozinha e procurando um amigo. E é por isso que eu não tinha motivo para mentir sobre nossa relação.

— Se era tudo tão inocente, por que você não falou antes?

— Porque parou de ser assim. Bom, quase. — Ele se encolhe no banco, como se contar a verdade o deixasse exausto. Se não fosse por seus cotovelos sustentando-o sobre a bancada, acho que ele desmontaria direto para o chão. — No dia depois do Labor Day, antes de ela e Tom voltarem para Nova York, eu a beijei.

Imagino uma cena parecida com a de nós dois ontem. Boone e Katherine sentados juntos, mais perto do que deveriam, o calor da atração irradiando de seus corpos. Imagino Boone passando um dedo no lábio inferior dela, beijando o ponto que havia acabado de tocar. Outra jogada de leve.

— Katherine surtou, foi embora, voltou para sua vida chique com o marido bilionário. — A voz de Boone se tornou dura, um tom que nunca escutei vindo dele antes. Há um tanto de raiva e amargor. — Achei que nunca mais fosse vê-la. Aí, alguns dias atrás, lá estava ela, de volta naquela casa, com Tom. Nunca me disse que eles tinham voltado. Não passou para me ver. Eu liguei algumas vezes, só para ver como ela estava. Ela ignorou as ligações. E me ignorou.

— Não totalmente, lembre-se. Já que ela estava com você no dia em que eu a resgatei do lago.

— Ela nadou até aqui, sem avisar, igual da primeira vez. Quando a vi, achei que nada tinha mudado e que íamos retomar de onde paramos. Katherine deixou claro que isso não ia acontecer. Disse que só veio exigir que eu parasse de ligar. Que Tom tinha percebido e estava fazendo várias perguntas.

— O que você respondeu?

— Que tudo bem, ela podia ir embora a hora que quisesse. Então foi. E é por isso que fiquei surpreso quando ela me ligou mais tarde, naquele dia.

— Por quê?

— Não sei — diz ele, dando de ombros. — Não atendi e deletei a mensagem dela sem escutar.

Tenho um súbito flashback de mim na varanda, espiando os Royce pela primeira vez. Nunca me esquecerei da forma como Tom atravessou de fininho a sala de jantar enquanto Katherine, na de estar, fazia uma ligação, esperava alguém atender, sussurrava uma mensagem. Agora sei para quem era aquela mensagem.

— Você estava a caminho daqui quando ela ligou — digo. — Foi por causa dela que você veio se apresentar? Já que Katherine te rejeitou, decidiu tentar a sorte com a vizinha da casa ao lado?

Boone vira o rosto, magoado.

— Eu vim me apresentar porque estava me sentindo sozinho e achei que você também pudesse estar. E que, se passássemos um tempo juntos, não nos sentiríamos mais assim. E não me arrependo. Porque eu *gosto* de você, Casey. Você é divertida, inteligente e interessante. E me lembra exatamente de como eu costumava ser. Olho para você, e tudo o que eu quero é...

— Me consertar?

— Te ajudar. Porque você precisa de ajuda, Casey.

Acontece que ele queria mais do que isso quando se apresentou naquele dia. Eu me lembro do charme, o excesso de confiança, o flerte que achei tanto cansativo quanto encantador.

Pensar naquela tarde me faz perceber algo indesejado. Boone mencionou que passou o dia todo trabalhando no chão da sala de jantar dos Mitchell. Se ele estava lá o tempo todo, com o ouvido ao alcance das atividades no lago, por que não fez nada quando Katherine estava se afogando e eu gritei por ajuda?

Essa pergunta leva a outra. Uma tão perturbadora que mal consigo articular as palavras:

— Quando Katherine veio naquele dia, você deu algo para ela beber?

— Limonada. Por que... — Boone fica de pé de novo, a ficha caindo de repente. — Eu não fiz o que você está pensando.

Eu queria acreditar nele. Mas os fatos me alertam contra isso. Katherine alegou que havia ficado exausta de repente enquanto nadava.

"Foi como se meu corpo todo tivesse parado de funcionar."

Esse tempo todo, eu achava que Tom havia sido a causa. Imitando Harvey Brewer e despejando pequenas doses de veneno nas bebidas da esposa. Mas também pode ter sido Boone. O Boone com raiva, ciúmes, rejeitado, colocando uma dose alta na limonada de Katherine.

— Casey — diz ele. — Você me conhece. Você sabe que eu jamais faria algo assim.

O problema é que *não* conheço. Achei que conhecesse, mas só porque acreditei em tudo o que ele me disse. Agora sou forçada a duvidar.

Inclusive, percebo, o que ele disse sobre o grito na manhã em que Katherine desapareceu. Como eu ainda estava bêbada, não sabia bem de onde tinha vindo o som. Foi Boone quem concluiu que tinha vindo do outro lado do lago, falando de um eco que agora não tenho mais certeza se existiu.

É possível que ele estivesse mentindo. Que o grito não veio da outra margem, mas desta.

Da *dele*.

O que significa que também existe uma chance de Boone ser a pessoa que *fez* Katherine gritar.

— Fique longe de mim — ordeno quando ele começa a se aproximar. A forma como se mexe, lento, metódico, é mais intimidadora do que se estivesse agindo depressa. Tenho tempo o suficiente para perceber como ele é grande, como é forte, o pouco esforço que teria que fazer para me subjugar.

— Você entendeu tudo errado. Eu não fiz nada com a Katherine.

Ele continua andando em minha direção, e eu procuro a rota de fuga mais próxima. Logo atrás de mim, está a porta de vidro que dá para a varanda, ainda trancada. Pode ser que eu consiga destrancá-la e correr para fora, mas isso levaria preciosos segundos que não tenho certeza se posso gastar.

Quando Boone está quase ao meu alcance, esquivo pelo lado e corro para o meio da cozinha. Embora não seja uma fuga, pelo menos me dá acesso a coisas com as quais posso me defender. Pego uma delas, a maior lâmina do suporte de facas no balcão, e estico à minha frente, desafiando Boone a se aproximar.

— Sai da minha casa — digo. — E nunca mais volte.

Boone deixa o queixo cair como se estivesse prestes a oferecer mais uma negação, ou trocar para uma ameaça. Aparentemente decidindo que silêncio é a melhor estratégia, ele fecha a boca, ergue os braços em derrota e vai embora sem mais nenhuma palavra.

Vou de porta a porta, garantindo que todas estejam trancadas. Passo a chave na da frente minutos depois de Boone passar por ela, e a da varanda já estava trancada desde a noite anterior. O que deixa mais uma: a porta azul que range, no porão.

O último lugar aonde quero ir.

Sei que não tem nada fisicamente perigoso lá embaixo. Não tem nada além de tralhas, antes muito usadas, agora esquecidas. São as memórias do dia em que Len morreu que quero esquecer. Nada bom virá de reviver aquele dia. Mas, já que a porta do porão é por onde Boone entrou noite passada, preciso trancá-la e impedi-lo de fazer isso de novo.

Mesmo que ainda esteja no meio da manhã, tomo um shot de vodca antes de descer ao porão. Um pouco de coragem líquida nunca faz mal.

Nem uma segunda ajuda.

E uma terceira.

Estou me sentindo muito melhor quando finalmente começo a descer os degraus. Mal hesito no último, parando por um único segundo antes de colocar os dois pés no chão de concreto. Mas a frente do porão é a parte fácil. Aqui estão as memórias boas. Jogar pingue-pongue com o meu pai. Marnie e eu nas férias de final de ano, colocando gorros e jaquetas compridas antes de correr saltitando para o lago congelado.

As memórias ruins estão nos fundos, no hall de entrada. Quando entro, arrependo-me de não ter tomado um quarto shot de vodca.

Avanço depressa até a porta e giro a maçaneta. Trancada. Boone fez o que eu esqueci ontem, na casa dos Royce. Talvez aquela fosse a casa que ele deveria ter invadido em vez da minha.

Sabendo que a porta azul também está segura, me viro para o restante do hall, encarando uma parede com painéis de placas horizontais pintadas de cinza. Os pregos que os sustentam são visíveis, dando um ar rústico que hoje está na moda, mas que era meramente utilitário quando a casa foi construída. Faltam dois pregos em um dos painéis, revelando um pequeno vão entre ele e a parede. Isso me lembra mais uma vez de como a casa é velha, como é frágil, como seria fácil para alguém entrar mesmo com todas as portas trancadas.

Tentando afastar essa conclusão sombria, porém verdadeira, saio logo do hall, atravesso o porão e subo as escadas para a sala de jantar, onde arranco a vodca do armário de bebidas e tomo mais um shot. Devidamente fortalecida, puxo o celular do bolso, pronta para ligar para Eli e contar tudo o que aconteceu nos últimos dias.

Ele saberá o que fazer.

Mas, quando confiro o telefone, vejo que na verdade Eli me ligou enquanto eu ainda dormia. A mensagem de voz é curta, gentil e um pouco perturbadora:

— Acabei de ver o jornal. Está parecendo que essa tempestade vai ser pior do que a gente imaginou. Estou indo fazer compras para me abastecer. Me liga dentro de meia hora se estiver precisando de alguma coisa.

Isso foi há três horas.

Tento ligar de volta mesmo assim. Quando a chamada cai direto na caixa postal, desligo sem deixar mensagem, pego o notebook e levo até a sala de estar. Lá, faço algo que deveria ter feito dias atrás: procuro Boone Conrad no Google.

A primeira coisa que aparece é uma notícia sobre a morte de sua esposa, o que eu já esperava. Completamente inesperada é a natureza do artigo, que fica clara pela manchete.

"Policial é Investigado pela Morte da Esposa."

Encaro a frase com olhos arregalados, os nervos à flor da pele. Só piora quando leio o texto e descubro que colegas do próprio departamento de Boone notaram discrepâncias em sua história sobre o dia em que a esposa dele morreu. Ele lhes contou, como contou para mim, que ela ainda estava viva quando saiu para o trabalho naquela manhã. O que ele falhou em mencionar é que o legista determinou uma janela de duas horas para a morte, incluindo meia hora em que ele ainda poderia estar em casa.

Mas a suspeita não termina aí. Sua esposa — Maria era o nome dela — procurou um advogado de divórcio uma semana antes de morrer. E, embora Boone tenha jurado que não sabia que Maria estava considerando um divórcio, os colegas dele não tiveram escolha e precisaram se afastar do caso e deixar a polícia estadual conduzir uma investigação formal.

Continuo pesquisando e encontro outra notícia, datada de um ano depois, esta anunciando que Boone não seria processado pela morte de Maria Conrad. O artigo diz que não havia nada comprovando que Boone não a tivesse matado. Só que também não havia evidências de que tivesse.

Há duas fotos acompanhando o texto. Uma de Boone, outra da esposa. A foto dele é a oficial do departamento de polícia. Não deveria ser uma surpresa que ele fica ridiculamente bem de uniforme. O verdadeiro choque é que Maria era igualmente maravilhosa. Com olhos brilhantes, sorriso largo e ótima estrutura óssea, tinha a aparência de alguém que poderia desfilar ao lado de Katherine Royce na passarela.

Imaginar as duas juntas me lembra de que eu não sou a única pessoa no lago que ficou curiosa sobre o que aconteceu com Maria Conrad. Um dos Royce também se interessou. Boone foi uma das muitas buscas que encontrei no notebook de Tom.

Talvez tenha sido Katherine.

Talvez tenha sido isso que a deixou espantada no escritório quando eu observava do outro lado do lago.

Talvez ela tenha confrontado Boone sobre isso na manhã seguinte.

E talvez ele tenha sentido a necessidade de silenciá-la.

Embora tudo isso seja mera conjectura, é relevante o suficiente para contar a Wilma Anson, que é o porquê de eu caçar o celular e imediatamente ligar para ela.

— Anson. — Ela atende antes de terminar o primeiro toque.

— Oi, Wilma. É Casey Fletcher. Do Lago...

Ela me corta:

— Eu sei quem você é, Casey. O que foi? Aconteceu alguma coisa com Tom Royce?

Na verdade, *aconteceu*, mas o drama na noite passada parece distante depois dos eventos desta manhã.

— Estou ligando por causa de Boone.

— O que tem ele?

— Quão bem você o conhece?

— Tão bem quanto conheço meu próprio irmão. Por quê?

— Eu estava investigando um pouco.

— Que é o meu trabalho — retruca Wilma sem nenhum traço de humor. — Mas continue.

— E descobri... Bom, Boone me disse, na verdade... que ele e Katherine Royce se conheciam. Eles eram amigos. Talvez mais que amigos.

— Eu sei.

Faço uma pausa, mais confusa do que surpresa.

— Sabe?

— Boone me ligou meia hora atrás e contou tudo.

— Então agora ele é um suspeito, certo?

— Por que seria?

— Porque ele mentiu. Sobre várias coisas. E tem o que aconteceu com a esposa dele.

— Aquilo não tem nada a ver com isso — diz ela com súbita rispidez.

— Mas tem! Katherine sabia. Ela, pelo menos eu acho que foi ela, pesquisou uma notícia sobre isso no notebook de Tom.

Percebo meu erro no segundo em que as palavras saem. Como um carro sem freio a caminho de um precipício, não tenho como voltar atrás. A única opção é esperar e ver quão feia será a queda.

— Como você sabe isso? — pergunta Wilma.

Primeiro, não falo nada. Quando o faço, é um suspiro culpado:

— Eu entrei na casa deles.

— Por favor me diga que Tom te deixou entrar e não que você simplesmente invadiu quando ele não estava em casa.

— Eu não invadi. Entrei sem ser convidada.

O longo silêncio que se segue parece um pavio aceso lentamente, serpenteando até uma pilha de dinamites. A qualquer segundo agora, haverá uma explosão. Quando acontece, é mais alta e feroz do que eu imaginei.

— Me dê uma boa razão para não ir até aí imediatamente e jogar sua bunda na cadeia. — A voz dela estoura em minha orelha. — Você faz ideia de como isso foi idiota, Casey? Você pode ter ferrado toda a minha investigação.

— Mas eu encontrei coisas.

— Eu não quero saber.

— Coisas importantes. Incriminadoras.

A voz de Wilma fica mais alta. De algum jeito. Eu pensava que ela já tinha chegado ao volume máximo.

— A não ser que você tenha encontrado a própria Katherine Royce, *eu não quero saber*. Entendeu? Quanto mais merda você fala, menos eu vou ter para apresentar legalmente para um juiz e um promotor. O notebook que você fuçou é evidência. Aqueles cômodos por onde andou podem ser uma cena do crime. E você simplesmente contaminou tudo. Não só isso, sua presença naquela casa, e a possibilidade de ter plantado algo incriminador lá dentro, dá uma saída fácil para Tom explicar cada mínima coisa que nós encontrarmos lá.

— Eu não plantei...

— *Pare de falar* — comanda Wilma. — Pare de fuçar. Pare tudo.

— Desculpa. — Sai como um pequeno gritinho agudo. — De verdade, eu só estava tentando ajudar.

— Eu não preciso das suas desculpas e não preciso da sua ajuda. Preciso que fique longe de Tom Royce, merda! E de Boone.

— Mas você tem que admitir que Boone é suspeito, certo? Primeiro, a esposa dele morreu, então Katherine desaparece.

Olho para o notebook, ainda aberto na notícia sobre Boone não ser acusado da morte de Maria. Corro os olhos por ele, na esperança de achar algo que sustente meu argumento. Em vez disso, vejo uma declaração ao final.

"Até onde nós, da polícia estadual, sabemos, o oficial Conrad é totalmente inocente, e todas as acusações contra ele são completamente infundadas."

Eu gelo ao ver quem foi que disse.

Detetive Wilma Anson.

— Eu já te falei...

Encerro a chamada, cortando Wilma no meio da frase. Quando ela me liga de volta segundos depois, eu deixo tocar. Quando ela tenta de novo, silencio o celular. Não tem por que atender. É claro que ela pensa que Boone é incapaz de fazer algo ruim. Nada que eu diga vai mudar isso.

Não posso mais confiar em Wilma.

E certamente não posso confiar em Boone.

Estou, percebo, completamente sozinha.

Não saio da casa até cair a noite e, mesmo então, vou só até a varanda. Há um peso perturbador no ar. Denso com umidade e agitação. O vento de ontem à noite passou, substituído por uma inércia desconcertante.

A calmaria antes da tempestade.

Despencada na cadeira de balanço, dou um gole de bourbon.

Meu quarto ou quinto ou sexto do dia.

É impossível contar quando estou bebendo direto da garrafa.

Durante a tarde e o anoitecer, eu estava ou na cama, tentando em vão descansar; ou na cozinha, engolindo qualquer coisa que levasse menos tempo para preparar; ou vagando pelo resto da casa como um pássaro preso em uma gaiola. Enquanto andava da biblioteca para a sala de TV para a de estar, eu pensava no que posso fazer agora, se é que posso fazer algo.

Não demorei para chegar a uma resposta.

Nada.

É o que Wilma quer, afinal.

Então peguei meu velho amigo bourbon, a única coisa na qual posso confiar no momento. Agora estou lenta e a caminho da embriaguez total. Bastam mais uma ou duas viradas da garrafa para eu cruzar a linha.

Uma opção tentadora.

Porque quero que tudo passe.

Minha preocupação com Katherine, minha suspeita tanto de Tom quanto de Boone, minha solidão, culpa e dor. Quero que tudo vá embora e nunca mais volte. E, se isso exige que eu encha a cara até a inconsciência, que seja.

Apertando o pescoço da garrafa, inclino-a para trás, pronta para esvaziar a maldita.

Antes que possa fazer isso, entretanto, percebo uma luz se acendendo na janela da cozinha dos Royce. Como uma mariposa, sou atraída por ela. Não tenho como evitar. Coloco a garrafa na mesa e pego o binóculo, dizendo a mim mesma que está tudo bem observar a casa uma última vez. De acordo com Wilma, já estraguei tudo mesmo. Espiar Tom agora não vai piorar nada.

Ele está no fogão de novo, esquentando outra lata de sopa. Quando olha distraído para a janela, não tenho medo de que me pegará observando de novo. A varanda, como o resto da casa, está um breu. Assim como o lago e sua margem.

Além da cozinha na casa dos Royce, a única outra luz nos arredores é um reflexo retangular na superfície ondulante do lago, à minha direita. A casa dos Mitchell. Embora eu não consiga vê-la bem de onde estou, o trecho brilhante me diz tudo o que preciso saber.

Boone está em casa.

Tenho um possível assassino de esposa de um lado e outro possível assassino de esposa diretamente à frente.

Não é uma ideia muito reconfortante.

Viro o binóculo na direção da casa de Eli. Está completamente escura. É claro que a única pessoa neste lago em quem eu posso confiar *não* está em casa. Ligo para o celular dele, na esperança de que vá atender, dizendo que está a caminho de volta das compras e que vai passar aqui antes de ir para casa. Em vez disso, a ligação cai direto na caixa postal.

Deixo uma mensagem, me esforçando para soar sóbria e casual. Falho nos dois itens.

— Eli, oi. É a Casey. Eu, ahn, espero que você esteja voltando logo para casa. Tipo, já. Tem algumas coisas acontecendo aqui no lago que você não está sabendo. Coisas perigosas. E, bom, eu estou com medo. E seria bom contar com um amigo agora. Então, se você estiver por aqui, por favor, passa em casa.

Estou chorando ao encerrar a ligação. As lágrimas são uma surpresa, e, embora eu queira creditar o estresse e o bourbon a elas, sei que é mais do isso. Estou chorando porque os 14 meses desde que Len morreu foram um inferno de difíceis. Sim, Marnie, minha mãe e um monte de gente me ofereceram ajuda. Nenhum deles, nem mesmo a Amada Lolly Fletcher, conseguia entender de verdade como eu me sentia.

Então eu bebi.

Era mais fácil assim.

O álcool não julga.

E nunca, nunca decepciona.

Mas, quando se bebe demais, por tempo demais, todas aquelas pessoas bem-intencionadas que tentam entender, mas não conseguem, enfim desistem e se afastam.

Foi essa verdade que me atingiu enquanto eu falava ao telefone embora ninguém estivesse escutando. A história da minha vida. Neste momento, não tenho nada nem ninguém. Eli não está aqui, Boone não é de confiança, e Marnie não quer ter nada a ver com isso. Estou completamente sozinha, e isso me deixa absoluta e insuportavelmente triste.

Seco os olhos, suspiro e pego o binóculo de novo porque, bom, não tenho literalmente mais nada para fazer. Foco a cozinha dos Royce, onde Tom terminou de requentar a sopa. Em vez de uma travessa, ele coloca em uma grande garrafa térmica e rosqueia a tampa.

Curioso.

Com a garrafa em mãos, ele abre a gaveta e pega uma lanterna.

Mais curioso ainda.

Logo está lá fora, o facho da lanterna cortando pela escuridão. Vê-lo traz à tona a memória da outra noite em que vi Tom fazer a mesma coisa da janela do quarto. Embora eu não soubesse dizer naquela ocasião para onde ele estava indo, agora sei, com certeza.

A casa dos Fitzgerald.

Em um instante, passo de lenta a superalerta, subitamente atenta a tudo. As nuvens deslizando na frente da lua. Uma mobelha cantando um chamado solitário em uma curva escondida do lago. A lanterna avançando pelas árvores, balançando e piscando como um vaga-lume gigante. Outra memória volta, desencadeada pela visão.

Eu contra a porta, Tom do outro lado, gritando coisas que eu estava bêbada e assustada demais para entender.

"Você não faz ideia do que está acontecendo. Só deixa a gente em paz, porra."

"A gente."

Ou seja, não só ele.

Ou seja, mais alguém está envolvido nisso tudo.

Meu peito se expande. Uma bolha de esperança pressionando minhas costelas.

Katherine ainda pode estar viva.

Espero até Tom completar o caminho de volta à sua casa para agir. Acontece 15 minutos depois: o facho da lanterna aparece no quintal dos Fitzgerald e se move na direção do trajeto que ele fez mais cedo. Sigo-o através das lentes até a casa dos Royce, onde Tom desliga a lanterna antes de entrar.

Coloco o binóculo na mesa e entro em ação.

Desço os degraus da varanda.

Atravesso o jardim.

Subo na doca.

Começou a chover: gotas grossas que caem pesadas no meu rosto, no cabelo, nas tábuas do deque, conforme avanço até a lancha atracada ao fim.

O vento também aumentou, deixando o lago turbulento. O barco oscila e balança, fazendo com que seja difícil subir e me forçando a dar um estranho meio salto da doca. Uma vez dentro, me arrependo instantaneamente dos drinks que bebi conforme a lancha sobe e desce com as ondulações da água.

Fecho os olhos, ergo o rosto para o vento e deixo a chuva respingar em minha pele. Não é exatamente uma cura milagrosa. Meu estômago continua se revirando, e a cabeça, a doer. Mas a chuva está fria o suficiente para me fazer ficar sóbria, e doída o suficiente para me fazer focar o que tenho de fazer a seguir.

Atravessar o lago.

Desamarro o barco da doca, sem ousar ligar o motor. Sei como o som viaja longe por aqui, mesmo numa tempestade, e não quero correr o risco de ser pega. Em vez disso, eu remo, com movimentos lentos e calculados para compensar a força da água. É exaustivo, muito mais difícil do que pensei, e preciso parar no meio do lago para recuperar o fôlego.

Enquanto a lancha continua subindo e descendo, eu me giro no assento e olho para cada casa à margem do Lago Greene. A de minha família e a dos Fitzgerald estão tão escuras que quase se mesclam com a noite. O mesmo vale para a de Eli, o que me diz que ele ainda não voltou.

Em contraste, todo o primeiro andar da casa dos Mitchell está aceso, e imagino Boone andando de um lado a outro, de cômodo em cômodo, bravo comigo. Então tem a casa dos Royce, escura no piso de baixo e apenas a janela da suíte principal acesa em cima. Talvez Tom, depois de terminar o que quer que precisava ser feito na casa ao lado, esteja indo para a cama, mesmo que seja apenas 8 horas da noite.

A oeste, uma parede de nuvens em movimento esconde as estrelas, a lua, boa parte do próprio céu. Parece uma onda. Uma prestes a estourar no vale e afogar tudo em seu caminho.

A tempestade chegou.

Volto a remar, agora mais preocupada em ser pega por ela no meio do lago do que com o que me aguarda do outro lado. A chuva já está caindo mais pesada, o vento sopra mais forte, e a água se remexe mais rápido. Levo três remadas para percorrer a distância de uma em condições normais. Quando enfim chego do outro lado do lago, meus ombros estão duros e doloridos, e meus braços parecem geleia. Mal tenho forças para atracar o barco, que chuta e escoiceia com o vento, a lateral continuamente batendo na doca dos Fitzgerald.

Sair da lancha exige outro salto precário, desta vez até o deque. Eu corro então à terra firme, exausta, nervosa e ensopada até os ossos. Acima, trovões começam a rugir no céu. Clarões de relâmpago iluminam o chão à frente enquanto me apresso até a porta de correr aos fundos da casa dos Fitzgerald.

Trancada.

É claro.

É o mesmo com a porta de entrada e com a lateral que dá para a cozinha. De pé no temporal e balançando a maçaneta, percebo que Tom consegue entrar porque os Fitzgerald provavelmente lhe deram as chaves para o caso de dar algum problema na casa. É uma prática comum entre os moradores aqui do lago. Os Fitzgerald têm as chaves da casa da minha família, assim como Eli. E, em algum lugar na casa do lago, existe provavelmente uma chave que encaixa nesta mesma fechadura e que me daria acesso.

Sem opções no formato de portas, tento as janelas, e dou sorte na terceira tentativa. A da sala de estar. Melhor ainda, porque está do lado da casa que não fica de frente para os Royce, o que me dá tempo e cobertura o suficiente para erguer a janela, tirar a tela e subir no parapeito.

Caio do lado de dentro e fecho o vidro para evitar que a chuva entre. O silêncio da casa é um contraste gritante com a tempestade lá fora, fazendo-a parecer quieta demais.

E enervante demais.

Não faço ideia do quê, ou quem, me espera aqui — um fato que faz meu coração batucar tão forte quanto o trovão que ecoa pelo céu. A inércia e o silêncio pesam tanto que me faz querer dar meia-volta e rastejar janela afora. Mas Tom veio aqui por um motivo. A necessidade de descobrir qual é esse motivo me faz avançar, mesmo que eu mal consiga enxergar. Consigo dar dois passos antes de bater em um aparador cheio de porta-retratos e um abajur Tiffany.

Maldita Sra. Fitzgerald e suas antiguidades.

A casa está transbordando delas. Baús ornamentados, pequenos sofás estampados, luminárias rococó de chão com cristais pendurados na cúpula. Cada uma é um obstáculo que eu preciso contornar ao me deslocar na penumbra.

— Olá? — Digo em uma voz que é mais sussurro do que palavra. — Katherine? Você está aí?

Paro entre a cozinha e a sala de jantar, tentando escutar qualquer som que indique que ela esteja. No começo, não ouço nada além da chuva cada vez mais forte no telhado e mais explosões de trovão. Mas logo um barulho, distante e abafado, atinge meus ouvidos.

Um rangido.

Escuto uma segunda vez, vindo de baixo, tão volátil quanto fumaça.

O porão.

Vou até uma porta em um curto corredor logo depois da cozinha, fechada com um trinco antigo de corrente que está neste momento deslizado até o fim. Como há uma grande estante ao lado, eu normalmente pensaria que a porta daria em uma despensa ou armário de vassouras. A corrente indica outra coisa, principalmente quando olho mais de perto. Está parafusada em dois pequenos pedaços de madeira que foram pregados tanto na porta quanto na parede do batente, como se fosse só uma solução temporária. E recente. A madeira tem cheiro de recém-cortada, o que me faz pensar na serra que Tom Royce comprou.

Ele fez isso.

E lá dentro tem algo, ou alguém, que ele não quer que mais ninguém saiba que está ali.

Minha mão treme enquanto luto contra a corrente e a solto do trinco. Prendendo a respiração, abro a porta e me deparo com degraus que levam a um poço de escuridão.

— Olá? — chamo, alarmada com a forma como o breu consome minha voz, apagando-a como uma vela. Mas, de dentro de todo aquele escuro, vem outro rangido, me convidando a descer aquela escada.

Há um interruptor de luz logo depois da porta. Acendo-o, e um fraco brilho laranja aparece lá embaixo, trazendo consigo outro rangido e, acho, um murmúrio.

O som me puxa para frente, para o primeiro degrau, onde paro e escuto com atenção.

Nada.

Se tem alguém lá embaixo, ficou em completo silêncio.

Dou outro passo.

Depois outro, que range com meu peso, o som me assusta.

É seguido por outro rangido.

Não de mim.

De algum lugar ao fundo.

Desço correndo os últimos degraus e entro no porão, que está iluminado por um único bulbo exposto, pendurado do teto. O cômodo é todo sem acabamento. Chão de cimento. Paredes de concreto. Os degraus que desci não são nada além de um esqueleto de madeira.

Dou outro passo, e meu campo de visão se expande, revelando tralhas amontadas nos cantos. Descartes do negócio de antiguidades da Sra. Fitzgerald. Cômodas lascadas, cadeiras em que falta uma perna e caixas empilhadas sobre caixas.

Na parede, há uma cama vintage de bronze com algo em cima.

Não.

Não é algo.

Alguém.

Eu me aproximo com cuidado e vejo...

Ai, meu Deus.

Katherine.

Suas roupas são as mesmas que a vi usando na noite em que desapareceu. Calça jeans e um moletom branco, agora manchado em alguns pontos. Seus sapatos sumiram, revelando pés descalços e sujos da caminhada de sua casa até aqui. Uma linha de sopa, ainda úmida, escorre do canto de sua boca até o pescoço.

Mas são seus braços que me perturbam mais.

Foram erguidos acima de sua cabeça e amarrados pelos pulsos na cabeceira. Vejo mais cordas em seus tornozelos, o que a deixa de pernas abertas sobre uma lona plástica que foi colocada sobre o colchão.

Engasgo um grito de espanto.

Katherine o escuta, e suas pálpebras se abrem. Ela olha para mim, primeiro completamente confusa, então em pânico total.

— Quem...

Ela se interrompe, ainda encarando, seus olhos arregalados e assustados se suavizam com reconhecimento.

— Casey? — Sua voz está estranha. Rouca e parcialmente molhada, como tivesse água no fundo da garganta. Não soa nem um pouco como ela. — É você, mesmo?

— Sou eu. Sou eu e vou te ajudar.

Corro até ela, colocando uma mão em sua testa. A pele está fria e grudenta de suor. E pálida. Tão preocupantemente pálida. Seus lábios estão rachados de secura. Ela os abre e diz, rouca:

— Me ajuda, por favor.

Vou até as amarras em seu pulso direito. O nó foi dado com força. A pele sob ele está em carne viva, e sangue seco tinge a corda.

— Faz quanto tempo que está aqui? — pergunto. — Por que Tom fez isso com você?

Desisto de tentar desamarrar a corda do pulso e, em vez disso, tento a ponta presa na cabeceira de bronze. Também foi bem apertada, e eu a puxo em vão.

Mas há um barulho.

Perto da escada.

Um rangido sobrenaturalmente alto quando alguém pula do último degrau.

Tom.

Encharcado de chuva.

Sua expressão é uma mistura de surpresa, decepção e medo.

— Sai de perto dela — diz conforme avança depressa em minha direção. — Você não deveria ter procurado por ela, Casey. Você realmente, *realmente*, deveria ter deixado a gente em paz.

Continuo tentando desamarrar a corda, como se determinação pura e simples fosse soltá-la. E continuo puxando quando Tom envolve minha cintura com um braço e me arrasta para longe. Eu me debato, chutando e empurrando. Não adianta. Ele é chocantemente forte, e logo me encontro jogada na escada. O degrau mais baixo atinge meu tornozelo, e eu caio para trás até estar sentada contra a minha vontade.

— Que merda é essa? O que você está fazendo com ela?

— Protegendo — responde Tom.

— Do quê?

— Dela mesma.

Olho para a cama de bronze, onde Katherine ficou imóvel. Mas seus olhos continuam abertos, nos observando. Para minha surpresa, não parece perturbada, e sim se divertindo.

— Não entendo. O que tem de errado com a sua esposa?

— Aquela *não é* a minha esposa.

— Parece muito com Katherine.

— Parece. Mas não é.

Olho para a cama mais uma vez. Katherine continua imóvel, satisfeita em nos assistir conversando. Talvez sejam apenas as palavras de Tom me subindo à cabeça, mas tem algo de estranho nela. Sua energia parece diferente do que estou acostumada.

— Então quem é?

— Outra pessoa — diz Tom.

Minha cabeça está girando. Não faço ideia do que ele está falando. E também não entendo o que está acontecendo. Tudo o que sei é que a situação é muito mais esquisita do que imaginei e que cabe a mim resolvê-la.

— Tom. — Dou um passo na direção dele, com as mãos erguidas para mostrar que não tenho a intenção de machucá-lo. — Preciso que você me conte o que está acontecendo.

Ele balança a cabeça.

— Você vai achar que eu estou louco. E talvez eu esteja. Considerei bastante essa possibilidade nos últimos dias. Seria mais fácil do que lidar com *isso*.

Ele aponta na direção de Katherine, e, embora eu não tenha certeza, acho que o que ele disse a agrada. As laterais de seus lábios se erguem de leve num indício de um sorriso.

— Não vou pensar isso — digo. — Eu prometo.

Desespero preenche o olhar de Tom ao desviar os olhos de mim para a mulher que diz não ser sua esposa, embora claramente seja.

— Você não entenderia.

— Vou entender se você me explicar. — Dou outro passo em sua direção. Calmamente. Com cautela. — Por favor.

— Sabe aquela história que Eli contou na outra noite? — diz ele em um murmúrio assustado, culpado. — Sobre o lago e as pessoas acreditarem que tem espíritos presos na água?

— Sei.

— Eu acho... eu acho que é *verdade*. Eu acho que tinha alguma coisa no lago. Um fantasma. Uma alma. Que seja. E estava esperando lá. Na água. E o que quer que fosse entrou em Katherine quando ela quase se afogou e agora... agora assumiu o controle.

Não sei bem como responder.

O que alguém pode dizer quando escuta alto tão absurdo?

A única coisa que se passa pela minha cabeça é que Tom tem razão. Ele *está* louco.

— Eu sei que você acha que eu estou mentindo — diz. — Que estou cuspindo mentiras. Eu pensaria a mesma coisa se não estivesse passando por isso. Mas é verdade. Eu juro, Casey. É tudo verdade.

Eu o empurro para passar, e ele não tenta mais impedir que eu me aproxime da cama. Fico ao pé dela, apertando a estrutura de bronze, e olho para Katherine. O indício de um sorriso aumenta com minha presença, se abrindo a ponto de mostrar os dentes de uma forma que me deixa nauseada.

— Se você não é Katherine — pergunto —, quem é, então?

— Você sabe quem. — A voz dela fica levemente mais grossa, mudando para uma que é desconcertantemente familiar. — Sou eu... Len.

Uma onda de choque percorre meu corpo, tão rápida e forte que parece que a estrutura da cama foi eletrificada. Solto-a e, cambaleando um pouco, encaro a pessoa amarrada sobre o colchão. Uma pessoa que definitivamente é Katherine Royce. É seu mesmo corpo sarado, o cabelo comprido e o sorriso de outdoor.

Mesmo assim, parece que eu sou a única que entende esse fato, o que me deixa na dúvida sobre com quem me preocupar mais. Katherine, por fazer uma alegação tão viajada, ou seu marido, por acreditar.

— Eu te disse — argumenta Tom.

Da cama, Katherine acrescenta:

— Eu sei que é estranho, Casey. E sei o que você está pensando.

Isso não é possível. Acabaram de me dizer que meu marido, morto há mais de um ano, está dentro do corpo de uma mulher que eu achava estar desaparecida há dias. Ninguém pode compreender totalmente o caos nos meus pensamentos.

Pelo menos agora entendo toda a discrição de Tom, sem contar as mentiras. Ele acreditava que não tinha como manter Katherine por perto, fingindo que tudo estava normal, quando, para ele, nada nessa situação era normal. Então a escondeu na casa ao lado, longe de suas paredes de vidro e dos meus olhos curiosos. Ele guardou o celular dela, postou aquela foto falsa no Instagram, tentou conter e ocultar o que acreditava ser a verdade o máximo que conseguia.

Por que quem acreditaria nele?

Eu, com toda certeza, não acredito.

A ideia é mais do que louca.

É completamente insana.

— Isso é real, Casey — diz, lendo meus pensamentos com facilidade.

— Eu entendi que você acredita. — Minhas palavras são calmas e cautelosas, um indicativo claro de que tomei uma decisão. Neste momento, Tom é o mais perigoso dos dois. — Quando começou a achar que estava acontecendo?

— Não tão cedo quanto deveria. — Ele lança um olhar de lado à forma da esposa, como se não conseguisse encará-la diretamente. — Eu sabia que tinha algo errado no dia em que você a tirou do lago. Ela estava agindo estranho. Não era bem ela mesma.

Foi exatamente assim que Katherine descreveu o que achava que estava acontecendo consigo. A fraqueza súbita. Os acessos de tosse. O desmaio.

Ocorre-me então que pode ser uma forma de delírio simultâneo, com um influenciando o outro. Talvez os sintomas de Katherine tenham incentivado Tom a começar a pensar que ela estava possuída, o que por sua vez fez Katherine acreditar também. Ou vice-versa.

— Simplesmente foi piorando e piorando — continua ele. — Até que, uma noite, foi como se Katherine não estivesse mais lá. Ela não agia como si mesma, não soava como si mesma. Começou até a se mexer de um jeito diferente. Eu a confrontei...

— E eu contei a verdade para ele — diz Katherine.

Não pergunto quando isso aconteceu porque já sei.

Na noite anterior ao desaparecimento de Katherine.

Se eu fechar os olhos, conseguirei visualizar a cena com clareza cinematográfica. Tom implorando para Katherine quando ela estava à janela.

Quem.

Essa é a palavra que eu tive dificuldades em identificar.

Quem era ela?

Len, aparentemente. Uma ideia absurda para todo mundo exceto as outras duas pessoas neste porão. Presa entre eles, com sua loucura me atingindo dos dois lados, sei que preciso tirá-los de perto um do outro. Embora esteja claro que Tom tem alimentado Katherine, ele negligenciou todo o resto. Um cheiro forte emana da cama, indicando que ela não é banhada há dias. E um cheiro pior ainda sobe de um balde em um canto.

— Tom — digo, tentando não deixar meu horror da situação escapar pela voz. — Pode nos deixar sozinhas? Só por um minuto?

Ele finalmente olha para a cama e para a pessoa que acredita que seja alguém que não é sua esposa.

— Não acho uma boa ideia, Casey.

— Só quero conversar com ela — argumento.

Tom continua hesitante, embora seu corpo todo pareça ansioso para ir embora. Suas pernas estão distantes, como se estivessem se preparando para uma corrida, e ele está levemente inclinado na direção da escada.

— Não vai demorar — insisto. — Katherine não vai sair daqui.

— Não desamarra ela.

— Não vou — digo, embora seja uma das primeiras coisas que planeje fazer.

— Ela vai pedir. Ela é... traiçoeira.

— Estou preparada para isso. — Coloco as duas mãos nos ombros dele e o giro até estarmos nos olhando nos olhos. Sabendo que tranquilizá-lo é a única forma de fazê-lo sair, falo: — Olha, eu sei que causei um mundo de problemas nos últimos dias. A espionagem e a polícia. Sinto muito mesmo. Não sabia o que estava acontecendo e assumi o pior. E prometo te compensar o quanto puder. Mas, neste momento, por favor, se esse é meu marido, eu quero falar com ele. Sozinha.

Tom considera, fechando os olhos e pressionando os dedos nas têmporas como se fosse um vidente tentando invocar o futuro.

— Está bem — diz. — Você tem cinco minutos.

Decidido, ele começa relutante a subir os degraus. Na metade do caminho, se vira para me lançar um último olhar preocupado.

— É sério, Casey. Não faça absolutamente nada do que ela pedir.

Deixo as palavras se dissiparem enquanto ele termina de subir as escadas com passos pesados. Quando chega ao topo, escuto a porta se fechar atrás dele e, perturbadoramente, a corrente ser passada no trinco.

A única coisa que me impede de entrar em pânico, agora que eu também estou presa aqui, é a pessoa sobre a cama. Neste momento, Katherine é preocupação o suficiente.

— Por que você está fazendo isso, Katherine?

— Você sabe que essa não é quem eu sou.

— É quem parece ser — digo, embora não seja mais a verdade toda. A aparência dela parece estar mudando lentamente, se tornando mais dura e fria. Como uma camada de gelo se formando sobre a água parada.

— As aparências enganam.

Enganam. Sei disso muito bem. Mas não acredito nem por um segundo que meu marido morto esteja morando no corpo de Katherine. Além de ir completamente contra todas as leis da ciência e da lógica, existe o fato simples de que a mente das pessoas é capaz de coisas estranhas. Ela se fratura, muta e cria uma infinidade de problemas. Katherine pode ter um tumor no cérebro que a faz agir diferente, ou sofre de um transtorno não diagnosticado de personalidade múltipla que só agora está se manifestando. Ela sabe quem Len era. Sabe o que aconteceu com ele. Depois de quase ser vítima do mesmo destino, pode ter se convencido de que se transformou nele. Tudo isso faz muito mais sentido do que essa história nada a ver de possuída-por--um-espírito-no-lago.

Mesmo assim, agora que estamos só nós, não consigo afastar a sensação de que Len está em algum lugar do porão. Sua presença preenche o cômodo exatamente como fazia quando era vivo. Seja no nosso apartamento ou na casa do lago, eu sempre sabia quando ele estava por perto, mesmo se estivesse fora do meu campo de visão em uma sala distante. Eu tenho a mesma sensação agora.

Mas ele não tem como estar *aqui*.

Simplesmente não é possível.

— Você precisa de ajuda — falo à Katherine. — Um hospital. Médicos. Remédios.

— Isso não vai me trazer nada de bom.

— É melhor do que ficar presa aqui.

— Nisso eu concordo.

— Então deixa eu te ajudar, Katherine.

— Você precisa começar a usar meu nome verdadeiro.

Cruzo os braços e bufo.

— Se você é Len, me diga algo que só nós dois saberíamos. Prove que é realmente ele.

— Tem certeza que quer isso, Cee?

Meu queixo cai.

Cee era o apelido de Len para mim. Ninguém fora do nosso círculo de amigos próximos e familiares sabia que ele me chamava assim. Katherine com certeza não sabia, a não ser que eu tenha deixado escapar em algum momento. É possível que eu tenha mencionado casualmente quando estávamos tomando café na varanda ou conversando no barco depois de eu tirá-la do lago, embora eu não tenha memórias de ter feito isso.

— Como você sabe disso?

— Sei porque fui eu quem criou, lembra? Até usei da última vez em que conversamos, na esperança de que você captasse a dica.

Meu coração martela no peito conforme me lembro daquela ligação tarde da noite e o aceno enigmático de Katherine pela janela.

"Estou bem, sim. Olha."

Agora entendo o que ela realmente disse.

"Estou bem, Cee. Olha."

Mas também entendo que foi Katherine quem disse. Não tem mais ninguém que possa ter sido. O que significa que eu devo ter mencionado o apelido de Len em algum momento. Katherine se lembrou e transformou isso em outro tijolo de seu imenso muro de ilusões.

— Não é o suficiente — digo. — Preciso de mais provas.

— Que tal isso? — Katherine repuxa os lábios, o sorriso se abre em seu rosto como óleo espalhando na água. — Eu não esqueci que você me matou.

AGORA

Você ainda não respondeu minha pergunta — diz ele depois que eu deixo um minuto passar sem falar nada. — E Tom?

— Ele está bem — digo. — Neste momento, seu marido é a menor das minhas preocupações.

Eu congelo, percebendo meu erro.

Até então, consegui me sair bem em não pensar que estou falando com Katherine. Mas é fácil deixar escapar quando ela é a pessoa que vejo amarrada e esticada sobre a cama como se isso fosse um ensaio fotográfico controverso e sexy de seus dias de modelo. Embora as roupas sejam diferentes, a aparência dela é assustadoramente similar ao dia em que a tirei do lago. Os lábios pálidos de frio. Cabelo molhado grudado no rosto em espirais gotejantes. Olhos brilhantes e bem abertos.

Mesmo assim, sei que aquela Katherine não está mais lá. Agora ela é só uma casca para outra pessoa. Alguém pior. Imagino que o que está acontecendo seja muito parecido com uma possessão demoníaca. Inocência subjugada pelo mal. Penso em Linda Blair, cabeças girando, sopa de ervilhas.

— É com você que estou preocupada — digo.

— Bom saber que ainda se importa.

— Não é por isso que estou preocupada.

Estou preocupada que ele vá se soltar, escapar, fugir e ficar livre para retomar as coisas horríveis que fazia em vida.

Ele assassinou Megan Keene, Toni Burnett e Sue Ellen Stryker.

Ele as sequestrou, matou e jogou os corpos nas profundezas escuras como piche do Lago Greene.

E embora agora possa se *parecer* com Katherine Royce, ocupando seu corpo, falando com sua boca, vendo através de seus olhos, eu sei quem ele realmente é.

Leonard Bradley.

Len.

O homem com quem me casei.

E o homem que eu achei que tivesse arrancado da face desta Terra para sempre.

ANTES

Quando brinquei com aquela conhecida minha que é editora sobre chamar sua proposta de biografia de *Como se Tornar uma Mina de Ouro para os Tabloides em Sete Passos Fáceis*, eu deveria ter incluído mais um passo no título. Um passo secreto, enfiado como um marca-páginas entre o Cinco e o Seis.

Descobrir que seu marido é um serial killer.

O que eu fiz durante o verão que passamos no Lago Greene.

Foi por acaso, é claro. Eu não estava fuçando a vida de Len, procurando segredos sombrios, porque eu tolamente havia presumido que ele não tivesse nenhum. Nosso casamento parecia preto no branco. Eu lhe contava tudo e achava que ele fazia o mesmo.

Até a noite em que percebi que não fazia.

Foi menos de uma semana depois do nosso piquenique na encosta, na ponta sul do Lago Greene. Desde aquela tarde, eu havia pensado muito na sugestão de Len de nos tornarmos como o Velho Teimoso espiando da água e ficarmos aqui para sempre. Eu tinha decidido que era uma boa ideia e que deveríamos tentar por um ano e ver no que dava.

Achei que seria legal contar tudo isso de noite para ele, enquanto bebíamos vinho lá fora, ao redor da fogueira. Complicando meu plano havia o fato de que, graças a uma garoa matinal que encharcou os fósforos ridiculamente longos da lareira externa que esquecemos do lado de fora à noite, não tinha como acender o dito fogo.

— Tem um isqueiro na minha caixa de iscas — disse Len. — Eu uso para acender meus charutos.

Fiz um som de risada. Ele sabia que eu odiava os charutos que ele fumava às vezes quando ia pescar. O fedor ficava impregnado por um bom tempo depois que terminava.

— Quer que eu pegue? — perguntou.

Como ele estava ocupado abrindo uma garrafa de vinho e fatiando um queijo para acompanhar, eu disse que iria ao porão buscar o isqueiro. Uma decisão tomada em uma fração de segundo que mudou tudo, embora eu não soubesse à época.

Para o porão eu fui. Não havia hesitação nenhuma então. Só uma descida rápida pelas escadas seguida por um cruzar apressado pelo hall e a longa parede cheia de equipamentos de uso externo. Acima dela estava a prateleira onde Len guardava a caixa de iscas. Era alta para mim. Na ponta dos pés, com os braços esticados, peguei-a com as duas mãos. Tudo dentro da caixa chacoalhou e tilintou conforme eu a abaixava até o chão e, quando abri, vi um emaranhado de iscas coloridas como bala, mas com anzóis barbados afiados o suficiente para tirar sangue.

Um alerta, agora sei. Um que instantaneamente ignorei.

Encontrei o isqueiro no fundo da caixa, junto com dois daqueles charutos irritantes. Abaixo deles, enfiado em um canto, havia um lenço vermelho dobrado em um grosso retângulo.

De primeira, achei que fosse maconha. Embora eu não tivesse usado desde meus anos adolescentes cheios de drogas, sabia que Len fumava de vez em quando. Pensei que fosse mais uma coisa que ele fumava quando ia pescar e não estava a fim de charutos.

Mas, em vez de um pacotinho cheio de folhas secas, quando desenrolei o lenço, encontrei três carteiras de motorista. Havia uma mecha de cabelo presa com um clipe em cada uma, do mesmo tom que o cabelo da mulher na respectiva foto.

Passei de uma a outra uma dúzia de vezes, os nomes e rostos deslizando como que numa apresentação de slides do inferno.

Megan Keene.

Toni Burnett.

Sue Ellen Stryker.

A primeira coisa que se passou pela minha cabeça, vinda da inocência e negação, foi que haviam sido colocadas lá por outra pessoa. Não importava que a caixa de iscas fosse de Len e que poucas pessoas viessem à casa do lago. As visitas de minha mãe ficaram menos frequentes conforme ela envelheceu, e Marnie e minha tia haviam parado de vir há anos. A não ser que houvesse um inquilino do qual eu não estivesse sabendo, só restava Len.

A segunda coisa, quando a esperança inicial se dissipou, foi que Len estava me traindo. Até então, eu nunca tinha pensado muito nisso. Não era uma esposa ciumenta. Nunca questionei a fidelidade dele. Em um ramo cheio de mulherengos, ele não me parecia ser do tipo que trai. E, mesmo enquanto eu segurava os documentos de três desconhecidas na mão, continuei dando a Len o benefício da dúvida.

Disse a mim mesma que deveria ter uma explicação racional. Que essas mechas de cabelo e essas carteiras de motorista, todas recentes e na validade, fossem simplesmente parte de um filme no qual ele tivesse trabalhado. Ou pesquisa para um projeto futuro. Ou que foram enviadas por fãs enlouquecidas. Como alguém que uma vez foi abordada na saída do palco por um homem que queria me dar uma galinha viva batizada com o meu nome, eu conhecia bem os presentes estranhos dos fãs.

Mas então olhei de novo para os documentos e percebi que dois daqueles nomes eram vagamente familiares. Apoiada na antiga pia do hall, puxei o celular do bolso e fiz uma busca no Google.

Megan Keene, o primeiro nome familiar, havia desaparecido no verão passado e foi dada como vítima de um crime. Eu sabia sobre ela porque Eli havia nos contado tudo sobre o caso quando Len e eu passamos uma semana no lago, no verão em que ela desapareceu.

Sue Ellen Stryker, o outro nome que reconheci, estava em todos os noticiários algumas semanas antes. Ela havia desaparecido, e achavam que tivesse se afogado em um lago vários quilômetros ao sul daqui. Até onde eu sabia, a polícia ainda estava tentando recuperar o corpo.

Não encontrei nada sobre Toni Burnett além de uma página no Facebook criada por amigos que procuravam informações sobre o paradeiro dela. A última vez que havia sido vista foi dois meses depois do desaparecimento de Megan Keene.

Instantaneamente, passei mal.

Não náusea.

Febre.

Suor se formou em minha pele mesmo quando meu corpo tremia com calafrios.

Ainda assim, parte de mim se recusava a acreditar no pior. Isso era tudo um terrível mal-entendido. Ou uma piada de mau gosto. Ou estranha coincidência. Certamente não significava que Len havia feito aquelas três mulheres desaparecerem. Ele simplesmente não era capaz de algo assim. Não meu amável, divertido, gentil e sensível Len.

Mas, quando conferi o aplicativo de calendário que nós dois usávamos para acompanhar nossas rotinas, percebi um padrão perturbador: nos dias em que cada mulher havia desaparecido, nós não estávamos juntos.

Sue Ellen Stryker sumiu durante um final de semana em que eu havia voltado a Nova York para narrar um comercial. Len ficou aqui na casa do lago.

Megan Keene e Toni Burnett desapareceram ambas quando Len estava em Los Angeles, trabalhando no seu roteiro de super-herói que o assombrou por meses.

Isso deveria ser um alívio.

Não foi.

Porque eu não tinha provas de que ele estivesse em Los Angeles naquelas duas vezes. Nós viajávamos tanto a trabalho, juntos ou separados, que eu nunca havia parado para pensar se onde Len alegava que estava indo era de fato para onde ia. De acordo com o calendário, aquelas duas idas a LA seriam em finais de semana. Voar na sexta, voltar na segunda. E, embora eu tivesse certeza de que Len havia me ligado do aeroporto cada vez antes de decolar e depois de pousar, percebi que ele poderia ter feito isso de um carro de aluguel a caminho ou na volta de Vermont.

No dia em que Megan Keene desapareceu, Len ficou no Chateau Marmont. Pelo menos era o que o aplicativo de calendário alegava. Mas, quando liguei para o hotel e perguntei se Leonard Bradley havia feito check-in naquele final de semana, me disseram que não.

— Foi feita uma reserva — informou a atendente. — Mas ele nunca apareceu. Como ele não cancelou, precisamos fazer a cobrança no cartão. Imagino que seja por isso que você está ligando.

Desliguei e disquei para o hotel em que ele supostamente ficou no final de semana em que Toni Burnett desapareceu. A resposta foi a mesma. Reserva feita, quarto nunca cancelado, Len nunca apareceu, cobrança emitida pelo final de semana.

Foi então que eu soube.

Len, o *meu* Len, havia feito algo horrível àquelas garotas. E as mechas de cabelo e carteiras de motorista em sua caixa de iscas eram lembranças. Suvenires doentios guardados para que ele pudesse se lembrar das mortes.

Em um intervalo de minutos, passei por toda emoção terrível que se consiga imaginar. Medo e tristeza e choque e confusão e desespero, tudo colidindo em um único momento devastador.

Chorei. Lágrimas quentes que, por eu estar tremendo com tanta força, espirravam de minhas bochechas como gotas de chuva em uma árvore ao vento.

Gemi, enfiando o punho na boca para impedir que Len escutasse lá de cima.

A raiva, a dor e a traição eram tão avassaladoras que eu sinceramente achei que fossem me matar. Não seria um desfecho tão ruim, dada a situação. Certamente me livrariam do sofrimento, sem mencionar que me salvariam do dilema do que fazer a seguir. Com certeza ir à polícia. Eu precisava denunciar Len. Mas quando? E como?

Decidi dizer a ele que não havia conseguido encontrar seu isqueiro e que daria um pulo na loja para comprar fósforos. Então eu iria direto para a delegacia mais próxima e lhes contaria tudo.

Disse a mim mesma que era possível. Eu era atriz, afinal. Por alguns minutos, poderia fingir não estar passando mal, apavorada e pendendo entre querer me matar e querer matar Len. Enfiei os documentos e mechas no bolso e subi as escadas, preparada para mentir e correr à polícia.

Ele ainda estava na cozinha, com aquela aparência de nerd sexy como sempre, em seu avental tolo de *Beije o Cozinheiro*. Havia servido duas taças de vinho e arrumado o queijo em uma bandeja. Era a imagem precisa do contentamento doméstico.

Exceto pela faca em sua mão.

Len a usava de maneira inocente o bastante, fatiando um salame para juntar ao queijo na bandeja. Mas a forma como a empunhava, com um sorriso no rosto e a mão tão apertada a ponto de empalidecer os nós dos dedos, fez minhas próprias mãos tremerem. Eu não conseguia me impedir de pensar se ele havia matado aquelas garotas com aquela mesma faca, usando o mesmo punho firme, com o mesmo sorriso contente.

— Você levou uma eternidade lá embaixo — disse ele, ignorante ao fato de que tudo havia mudado desde a última vez que havíamos nos visto. Toda a minha existência havia se transformado em cinzas como se eu fosse um personagem naqueles malditos filmes de super-herói nos quais ele deveria estar trabalhando quando, na verdade, estava aqui, pondo fim à vida de três pessoas.

Ele continuou a fatiar, a faca golpeando a tábua. Enquanto eu escutava, todas aquelas emoções horríveis que eu estava sentindo desapareceram.

Menos uma.

Fúria.

Vibrava pelo meu corpo como se eu fosse um copo d'água atingido por um martelo. Tão estilhaçável quanto. Tão pronta a se partir quanto. E, conforme percorria meu corpo, me fazia pensar em motivos para *não* ir à polícia. Não sozinha, pelo menos.

A primeira coisa em que pensei foi a minha carreira. Deus me perdoe, mas foi. Um fato pelo qual ainda me odeio. Só que eu sabia instantaneamente que isso seria meu fim. Ninguém iria me contratar depois de uma dessa. Eu me transformaria em uma pária. Uma daquelas pessoas envolvidas com algo tão vergonhoso que mancha sua reputação para sempre. Assim que a informação de que Len era um assassino fosse divulgada, as pessoas me julgariam — e pouquíssimas me dariam o benefício da dúvida. Eu tinha certeza de que a maior parte me perguntaria como eu falhei em perceber que havia um serial killer bem debaixo do meu nariz, morando no meu apartamento, dormindo na minha cama.

Eu tinha certeza porque estava me fazendo as mesmas perguntas. Como não suspeitei de nada? Como não percebi os sinais? *Como eu não sabia?*

Pior ainda seriam as pessoas que iriam presumir que eu *sabia*. Haveria muita especulação, dúvidas sobre eu ser uma assassina também. Ou pelo menos cúmplice.

Não, a única forma com a qual eu poderia lidar com isso e manter minha reputação e carreira intactas seria se Len fosse comigo. Se ele confessasse, para mim, depois para a polícia, aí talvez eu saísse ilesa dessa. Uma vítima inocente.

— Desculpa — falei, surpresa por conseguir dizer algo. — Marnie me mandou uma mensagem.

Len parou de fatiar, a faca pairando sobre a tábua.

— Mensagem? Achei que tivesse escutado você falando com alguém.

— Acabei ligando. Sabe como ela gosta de conversar.

— E o isqueiro?

Engoli em seco, desconfortável:

— Que que tem?

— Você encontrou?

— Encontrei.

Com essa única palavra, comecei a me preparar para o que com certeza seria a pior noite da minha vida. Dei o isqueiro para ele e perguntei se ele poderia ir acendendo o fogo enquanto eu subia para trocar de roupa. No quarto, enfiei as carteiras de motorista no fundo de uma gaveta da cômoda antes de vestir uma calça e uma blusa floral que Len sempre dizia que me deixava extrassexy. No banheiro, peguei vários comprimidos do anti-histamínico que ele usava para suas alergias. Na cozinha, joguei-os em uma taça de vinho e levei lá fora, para Len. Meu objetivo era duplo: deixá-lo relaxado o suficiente para confessar e ao mesmo tempo bêbado e drogado o bastante para não se tornar violento ou perigoso.

Len bebeu o vinho rápido. Quando terminou, levei a taça para dentro, coloquei outro anti-histamínico, enchi de novo.

Então fiz o mesmo uma terceira vez.

Por todo o restante da noite, eu sorri, conversei, ri, suspirei contente e fingi estar perfeitamente feliz.

Foi a melhor performance da minha vida.

— Vamos para a água — sugeri, quando estava chegando perto da meia-noite.

— Na lancha? — perguntou Len, a voz já um murmúrio arrastado. Os comprimidos estavam funcionando.

— É, na lancha.

Ele ficou de pé, cambaleou, caiu como um saco de volta na cadeira.

— Uau. Estou supercansado.

— Você só está bêbado.

— Por isso não quero sair com o barco.

— Mas a água está calma, e a lua, tão brilhante. — Eu me inclinei para perto, pressionando os peitos contra ele e levando os lábios à sua orelha: — Vai ser romântico.

A expressão dele se iluminou como sempre fazia quando achava que estava prestes a transar. Vendo-a então me fez questionar se ele fez exatamente a mesma cara enquanto matava Megan, Toni e Sue Ellen. Essa ideia horrível ficou presa em minha mente conforme eu o levava até a lancha.

— Não vai ligar o motor? — questionou ele quando empurrei o casco para longe da doca.

— Não quero acordar os vizinhos.

Remei para o meio do lago e joguei a âncora na água. A este ponto, Len estava caindo de tão chapado.

Estava na hora.

— Eu encontrei — falei. — As carteiras de motorista na sua caixa de iscas. As mechas de cabelo. Encontrei tudo.

Len fez um barulhinho. Uma meia-risada de compreensão.

— Ah.

— Você matou aquelas mulheres, não matou?

Ele não disse nada.

— Me responde. Me diz que matou.

— O que você vai fazer se eu disser que sim?

— Ligar para a polícia. E depois garantir que você vá para a cadeia e nunca, nunca mais saia.

De repente, Len começou a chorar. Não de culpa ou remorso. Essas eram lágrimas egoístas, escapando porque ele havia sido pego e agora precisava encarar sua punição. Choramingando como uma criança, ele se inclinou na minha direção, com os braços estendidos, como se estivesse buscando consolo:

— Por favor, não me dedure, Cee. Por favor. Eu não consegui me controlar. Eu tentei. Tentei mesmo. Mas vou ser melhor. Prometo.

Algo me dominou enquanto eu observava meu marido pedir misericórdia depois de não demonstrar nenhuma pelos outros. Um realinhamento interno que me deixou tão vazia e ardente quanto uma abóbora de Halloween.

Era ódio.

Do tipo fervilhante, inextinguível.

Eu odiava Len — pelo que ele havia feito, por me enganar tão descaradamente.

Eu o odiava por destruir a vida que tínhamos construído juntos, apagando cinco anos maravilhosos e substituindo-os por esse momento de choramingo, implorando e tentando me tocar mesmo que eu recuasse.

Eu o odiava por ter me feito mal assim.

Mas eu não era a única vítima. Outras três sofreram muito mais do eu. Saber disso me fez ter esperanças de que elas ao menos tentaram reagir e, no processo, causaram algum tanto de dor a Len. E, caso não, bom, agora eu poderia fazer por elas.

Porque alguém precisava fazê-lo pagar.

E, como sua esposa com raiva, enganada, agora arruinada, eu estava de súbito em posição de fazer exatamente isso.

— Desculpa, Cee — disse Len. — Por favor, me perdoe. Não me denuncie.

Finalmente, consenti e o puxei para um abraço. Pareceu que Len estava derretendo quando envolvi os braços ao redor dele. Ele colocou a cabeça no meu ombro, ainda soluçando, e milhares de memórias do nosso casamento passaram pela minha mente.

— Eu te amo tanto — falou ele. — Você me ama?

— Não mais — respondi.

Então o empurrei para fora da lancha e fiquei olhando enquanto desaparecia na água escura.

Você me matou — diz Katherine de novo, como se eu não tivesse escutado da primeira vez.

Matei, mas aparentemente não deu certo. Meu corpo todo vibra de choque. Um zumbido interno que fica cada vez mais alto, indo de um sussurro a um grito.

É isso o que tenho vontade de fazer.

Gritar.

Talvez eu esteja gritando e só não saiba. O barulho ainda está aumentando dentro de mim, tão alto que abafa todos os sons externos.

Levo a mão à boca para conferir. Está fechada, meus lábios apertados, juntos, minha língua ainda parada e inútil. O interior da minha boca está seco, tão ressecado e paralisado de surpresa, medo e confusão que começo a me questionar se algum dia conseguirei voltar a falar.

Porque não tem como Katherine saber o que eu fiz a Len.

Ninguém sabe.

Ninguém além de mim.

E ele.

O que significa que Tom tem razão sobre a história de Eli à fogueira ser verdade. Mesmo que seja um total absurdo, é literalmente a única explicação para o que estou vivenciando agora. A alma, espírito ou seja lá o que tenha sobrado de Len após a vida saiu de seu corpo e continuou no Lago Greene, espreitando na água escura, esperando até a hora em que poderia tomar o lugar da próxima pessoa a morrer aqui.

Que calhou de ser Katherine.

Ela estava morta na tarde em que a resgatei. Tenho certeza agora. Não cheguei a tempo, um fato que o estado em que ela estava — aquele corpo inerte, aqueles olhos sem vida, seus lábios azuis e pele fria como gelo — deixou bem claro.

E eu acreditei que ela estivesse morta.

Até que, de repente, não estava.

Quando Katherine voltou à vida, se debatendo, tossindo e cuspindo água, foi como se um milagre tivesse acontecido.

Um milagre sombrio.

Um que só as pessoas sobre as quais Eli fala pareciam acreditar.

De algum jeito, Len entrou em Katherine, trazendo-a de volta à vida. E, no processo, ele ressuscitou a si mesmo, apesar de ser em um corpo diferente. Onde Katherine — a verdadeira Katherine e tudo o que faz ela ser *ela* — está agora, eu não faço ideia.

— Len...

Eu paro. Surpresa por como é fácil usar o nome dele quando não é ele que estou vendo.

É Katherine. O corpo dela. O rosto dela. Tudo é dela, exceto pela voz, que soa mais como Len a cada palavra, e a postura.

Isso é tudo Len. Tanto a ponto de parecer que meu cérebro ativa um interruptor, fazendo-me pensar nela como ele.

— Agora caiu a ficha — diz ele. — Aposto que você achou que nunca mais ia me ver.

Não sei a qual dos dois ele está se referindo. Talvez ambos. É verdade de qualquer forma.

— Achei — respondo.

— Você não parece feliz.

— Não estou.

Porque isso é coisa de pesadelo. Meus maiores medos se tornando reais. Minha culpa manifestada fisicamente. Preciso usar toda a minha força para não desmaiar. Mesmo assim, pontinhos pretos ziguezagueiam como moscas na minha vista.

Eu literalmente não consigo acreditar que isso esteja acontecendo.

Não deveria estar acontecendo.

Como essa merda é possível?

Uma centena de possibilidades percorre meu cérebro abalado pelo choque, tentando encontrar algo minimamente lógico. Que aconteceu porque as cinzas de Len foram espalhadas pelo Lago Greene. Que foi uma combinação de minerais na água que manteve sua alma viva. Que, como ele morreu antes da hora, foi forçado a vagar pelas profundezas. Que o lago é simplesmente tão amaldiçoado e assombrado quanto Eli e Marnie dizem que é.

Mas nada disso é possível.

Não pode ser real.

O que significa que não é. Não tem como.

Alívio começa a se assentar em meu corpo e meu cérebro conforme percebo que isso é tudo um sonho. Nada além de um pesadelo causado pelo bourbon. Existe uma possibilidade bastante real de que eu ainda esteja na varanda, desmaiada em uma cadeira de balanço, à mercê do meu subconsciente.

Passo uma mão na bochecha, me perguntando se devo me acordar com um tapa. Temo que só iria me decepcionar. Porque isso não parece um pesadelo. Tudo é tão vívido, tão *real*, desde as antiguidades que não combinam, empilhadas no canto do cômodo como testemunhas curiosas, até o rangido da cama e o odor corporal emanando de Len e se somando ao fedor que se espalha do balde ao lado.

Uma ideia diferente se passa pela minha mente.

Que, em vez de dormindo, talvez, na verdade, eu esteja morta e só percebi agora. Só Deus sabe como foi que aconteceu. Intoxicação por álcool. Ataque cardíaco. Talvez eu tenha me afogado no lago e é por isso que esteja vendo Len no corpo de Katherine. É meu limbo pessoal, em que minhas boas e más ações estão agora colidindo.

Mas isso não explica a presença de Tom. Ou por que meu coração continua batendo. Ou por que suor pipoca em minha pele no porão abafado. Ou como a tempestade continua em fúria lá fora.

— Depois do que fez comigo, é claro que você não está feliz — diz Len. — Mas não se preocupe. Eu não contei para o Tom.

Eu disse exatamente quatro palavras para o meu marido há muito morto, o que significa quatro além do que deveria. Mesmo assim, não consigo resistir à tentação de acrescentar mais três à lista:

— Por que não?

— Porque nossos segredos estão tão casados um com o outro quanto nós dois. Eu fiz uma coisa ruim, que levou você a fazer uma coisa ruim.

— O que você fez foi muito pior, Len.

— Assassinato é assassinato.

— Eu não assassinei ninguém. Você se afogou.

— Detalhes... Você é o motivo para eu estar morto.

Em partes, é verdade, mas é só metade da história. O restante — memórias nas quais não quero nunca mais pensar, mas que estão sempre vindo à tona — me atingem como milhares de ondas. Todos aqueles detalhes que tentei afastar com seja lá qual licor estivesse ao alcance. Eles estão de volta.

Cada.

Um.

Deles.

E estou me afogando neles.

Lembro-me de me inclinar sobre a lateral da lancha, olhando Len se debater na água pelo que foram provavelmente minutos, mas que pareceram horas, pensando o tempo todo que não era tarde demais, que eu podia pular no lago, salvá-lo, levá-lo para a margem e chamar a polícia, mas também percebendo que não queria fazer isso.

Porque ele havia feito coisas horríveis e merecia ser punido.

Porque eu o havia amado, confiado nele e adorado e agora o odiava por não ser o homem que eu achava que era.

Então me segurei e não pulei no lago. Não o salvei. Não o levei para a margem. Não liguei para a polícia.

Eu me segurei e fiquei olhando enquanto ele se afogava.

Então, quando tive certeza de que estava morto, ergui a âncora e remei de volta para a doca. Dentro de casa, a primeira coisa que fiz foi me servir um copo de bourbon, começando um hábito que me segue até hoje. Tomei na varanda, sentada em uma das cadeiras de balanço, bebendo e olhando a água, com medo de que Len não tivesse realmente se afogado e de que eu o veria nadar até a doca a qualquer instante.

Depois que uma hora se passou e o gelo no meu copo vazio havia derretido, decidi que precisava ligar para alguém e confessar.

Escolhi Marnie. Ela tinha a cabeça boa. Saberia o que fazer. Mas não consegui forçar meus dedos a pegar o telefone e discar os números. Não por mim. Por ela. Eu não queria arrastá-la para dentro das minhas bagunças, fazer dela uma cúmplice em algo que não tinha nada a ver com ela. Mas tem outro motivo pelo qual não liguei, um que só percebi depois.

Eu não queria que ela me denunciasse.

Que é o que teria feito. Marnie é uma boa pessoa, muito melhor do que eu, e ela não teria hesitado em envolver a polícia. Não para me punir. Mas por ser a coisa certa a se fazer.

E eu, que definitivamente *não* havia feito a coisa certa, não queria correr esse risco.

Porque esse não era um caso simples de legítima defesa. Len não tentou me ferir fisicamente. Talvez o tivesse feito sem aquele potente coquetel de álcool e anti-histamínico correndo nas veias. Mas estava bêbado e drogado, e eu tinha várias formas de fugir.

Mesmo que alegasse legítima defesa, a polícia não interpretaria assim. Eles veriam apenas uma mulher que drogou o marido, levou para o lago, jogou para fora do barco e assistiu enquanto ele se afogava. Não importava que ele fosse um serial killer. Ou que aquelas mechas de cabelo e carteiras de motorista roubadas provassem de seus crimes. A polícia ainda assim me acusaria de assassinato, mesmo que eu não tivesse matado meu marido.

Ele se afogou.

Eu só escolhi não salvá-lo.

Mas a polícia me faria pagar por isso de qualquer forma. E eu não queria ser punida por punir Len.

Ele mereceu.

Eu, não.

Então apaguei as evidências do que havia feito.

Primeiro, peguei as mechas de cabelo e os documentos da gaveta da cômoda, limpei com o lenço que estava em volta deles e escondi tudo atrás do painel solto na parede do porão.

Então passei um café, coloquei na gasta garrafa térmica de Len e voltei ao porão. Lá, peguei tudo que ele levava consigo quando ia pescar. O chapéu verde de abas largas, a vara, a caixa de iscas.

Quando saí pela porta azul, deixei-a aberta só alguns dedos para que parecesse que Len a havia usado. Então levei tudo para a lancha, o que não foi fácil. Estava escuro, e eu não podia usar uma lanterna porque estava com os braços ocupados e tinha medo de que alguém do outro lado me visse.

De volta ao barco, remei para o meio do lago. Depois de jogar o chapéu na água, mergulhei e nadei de volta para a margem. Dentro de casa, tirei as roupas molhadas, coloquei na secadora, vesti uma camisola e fui para a cama.

Não dormi nem um segundo.

Passei a noite toda acordada, alerta a todo rangido da casa, toda folha que farfalhava, todo espirrar de água de uma ave no lago. Cada som me fazia pensar que ou era a polícia chegando para me prender ou Len, de alguma forma ainda vivo, voltando para casa.

Eu sabia qual era a pior opção.

Foi só depois que amanheceu no lago que percebi a coisa horrível que havia feito.

Não com Len.

Não me sinto culpada por isso. Não me sentia então e não me sinto agora.

E nem tenho saudades dele.

Tenho da pessoa que achava que ele era.

Meu marido.

O homem que eu amava.

Não foi essa pessoa que assisti afundar na água. Era alguém diferente. Alguém cruel. Ele mereceu o fim que levou.

Mesmo assim, sou tomada de remorso pelo que fiz. Cada segundo de cada minuto que estou sóbria, a culpa me consome por dentro. Porque fui egoísta. Eu senti tanta raiva, tanta dor, me senti tão traída, que não pensei direto nas mulheres que ele havia matado. Elas foram as verdadeiras vítimas do que eu fiz. Elas, suas famílias e os policiais que ainda estão batalhando para descobrir o que aconteceu.

Ao matar Len em vez de denunciá-lo, neguei respostas a todos eles. Megan Keene, Toni Burnett e Sue Ellen Stryker ainda estão por aí, em algum lugar, e, por minha causa, ninguém nunca vai saber onde. Suas famílias continuam vivendo em um limbo horrível em que existe uma pequena possibilidade de que elas voltarão.

Eu pude ter meu luto por Len, ou pelo menos pelo homem que achava que ele era, em dois velórios, um em cada costa. Passei por eles tomada pela culpa de que eu podia ficar miserável em minha dor, um luxo que as famílias de suas vítimas não tinham. Elas não tiveram um velório, muito menos dois. Nunca puderam de fato viver seu luto.

Ter um desfecho.

Foi *isso* que eu matei naquela noite.

Que é o porquê de continuar bebendo até minha cabeça girar, o estômago dar voltas e a mente ficar deliciosamente vazia. Também é por isso que passo todo o meu tempo aqui, sentada naquela varanda, olhando fixo para a água na esperança de que, se olhar por tempo o suficiente, pelo menos uma daquelas pobres almas dará sinais de sua presença.

Minha única tentativa de compensar meu erro foi enfiar um par de luvas e desenterrar um cartão-postal do Lago Greene que eu tinha comprado durante uma visita, anos atrás, por motivos que nem me lembro mais. No verso, rabisquei três nomes e cinco palavras.

Acho que elas estão aqui.

Quando escrevi, usei a mão esquerda. O analista de caligrafia de Wilma acertou na mosca. Meti um selo autoadesivo no verso do cartão e o joguei em uma caixa aleatória de coleta dos correios enquanto caminhava até o bar mais próximo. Lá, bebi tanto que estava completamente chapada quando apareci no teatro onde *Sombra de uma Dúvida* estava em cartaz.

Era uma da tarde, numa quarta-feira.

Quando finalmente fiquei sóbria, estava desempregada.

A ironia é que enviar aquele cartão acabou mais atrapalhando do que ajudando. Mais confundiu do que esclareceu, convencendo Wilma e Boone que Katherine Royce o havia enviado e que Tom era o homem que havia cometido os crimes de Len.

E eu precisava fingir o mesmo. A outra única opção seria admitir o que eu tinha feito.

Mas, agora, enquanto olho um homem que definitivamente não é meu marido, mas definitivamente é, percebo que ganhei uma oportunidade para consertar meu erro.

Len está de volta. Ele pode me dizer o que fez com suas vítimas, e eu posso finalmente dar àqueles que amavam Megan Keene, Toni Burnett e Sue Ellen Stryker o desfecho que lhes neguei antes.

Ainda não tenho certeza como ou por que essa reviravolta surreal aconteceu. Duvido que algum dia conhecerei as forças, sejam científicas ou sobrenaturais, que estão por trás disso. Se é algum tipo de milagre distorcido, não vou perder meu tempo questionando. Em vez disso, vou tirar o máximo de proveito.

Dou um passo em direção à cama, o que faz Len me olhar intrigado. É estranho como ele substituiu Katherine facilmente na minha cabeça. Embora eu esteja consciente de ser ela que vejo, não consigo me impedir de percebê-lo ali.

— Você está planejando algo, Cee — diz ele conforme me aproximo. — Está com aquele brilho nos olhos.

Estou ao lado da cama agora, perto o suficiente para tocá-lo. Estendo uma mão trêmula, coloco-a sobre a perna direita dele, retraio como se tivesse acabado de encostar em uma panela quente.

— Não tenha medo — diz Len. — Eu nunca machucaria você, Cee.

— Já machucou.

Ele deixa escapar uma risadinha pesarosa.

— Diz a mulher que ficou olhando eu me afogar.

Não tenho como discordar. Foi exatamente o que fiz e, no caminho, condenei um número desconhecido de pessoas a uma vida de incertezas. Elas precisam de respostas. Assim como eu preciso ser aliviada da culpa que me sufoca há mais de um ano.

Minha mão volta à perna de Len, deslizando sobre a elevação de seu joelho e descendo até a canela, percorrendo toda a distância até a corda ao redor do seu tornozelo. Pego a outra ponta da corda, enrolada apertado na armação da cama e firmada com um nó grande e feio.

— O que você está fazendo? — pergunta Len.

Eu puxo o nó.

— Tirando você daqui.

Levo um tempo para soltar o nó. Tanto tempo que me surpreende que Tom não tenha aparecido antes de eu terminar. Não faço nada com a corda ao redor do tornozelo de Len. Como com as amarras em todos os seus membros, planejo usá-las de novo.

Em vez de soltar sua outra perna, vou até as mãos. Desamarro a esquerda primeiro, o nó cede mais rápido agora que peguei o jeito. No instante em que sua mão está livre, Len a avança na minha direção, e, por um segundo de pânico, acho que vai me bater. Em vez disso, sua palma pousa na minha bochecha, acariciando com a gentileza de uma pena, da mesma forma que costumava fazer na cama.

— Caramba, como eu senti sua falta.

Eu me afasto do seu toque e começo a soltar a corda da mão direita.

— Não posso dizer o mesmo.

— Você mudou. Está mais cruel. Durona.

— Culpa sua.

Desenrolo a corda da estrutura da cama e dou um puxão ao mesmo tempo em que rapidamente me afasto. Len é forçado a acompanhar o movimento, puxado parcialmente para cima como uma marionete. Mantenho a corda rígida conforme cruzo em frente à cama e pego a que ainda está amarrada em seu pulso esquerdo.

— Você esqueceu minha outra perna — diz ele.

— Não esqueci. Desliza *pra* frente e deixa amarrar suas mãos nas costas. Se facilitar para mim, aí sim desamarro a outra perna.

— Posso ganhar um beijo antes?

Ele me dá uma piscadinha de flerte. O que me faz querer vomitar.

— É sério — falo. — Tom vai voltar a qualquer segundo.

Len assente, e eu deixo a corda afrouxar. Quando suas mãos estão nas costas, pressiono-as juntas e enrolo a corda várias vezes nos dois pulsos antes de dar o nó mais forte que consigo. Satisfeita de que ele não conseguirá se soltar, vou para o pé da cama e trabalho no trecho ao redor de seu tornozelo esquerdo.

Tom volta assim que termino de desamarrar, a corda ainda está deslizando da estrutura da cama quando os passos dele ressoam na escada.

Len desce do colchão enquanto eu procuro algo para lutar contra Tom, se chegar a isso. Presumo que ele não vá simplesmente nos deixar ir. Decido pelo pé quebrado de uma mesa, apoiado em um baú de viagem. Ao pegá-lo, percebo que não tenho um plano. Não tive tempo de pensar em um. O melhor que posso esperar é que Len esteja tão determinado a sair deste porão quanto eu.

E que não vá tentar me machucar no processo.

No pé da escada, Tom para, olha para a cama, olha de novo.

— Mas que...

Len avança antes que ele consiga terminar de falar, investindo em Tom com seu ombro igual a um carneiro selvagem.

Pego desprevenido, Tom cai no chão.

Len continua de pé e corre para a escada, arrastando atrás de si as cordas amarradas em seus tornozelos. Tom estica o braço, pega uma, dá um tranco. Antes que consiga puxar com força suficiente para derrubar Len, eu golpeio seu braço com o pé de mesa. Tom uiva de dor e solta a corda, permitindo que Len escape.

De pé entre os dois, ainda segurando o pedaço de madeira que acabei de usar de arma para que o espírito do homem cuja morte eu causei possa fugir no corpo de uma mulher que achei que Tom havia matado, uma única coisa se passa pela minha cabeça.

Que merda eu fui fazer?

A resposta é simples: não sei. Não estava preparada para nada disso. Como poderia estar? Puta merda. Agora que está acontecendo, de verdade, legitimamente, *acontecendo* mesmo, estou agindo por instinto, motivada tanto pelo desejo de encontrar as mulheres que Len matou quanto pelo medo de Tom descobrir que sou culpada exatamente pelo mesmo crime do qual o acusei. Neste momento, separar os dois parece a melhor opção.

Então corro atrás de Len, dou-lhe um empurrão e tento fazer com que suba as escadas antes que Tom nos alcance. O que ele quase faz. Estamos na metade da escada quando ele vem disparado em nossa direção, me forçando a erguer o pé de mesa como se fosse um taco de beisebol da melhor qualidade. A madeira bate com força em uma das paredes da escada antes de ricochetear na outra.

Tom esquiva, tropeça, cai de quatro nos degraus. O tempo todo gritando comigo:

— Casey, pare! *Por favor*, não faça isso!

Continuo avançando. Alcanço Len no topo da escada e o empurro pela porta. Quando nós dois estamos para fora, me viro e vejo Tom usando mãos e pernas para tentar se recompor e subir as escadas, gritando:

— Não! Espera!

Bato a porta, pego a corrente e passo o trinco no mesmo instante em que Tom tromba com ela do outro lado. A porta abre três dedos antes de ser contida pela corrente. O rosto dele preenche o vão entre a madeira e o batente.

— Me escuta, Casey! — sibila. — Não confia nela!

Eu forço a porta, tentando fechá-la de novo enquanto, ao meu lado, Len tenta arrastar a estante próxima, que mal se mexe. Ele geme e empurra, se esquecendo de que agora está no corpo de alguém com metade do seu tamanho e força anteriores. Forçada a ajudar, me afasto da porta e começo a empurrar a estante. Juntos, conseguimos levá-la alguns centímetros à frente da porta antes que Tom se incline para trás, pronto para outra tentativa de fuga.

Ele chuta a madeira com força.

A corrente se parte.

A porta abre um tanto antes de quicar na parte de trás da estante.

Fazendo força e arfando, Len e eu a jogamos contra a porta, que se fecha e prende Tom do outro lado. Ele bate, chuta e me implora para soltá-lo.

Pretendo.

Em algum momento.

Agora, entretanto, preciso levar Len até a casa do lago, onde posso questioná-lo em paz.

Saímos pela porta da cozinha, Tom continua esmurrando e gritando, abafado pela tempestade lá fora. O vento ruge, dobrando as árvores em ângulos tão agudos que estou surpresa por não terem se partido. A chuva cai em uma torrente ofuscante, e trovões ressoam sobre nossas cabeças. Há o clarão de um raio, com o qual vejo Len começar a correr.

Antes que consiga escapar, eu pego as cordas que continuam em seus tornozelos e puxo como rédeas. Len tomba no chão. Sem saber o que fazer, salto para cima dele, mantendo-o no lugar enquanto a chuva golpeia os dois.

Debaixo de mim, ele resmunga:

— Achei que você estivesse me soltando.

— Nem perto disso. — Saio de cima dele. — Levanta.

Len o faz, não é uma tarefa fácil com os braços ainda amarrados nas costas e eu segurando as cordas dos tornozelos como se ele fosse um cachorro desgovernado na coleira. Quando finalmente fica de pé, eu o empurro para frente.

— Anda na direção da doca. Devagar. A lancha está lá.

— Ah, a lancha — diz ao se virar para a água. — *Isso* traz lembranças.

Avançando pela tempestade, me pergunto o quanto ele se lembra da noite em que morreu. Julgando pelo sarcasmo, imagino que quase tudo. O que me deixa curiosa para saber se ele tem noção dos 14 meses que se passaram desde então. É difícil imaginar que tenha estado consciente da passagem do tempo enquanto seu espírito flutuava na água. Mas é verdade que eu também nunca o imaginei descendo um deque no corpo de uma ex-supermodelo, e, mesmo assim, cá estamos.

Mais uma vez, penso: *Isso não está acontecendo. É um pesadelo. Não pode ser real.*

Infelizmente, tudo parece real demais, inclusive a ventania, a chuva, as ondas que se erguem do lago chicoteado pelo vento e colidem com a doca. Se isso fosse um sonho, eu não estaria tão encharcada. Ou tão absurdamente assustada. Ou tão nervosa que o lago que respinga ao redor dos meus tornozelos possa acabar me mandando direto para o chão.

À frente, Len escorrega *mesmo*, e eu temo que esteja prestes a cair na água. Com as mãos amarradas nas costas, com certeza se afogaria. Não estou preocupada com essa parte. É claro. É a parte de ele se afogar *antes* de me contar onde colocou o corpo de suas vítimas que me preocupa.

Len consegue manter o equilíbrio e cair dentro da lancha no momento em que ela é erguida por uma onda ao final da doca. Eu me apresso atrás dele e rapidamente começo a amarrar as cordas de seus tornozelos nas pernas de seu assento, que é parafusado no chão.

— Isso é tão desnecessário — diz, enquanto termino de dar os nós.

— Vamos concordar em discordar.

Com Len bem contido, subo até a parte de trás do barco e ligo o motor. Remar não é uma possibilidade com a água tão mexida assim. Já é difícil avançar mesmo com o motor de popa no máximo. Um trajeto que normalmente levaria 2 minutos, acaba tomando quase 15. Quando chegamos ao outro lado do lago, é só depois de três tentativas e duas pancadas fortes contra a doca que consigo amarrar a lancha.

Repito a mesma dança que fizemos na propriedade dos Fitzgerald. Desamarro as pernas de Len, forço-o a sair do barco que escoiceia as ondas e o empurro doca acima conforme a água espirra ao nosso redor.

Quando chegamos à casa, Len está carrancudo e quieto. Não diz uma palavra enquanto o faço marchar pela escada da varanda, depois para dentro da casa em si. O único som que escuto é um suspiro de descontentamento quando o forço a subir outro lance de escadas, desta vez para o terceiro andar.

No topo, escolho o primeiro cômodo que vejo.

Meu antigo quarto.

Não só me dá acesso rápido às escadas caso as coisas deem terrivelmente errado e eu precise escapar, mas a estrutura das camas de solteiro também é de bronze, parecida com a do porão dos Fitzgerald.

Quando chega a hora de amarrar Len na cama, faço o contrário do que fiz lá. Tornozelo esquerdo primeiro, para mantê-lo no lugar, depois pulso esquerdo.

Como a cama está encostada na parede, sou forçada a inclinar o corpo todo sobre ele para prender o pulso direito. Uma posição tão íntima. Uma que é tanto familiar quanto estranha. A memória de longas noites de preguiça em cima de Len colide com a realidade de seu novo corpo e a pele macia, o cabelo longo e peitos grandes de Katherine.

Amarro seu pulso depressa, os dedos tendo dificuldades com a corda porque temo que ele vá usar o momento para reagir. Em vez disso, fica me encarando, parecendo tão apaixonado quanto Romeu. Seus lábios se partem em um longo suspiro de desejo, seu hálito sopra quente no meu rosto.

O cheiro é horrível, a sensação é pior ainda.

Como uma invasão.

Com uma careta, termino de amarrar o nó bagunçado, deslizo de cima dele e vou até o pé da cama. Quando sua perna direita está presa, me jogo sentada na outra cama e digo:

— Você vai me responder algumas coisas.

Len continua mudo, se recusando a olhar na minha direção. Ele escolhe o teto em vez disso, olhando para ele com exagerado tédio.

— Conte-me sobre Katherine — falo.

Mais silêncio.

— Você vai precisar falar uma hora.

Ainda nada de Len.

— Está bem. — Fico de pé, me espreguiço, vou até a porta. — Já que não vamos sair daqui enquanto você não começar a falar, acho que vou passar um café.

Eu paro à porta, dando a ele uma chance para responder. Depois de mais 30 segundos de silêncio, desço até a cozinha e ligo a cafeteira. Inclinada sobre o balcão, escutando o Sr. Café sibilar e pingar, o peso dos acontecimentos da noite finalmente me atinge.

Len está de volta.

Katherine está *em algum lugar*.

Tom está preso no porão dos Fitzgerald.

E eu? Estou prestes a vomitar.

A náusea chega num ataque surpresa. Em um segundo, estou de pé. No seguinte, encolhida no chão conforme a cozinha gira e gira e gira. Tento levantar, mas minhas pernas estão subitamente fracas demais para me sustentar. Sou forçada a rastejar até o lavabo, onde vomito no vaso.

Quando termino, me sento, apoiada na parede, chorando e hiperventilando e gritando com a cara enfiada numa toalha que arranquei do varão ao meu lado. Passei de querer acreditar que nada disso esteja acontecendo a querer saber como fazer parar de acontecer.

Porque não aguento mais.

Não que tenha aguentado até agora.

Mas sei que só vai piorar se Len não começar a falar. As pessoas têm um limite de estresse, medo e situações de merda que conseguem suportar antes de surtar de vez.

Não cheguei a esse ponto, embora talvez falte pouco. Até lá, tenho um trabalho a fazer. Então me levanto, um pouco surpresa por conseguir, e jogo água fria no rosto. Conforme me seco com a toalha que abafou meus gritos, um pequeno pensamento de consolo se forma.

Pelo menos não tem como piorar.

Até que piora.

Como eu estava ocupada demais vomitando, soluçando, gritando numa toalha ou jogando água na cara, não escutei o carro estacionar na frente da casa.

Ou sua porta se abrindo quando a pessoa ao volante saiu.

Ou os passos se aproximando da casa.

Só percebo a presença de alguém quando batem à porta. Duas pancadas tão altas e assustadoras que poderiam ser tiros. Estou olhando no espelho do lavabo quando as escuto, e minha expressão paralisada é exatamente a mesma que o pânico de um veado iluminado por faróis no meio da pista. Lábios partidos. Olhos tão grandes quanto moedas e tomados de espanto. Meu rosto, tão rosa e inchado um segundo antes, perde toda a cor.

Mais duas batidas me fazem acordar para a ação. Impulsionada por uma urgência primitiva de autopreservação, corro para fora do lavabo com a toalha ainda na mão, ciente do que preciso fazer sem precisar parar para pensar. Voo pelas escadas e para dentro do quatro, assustando Len, que finalmente tenta falar.

Não tem chance.

Enfio a toalha em sua boca e amarro as pontas atrás da cabeça.

Então volto para o andar de baixo, parando no meio do caminho para recuperar o fôlego. Dou os passos seguintes devagar, sentindo meus batimentos irem de movimentos frenéticos a marteladas ritmadas. No hall de entrada, pergunto:

— Quem é?

— Wilma Anson.

Meu coração dá um pulo, um único salto descontrolado, antes de se moderar de novo. Limpo o suor da testa, repuxo um sorriso grande o suficiente para ser visto dos lugares mais baratos de um teatro, e abro a porta. Deparo-me com Wilma do outro lado, chacoalhando a chuva que a encharcou no caminho do carro até a varanda.

— Detetive — digo, animada. — O que traz você aqui nesse tempo?

— Eu estava passando pela vizinhança. Posso entrar?

— Claro. — Abro a porta e gesticulo para que entre no hall, onde Wilma passa um segundo me encarando, o olhar frio e meticuloso.

— Por que você está tão molhada?

— Estava lá fora conferindo se está tudo bem com a lancha — digo, a mentira surgindo do nada. — Agora vou tomar um café.

— A esta hora?

— Cafeína não me incomoda.

— Sorte sua. Se eu tomasse uma xícara agora, ia ficar acordada até amanhã.

Como ela ainda está me examinando, procurando por sinais de que algo esteja errado, gesticulo para que me siga para dentro da casa. Do contrário, ela ficaria mais desconfiada. Levo-a até a cozinha, onde sirvo café em uma caneca antes de ir para a sala.

Wilma me segue. Quando se senta na mesa de jantar, procuro pela arma no coldre sob sua jaqueta. Está lá, o que me diz que ela veio aqui a negócios.

— Presumo que esta não seja uma visita casual — digo ao me sentar à sua frente.

— Presumiu certo. Acho que você sabe por que estou aqui.

Sinceramente, não sei. Tanta coisa aconteceu nas últimas 24 horas que poderiam acabar com uma visita da polícia estadual...

— Se for por causa da minha ligação mais cedo, quero que saiba que eu sinto muito. Eu não estava pensando direito quando acusei Boone.

— Não estava — retruca Wilma.

— E eu não acho que ele tenha algo a ver com o que está acontecendo.

— Ele não tem.

— Que bom que concordamos nisso.

— Claro — diz ela, deixando evidente que não está nem aí se concordamos ou não. — É uma pena que eu não esteja aqui para falar de Boone Conrad.

— Então por que está aqui?

Olho para ela através do vapor que sobe do meu café, tentando ler sua mente. É impossível.

— Você observou a casa dos Royce esta tarde? — pergunta.

AGORA

Tomo um pequeno gole de bourbon e olho para a pessoa amarrada na cama. Sou tomada tanto por medo quanto por fascínio pelo fato de que alguém tão cruel pode estar contido em alguém tão bonita. Uma coisa dessas não deveria ser possível. Mesmo assim, está acontecendo. Estou vendo com meus próprios olhos. O que me faz manter o copo de bourbon pressionado nos lábios.

Desta vez, dou um grande gole.

— Eu lembro quando você ficava bamba depois de uma única taça de vinho — diz Len ao me observar beber. — Isso claramente mudou. Imagino que eu tive um pouco a ver com isso.

Eu engulo.

— Mais do que um pouco.

— Tenho permissão para dizer que estou preocupado com você? Porque estou. Essa não é você, Cee. Você está muito diferente da pessoa por quem me apaixonei.

— O sentimento é mútuo.

— E por conta disso você decidiu beber até morrer?

— De todas as pessoas do mundo, você é a que tem menos direito de me julgar. Não quero sua maldita preocupação. Porque isso — ergo o copo de bourbon ainda entre meus dedos — é culpa sua. Tudo isso. Agora, até podemos conversar sobre o porquê eu bebo, mas só depois que você falar mais sobre as garotas que matou.

— Quer saber como eu fiz?

Len sorri. Um gesto doentio e fantasmagórico de mostrar os dentes que parece profano no rosto gentil e adorável de Katherine. Preciso de todo o autocontrole que tenho para não estapeá-lo para fora dali.

— Não — respondo. — Quero saber *por quê*. Tinha mais coisa envolvida do que seu simples divertimento. Algo fez você agir assim.

Um som ressoa lá fora.

O vento, gritando como uma banshee pelo lago.

Colide com a casa, e o lugar todo treme, fazendo as venezianas se debaterem em conjunto contra as dobradiças. O abajur começa a piscar de novo.

Desta vez, não para.

— Você não quer mesmo saber, Cee — diz Len. — Você só pensa que quer. Porque, para realmente entender minhas atitudes, você precisa confrontar todas as coisas sobre mim que deixou passar ou ignorou porque estava preocupada demais cuidando das feridas da sua própria infância de merda. Mas você não foi abandonada pela sua mãe vadia. Não teve um pai que te batia. Não cresceu sendo passada de uma casa de acolhimento a outra como se fosse um vira-lata que ninguém quer.

Len quer que eu tenha pena dele, e tenho. Nenhuma criança deveria passar pelo que ele passou. Mesmo assim, sei que muitas passam e que elas conseguem viver suas vidas sem machucar os outros.

— Aquelas meninas que você matou não tinham nada a ver com isso — digo.

— Não me importo. Ainda assim eu queria machucar alguém. Eu precisava.

E eu precisava que ele fosse o homem que eu achava que era. O homem gentil, decente, encantador com quem eu erroneamente presumi que havia me casado. Que ele não podia, ou não queria, ser essa pessoa me preenche com uma combinação de raiva, tristeza e dor da qual não consigo me livrar.

— Se você se sentia assim, por que insistiu em me arrastar *pra* isso? — Há um tremor em minha voz. Não tenho certeza qual emoção, raiva ou desespero, está causando isso. — Você deveria ter me deixado em paz. Em vez disso, deixou eu me apaixonar por você. Deixou eu me casar e construir uma vida com você. Uma vida que sabia o tempo todo que iria destruir.

Len balança a cabeça.

— Eu não achei que ficaria tão ruim. Achei que conseguia controlar.

— Nosso casamento deveria ter sido o suficiente para te impedir — digo, o tremor se transformando em um terremoto. — *Eu* deveria ter sido o suficiente!

— Eu tentei não ceder. A vontade se recusava a sumir, não importava o quanto eu quisesse. Algumas noites, enquanto você dormia, eu deitava acordado, imaginando qual seria a sensação de ver a vida deixar os olhos de alguém e saber que eu era a causa. Quanto mais eu pensava, mais eu resistia. E quanto mais resistia, maior ficava minha vontade.

— Até que você veio aqui e fez.

— Não de primeira — diz Len, e minhas entranhas se contorcem com a ideia de ele ter matado mais gente em outro lugar. — Em Los Angeles. Às vezes, quando eu estava lá, sozinho a trabalho, rondava as ruas, encontrava uma prostituta e levava para o meu quarto.

Não esboço reação à notícia. Depois de saber que seu marido matou pelo menos três mulheres, descobrir que ele também traía não dói da mesma forma que faria em circunstâncias normais.

— Aí, uma noite, não me dei ao trabalho de ir até o quarto. Só entramos no meu carro, estacionamos em um lugar quieto, fizemos os devidos arranjos financeiros. E, enquanto estava acontecendo, eu no banco da frente reclinado, ela ajoelhada debaixo da direção fazendo um trabalho com a boca que não valia o quanto eu paguei, pensei *"seria tão fácil matar ela agora"*.

Estremeço de repulsa. Mais uma vez, não consigo acreditar que esse homem era meu marido, que a maioria das minhas noites foram passadas dormindo ao seu lado, que eu o amava com cada fibra do meu coração. Pior que isso, não consigo superar o fato de que ele me enganou completamente. Durante nosso tempo juntos, eu nunca suspeitei, nunca, que havia nem uma fração de tanta crueldade e sadismo nele.

— Você a matou? — pergunto, não querendo uma resposta, mas precisando de uma mesmo assim.

— Não. Seria arriscado demais. Mas eu sabia que aconteceria um dia.

— Por que aqui?

— Por que não aqui? É quieto, afastado. Além disso, eu podia alugar um carro, vir passar o final de semana e fingir que estava em Los Angeles. Você nunca suspeitou de nada.

— Acabei descobrindo.

— Não até ser tarde demais para Megan, Toni e Sue Ellen.

Sinto meu estômago doer, uma pontada tão aguda, se retorcendo, como se eu tivesse pegado a faca ao meu lado na cama e enfiado na barriga.

— Me diga o que fez com os corpos.

— Para me redimir dos meus pecados?

Balanço a cabeça e tomo outro gole de bourbon.

— Para eu me redimir dos meus.

— Entendo. E depois o quê? E não finja que não pensou nisso. Sei exatamente o que você planeja fazer. Depois que descobrir onde aqueles corpos estão, vai me matar de novo.

Quando ele era vivo, eu achava assustador como Len conseguia ler meus pensamentos tão bem. Às vezes parecia que ele conhecia todos os meus humores, desejos e vontades, algo que eu amava tanto. Que maravilhoso era ter um marido que me entendia tão bem. Agora, vejo que era mais uma maldição do que uma bênção. Imagino que tenha sido assim que Len conseguiu esconder sua verdadeira natureza de mim por tanto tempo. Tenho certeza que é como ele sabe exatamente o que planejei agora.

— Sim — digo, não vendo motivo para mentir. Ele não acreditaria se eu o fizesse. — É isso o que planejo fazer.

— E se eu me recusar?

Coloco o copo sobre a mesinha de cabeceira, ao lado do abajur que continua piscando. É como uma luz de festa, mergulhando o cômodo em micromomentos de escuridão e luz conforme minha mão mais uma vez avança para a faca.

— Aí vou matar você do mesmo jeito.

— Não acho que você queira ter tanto sangue assim nas mãos, Cee. — Ele pronuncia o apelido com um sibilar exagerado. — Sei por experiência que você não vai hesitar em me matar. Mas é a outra vítima que deveria fazer você hesitar.

— Que outra vítima?

— Katherine, é claro.

Ele não precisa dizer mais nada. Agora entendo perfeitamente o que quer dizer.

Se eu o matasse, estaria matando Katherine Royce também.

Arrastada junto com essa revelação, há outra fração de verdade. Uma que me dá mais esperanças, embora não menos complicada.

— Ela ainda está aí — digo.

Len não tem chance de responder. É interrompido por outro grito do vento lá fora.

Se aproximando.

Chegando.

Bate contra a casa, e tudo treme, eu inclusive. Apoio na mesinha de cabeceira para recuperar o equilíbrio. No corredor, alguma coisa cai e se espatifa no chão.

O abajur para de piscar por tempo o suficiente para eu ver o copo de bourbon balançando, Len se debatendo contra as amarras, o sorriso cheio de dentes em seu rosto.

Então o abajur, o quarto e toda a casa do lago ficam completamente escuros.

O mergulho na escuridão é tão súbito e rápido que me faz soltar um grito abafado. O som serpenteia pelo cômodo, ampliado pelo breu que envolve tudo. *Isso* é mais escuro do que um caixão com a tampa fechada.

Continuo na cama, torcendo para que seja só uma falha e que a energia volte em alguns segundos. Quando um minuto se passa e as luzes continuam apagadas, me resigno a aceitar a próxima tarefa: encontrar lanternas e velas e deixar a casa o mais clara possível.

Embora não confie em Len na luz, confio menos ainda no escuro.

Fico de pé e saio do cômodo, usando a memória corporal de milhares de noites aqui para navegar entre as camas e para fora da porta. No corredor, algo estala sob meu tênis.

Vidro quebrado.

Os cacos se espalham pelo assoalho de madeira. Tento pulá-los, acidentalmente encostando na fonte do vidro: um porta-retratos que caiu da parede quando a casa tremeu.

Continuo indo em direção à escada. Em vez descer de pé, sento e desço degrau por degrau até o último. A este ponto, meus olhos se ajustaram o suficiente à luz para que eu consiga andar até a sala de TV, onde ficam guardadas velas e lanternas de emergência. Encontro um lampião de LED, uma lanterna e várias velas gordas que podem queimar por horas.

E encontro um isqueiro.

Um que provavelmente estava aqui há séculos.

Pelo menos desde o verão passado.

E, como Len era a pessoa responsável por comprar e manter abastecidas as provisões de emergência, ele sabia de sua existência.

Aquele filho da puta.

Ligo o lampião e o levo de cômodo em cômodo, acendendo velas no caminho. Algumas são do estoque de emergência. Outras são decorativas em jarros de vidro que se acumularam ao longo dos anos, nunca acesas até este momento. Seu cheiro se espalha conforme percorro a casa. Pinho e canela, lavanda e flor de laranjeira. Cheiros tão agradáveis para o que se tornou uma situação tão feia.

Lá em cima, acendo uma vela na suíte principal antes de voltar ao quarto onde Len continua amarrado.

Coloco a lanterna na cama e uma vela na mesinha de cabeceira. Acendo o isqueiro e seguro sobre o pavio, que chia de leve quando a chama pega.

— Você queria que eu encontrasse aquelas carteiras de motorista, não queria? — pergunto. — Foi por isso que me mandou descer até sua caixa de iscas, e não para o isqueiro das provisões de emergência. Você queria que eu soubesse o que tinha feito.

Len se revira na cama, sua sombra grande pisca na parede ao lado. A vela tinge seu rosto com um mosaico de luz e sombras. A cada dança da penumbra, penso captar um relance de Len em sua forma real, quase como se Katherine estivesse se transformando nele. Um cruel truque da luz.

— Foi mais um jogo — responde ele. — Eu sabia que existia uma chance de você encontrá-las, assim como sabia que você podia nem perceber. Foi empolgante tentar descobrir se tinha achado ou não. Acabei descobrindo.

— Não até ser tarde demais para você. — Ergo o copo de bourbon aos lábios e dou um gole triunfante. — Mas não é tarde demais para Katherine, é? Ela ainda está aí.

— Está. Em algum lugar fundo. Achei que você entendesse isso.

Aí que ele se engana. Eu ainda não entendo nada disso. Não só a perversão da natureza que permitiu essa situação, mas como ela funciona.

— Ela está ciente do que está acontecendo?

— Você teria que perguntar para ela — diz Len.

— Isso é possível?

— Não mais. Era quando ela ainda tinha um pouco de controle.

Meus pensamentos deslizam para as poucas interações que tive com Katherine. Conversando na lancha depois de tirá-la do lago. Bebendo o vinho de cinco mil reais de seu marido. Tomando café na manhã seguinte, lamentando o estado de seu casamento. Aquilo foi tudo Katherine. Ou pelo menos a maioria. Imagino que às vezes Len tenha permeado à superfície, como quando viu o binóculo na varanda ou me enviando uma mensagem embora Katherine não tivesse meu número.

— Quando você tomou conta de vez? — questiono.

— Foi gradual. Levei um tempo para me entender com uma nova forma, perceber as logísticas de como a coisa funcionava, aprender a controlar. E, minha nossa, como ela resistiu! Katherine se recusou a tombar sem lutar.

Que bom para ela, penso, antes de ser tomada por outra ideia.

— Tem algum jeito de trazer ela de volta?

Len não responde.

— Tem — falo. — Do contrário, você teria dito não.

— Talvez tenha uma forma, sim. Não que eu planeje compartilhar com você.

— Você não pode continuar assim. Está preso. Não só aqui, neste quarto, mas no corpo de outra pessoa.

— E que corpo mais adorável. Imagino que vá facilitar as coisas para mim.

Len olha para os peitos de Katherine com uma expressão exageradamente maliciosa. Ver isso desencadeia uma raiva que provavelmente guardei a vida toda. Não só dele, embora tenha me dado razões o bastante para ter raiva, mas de todos os homens que acham que a vida é, de alguma forma, mais fácil para as mulheres, principalmente as bonitas.

— Fácil? — retruco. — Você não faz ideia de como é difícil ser uma mulher. Ou como é enlouquecedor sentir que está sempre em perigo porque nossa sociedade é cagada a esse ponto. Vai por mim, você não foi preparado para aguentar isso. Espera só até precisar andar sozinho na rua à noite ou esperar na plataforma do metrô se perguntando se um homem ao seu redor, ou mais de um, vai tentar te assediar. Ou atacar. Ou matar exatamente como você matou aquelas três garotas que estão agora em algum lugar naquele lago.

A faca está na minha mão, embora não tenha memória de tê-la pegado. Agora que a empunho, atravesso o quarto num pulo e, fervilhando com a raiva acumulada, levo a lâmina até o pescoço de Len. Ele engole em seco, e a ondulação de sua pele raspa contra o aço da faca.

— Talvez eu devesse te matar agora — digo. — Só para você saber qual é a sensação.

— Lembre-se do que eu disse. Se me matar, você mata Katherine também. Me esfaqueie e vai estar esfaqueando ela também. Meu sangue é o sangue dela agora.

Não levanto a faca imediatamente. A raiva que borbulha dentro de mim como óleo quente me faz deixá-la ali por mais outro minuto, a lâmina no limite de romper a pele. Durante esses 60 segundos, me sinto radiante, viva, livre e finalmente no controle da situação.

Deve ser essa, penso, *a sensação de ser um homem.*

Mas então pego Len me observando e, naqueles olhos verde-acinzentados que costumavam ser de Katherine Royce, mas que agora são dele, vejo aprovação.

— Eu sempre soube que nós éramos uma boa combinação — diz enquanto a faca continua riscando sua pele.

Horrorizada, eu recuo, caio sentada na outra cama, deixo a faca escorregar da mão.

Eu *me tornei ele.*

Só por um minuto.

Por tempo o suficiente para sentir algo dentro de mim que certamente não era eu.

Era Len.

Se enrolando em meus órgãos e serpenteando pelas minhas costelas e puxando meus músculos e crescendo dentro do meu cérebro como um tumor.

Solto o ar em um único sopro de choque.

— O que você fez?

Len continua sorrindo.

— Tom avisou que eu era traiçoeiro.

Avisou, mas nunca me ocorreu que significasse *isso*.

— Como você fez isso? — pergunto, embora faça alguma ideia. Aconteceu mais cedo, quando ele suspirou em meu rosto na hora que eu estava amarrando seu pulso direito. Aquele hálito horrível pareceu uma invasão porque *foi* uma invasão.

Len plantou parte de si dentro de mim.

— Truque bacana, não é? — diz.

Eu recuo mais sobre a cama, me afastando dele até estar pressionada contra a parede, mais preocupada do que nunca por estar tão perto. Ele é contagioso.

— Como isso é possível? Como qualquer uma dessas coisas é possível?

Len encara o ponto em que a parede encontra o teto e o trecho de sua sombra que cruza essa junção.

— Quando eu era vivo, nunca pensei muito na vida após a morte. Eu achava que, quando a gente morria, era o fim. Mas agora sei que não é. Agora sei que alguma coisa continua para trás. Nossas almas, imagino. Quando as pessoas morrem em terra, suspeito que isso saia com seu último suspiro e eventualmente dissipe na atmosfera. Mas, quando eu me afoguei, isso...

— Foi para o lago.

— Exato. Não sei se pode acontecer em todos os corpos d'água ou se tem algo especial no Lago Greene. Tudo o que sei é que fiquei preso lá.

— E Megan, Toni e Sue Ellen? As almas delas também estão presas no lago?

— Você precisa morrer na água para isso acontecer. — Len faz uma pausa, percebendo que acabou de me dar uma pista sobre o que aconteceu com elas. Completamente não intencional, tenho certeza. — Então, não, sinto muito, só tinha eu ali.

Embora eu não saiba tanto sobre o Lago Greene quanto alguém como Eli, sei que não houve um afogamento lá desde que meu tataravô construiu a primeira versão da casa do lago. Len foi o primeiro desde 1878.

Até que Katherine apareceu.

— Como você conseguiu entrar no corpo de Katherine? Ou no meu, que seja?

— Porque nossas almas, se é o que são, não precisam desaparecer ao Éter. São como ar, líquido e sombra combinados. Escorregadias. Sem peso. Sem forma. Para continuar aqui, tudo o que precisam é de um receptáculo. O lago foi um. O corpo de Katherine é outro. Sou como água agora, pronta para ser despejada de copo em copo. E o que você sentiu, meu amor, foi uma mera gota. Como foi?

Horrível.

E poderoso.

Uma percepção que me faz pegar o copo de bourbon, desesperada por outro gole. Está vazio. Não havia percebido.

Tomada tanto pela necessidade de um drink quanto pela urgência de me afastar de Len antes que ele consiga rastejar para dentro de mim de novo, desço da cama, pego o lampião e saio do quarto. À porta, paro e lhe lanço um olhar de alerta:

— Faça isso de novo, e eu te mato.

No andar de baixo, despejo bourbon no copo vazio, estremecendo com o quanto me lembra daquilo que Len acabou de dizer.

Uma única gota.

Foi o que bastou.

Eu me tornei *ele*, e isso fez eu me sentir violada, suja, manchada.

Coloco mais bourbon no copo, preenchendo-o como Len poderia ter me preenchido, esvaziando de um receptáculo a outro. Imagino que seja isso o que o Lago Greene é. Uma grande bacia na qual o mal floresceu como um vírus em uma placa de Petri, esperando pela chegada do hospedeiro certo.

Agora que tem a forma de Katherine Royce, só consigo pensar em duas maneiras de acabar com ele.

A primeira é matá-lo em terra e torcer para que sua alma evapore para a atmosfera. Não é uma opção enquanto estiver dentro de Katherine. Len tinha razão. Não quero mais sangue nas minhas mãos.

A segunda é despejá-lo em outro recipiente.

Olho para a porta de correr que dá para a varanda. A luz da lanterna somada à vela que queima na cozinha transformou o vidro em um espelho. Eu me aproximo, meu reflexo fica mais nítido a cada passo. Olhando para mim mesma, coloco uma mão sobre o coração antes de deslizá-la pelos meus seios e até a barriga. Então toco minha cabeça, meu rosto, meu pescoço, meus braços, todos os pontos em que brevemente senti Len, me certificando de que ele realmente tenha ido embora.

Acho que foi.

Eu me sinto como eu mesma, minha eu perturbada, autodestrutiva, caótica.

Chego mais perto da porta até estar a apenas dois dedos do vidro, encarando meu reflexo, que me encara de volta. Nós nos olhamos nos olhos, ambas cientes do que precisa ser feito a seguir.

Afasto-me da porta, pego o lampião e saio da cozinha, me esquecendo completamente do bourbon.

Subo as escadas, parando no último degrau para respirar fundo, me preparando para encarar Len de novo antes de continuar. Então subo e estou no corredor, onde mais uma vez pisoteio o vidro quebrado do porta-retratos que caiu. A seguir, passo pela porta e entro no quarto, iluminado pela luz inconstante da vela.

— Se você me disser onde as garotas estão, eu...

Minha voz enfraquece e morre.

A cama está vazia.

Onde os braços de Len deveriam estar, dois pedaços de corda pendem da estrutura de bronze. As amarras ao pé da cama estão mais curtas e com as pontas gastas, claramente serradas. As outras metades estão caídas no chão onde a faca estivera.

E a lâmina, assim como Len, desapareceu.

Paraliso no meio do quarto, escutando, atenta, sinais que indiquem para onde Len foi. Enquanto estava lá embaixo, não ouvi portas abrindo ou fechando, o que é tanto bom quanto ruim.

Lado bom: ele não saiu da casa.

Lado ruim: ele ainda está na casa, armado tanto com uma faca quanto com rancor.

Ergo o lampião e giro devagar, meu olhar correndo por todo o quarto, procurando lugares onde ele possa ter se escondido. Debaixo das duas camas, para começar. Aqueles lugares escuros me fazem esperar ver a mão de Len saindo por debaixo, balançando a faca. Pulo na cama onde ele ainda deveria estar, mal conseguindo respirar ao localizar outro possível esconderijo.

Os armários.

Há dois, ambos espaços apertados feitos para pequenas roupas vestidas por pequenas meninas como Marnie e eu costumávamos ser. Nenhum seria grande o suficiente para esconder alguém do tamanho de Len.

Katherine Royce é outra história.

Sua silhueta graciosa facilmente caberia ali dentro.

Vou até o pé da cama, amaldiçoando o rangido das molas do colchão. Segurando a estrutura de bronze com mãos suadas, forço os pés ao chão, um de cada vez. A seguir, avanço na ponta do pé, rápida como uma bailarina, até o primeiro armário.

Prendendo a respiração, estico o braço.

Pego o puxador.

Giro.

Meu coração congela quando a porta faz um clique e se abre.

Eu a puxo, lentamente, as dobradiças negligenciadas por anos resmungam com o trabalho.

O armário está vazio.

Dou alguns passos para o outro ao lado, pronta para fazer tudo de novo. Prender a respiração. Pegar e girar o puxador. Dobradiças rangendo. O resultado é o mesmo.

Um armário vazio e minha mente cheia de ideias.

Len escapou para outra parte da casa.

É um lugar grande, com tantos lugares para se esconder e esperar.

Cada momento que passo aqui é um momento longo demais, e eu deveria sair.

Já.

Corro para fora do quarto, viro bruscamente à esquerda no corredor e pisoteio os cacos de vidro a caminho da escada. Desço os degraus tão depressa que meus pés mal os tocam. Freio, deslizando na sala de estar, que é um mar de sombras ondulando à luz de velas. Salto os olhos de canto a canto, batente em batente, me perguntando se acabei de cair em uma armadilha.

Len pode estar em qualquer lugar.

Em um canto sombrio. Ou naquele espaço escuro perto da lareira. Ou na penumbra do vão debaixo da escada.

É difícil saber, porque tudo está escuro, quieto, imóvel. Os únicos sons que escuto são a chuva lá fora e o relógio de coluna. Cada tique dele é um lembrete de que cada segundo que passo nesta casa é um segundo a mais que passo em perigo.

Começo a me mover de novo, ansiosa para sair, mas sem saber o melhor caminho. A porta de correr dá para a varanda, os degraus, a doca, a água. Eu poderia pegar a lancha e atravessar a água mexida até a doca de Boone, presumindo que ele me daria abrigo. Nada garantido depois do que o acusei.

Então tem a porta da frente, com acesso para o quintal, a estrada e, enfim, a rodovia. Lá, alguém com certeza pararia para me ajudar. O percurso não será fácil com esse tempo, mas pode ser minha única opção.

Decisão tomada, corro para o hall, fazendo uma nota mental de cada cômodo que passo com segurança.

Sala de estar.

Lavabo.

Biblioteca.

Sala de TV.

Assim que chego ao hall, a energia volta. Luz inunda a sala, de maneira tão súbita e surpresa quanto quando apagou. As sombras que há um segundo atrás me rodeavam desaparecem como fantasmas. Paro com a luminosidade inesperada, ciente de algo atrás de mim que antes se escondia e agora foi exposto.

Len.

Ele salta de um canto, a faca erguida, investindo para frente. Derrubo o lampião e me jogo no chão, um movimento impulsionado mais por surpresa do que estratégia. Pego desprevenido, Len não consegue parar a tempo, o que me dá a oportunidade de agarrar um de seus tornozelos. Agora ele é pequeno como Katherine, mais fácil de derrubar do que seu corpo anterior.

Ele cai rápido.

A faca se solta de seus dedos.

Nós dois avançamos para ela, nos debatendo um sobre o outro, os membros se enroscando. Eu estico o braço e a ponta de meus dedos encostam no cabo. Len agarra meu punho, afastando-o. Está em cima de mim agora, me forçando para baixo, o corpo de Katherine chocantemente pesado. Debaixo dele, vejo seu braço se esticar para além do meu, alcançar a faca, pegar o cabo.

Então estamos rolando no chão do hall.

Eu sou virada de costas.

Len está em cima de mim de novo, montado na minha cintura, erguendo a faca.

Todo meu ser se contrai conforme a lâmina paira, e eu a espero descer, torcendo para que não desça, mas sabendo que vai. Medo me mantém colada ao chão. Como se já estivesse morta, agora só um corpo, pesado e imóvel.

Acima de mim, Len é subitamente puxado para trás.

Seus braços se debatem.

Seu peso se ergue.

A faca é arrancada de sua mão.

Conforme ele é arrastado para longe de mim, vejo a pessoa responsável.

Eli.

Atrás dele, a porta de entrada está aberta, deixando entrar uma rajada do vento da noite e geladas gotas de chuva. Eli a fecha com um chute e, com Len se debatendo em suas mãos, olha para mim no chão:

— Recebi sua mensagem. Você está bem?

Continuo caída, ainda tão pesada quanto os mortos, e faço que sim com a cabeça.

— Ótimo — diz Eli. — Agora se importa em me dizer que diabos está acontecendo aqui?

Concordo em contar tudo depois que Eli me ajuda a amarrar Len em uma cadeira na sala de estar. Como ela ainda é Katherine na cabeça dele, levo um pouco de tempo para convencê-lo. Ele finalmente cede, só porque acabou de vê-la por cima de mim, brandindo uma faca.

Mas agora Len está contido com nós apertados demais para fugir como fez no quarto, e Eli e eu estamos na sala de TV, observados pelo alce na parede enquanto nos sentamos de frente um para o outro.

— Quanto você bebeu hoje? — pergunta Eli.

— Um monte. — Eu o olho nos olhos, esperando até que pisque. — Isso não significa que o que eu vou te contar seja mentira.

— Espero que não.

Eu explico tudo.

Começo pelos crimes de Len, usando as carteiras de motorista e mechas de cabelo tirados de trás do painel do porão como prova. Agora estão na mesa de centro entre nós. Depois de olhar de relance uma única vez, Eli disse que não queria mais vê-las, mas seus olhos continuam deslizando de volta para as fotos de Megan Keene, Toni Burnett e Sue Ellen Stryker enquanto conto como descobri o que Len havia feito.

— Então eu matei ele.

Eli, prestes a olhar mais uma vez para os documentos, ergue o rosto para mim, chocado.

— Ele se afogou.

— Só porque eu fiz se afogar.

Tenho sua total atenção enquanto descrevo os acontecimentos daquela noite, detalhando cada etapa do meu crime.

— Por que você está me contando tudo isso agora? — pergunta Eli.

— Porque vai ajudar todo o resto a fazer sentido.

O todo o resto é o que tem acontecido no Lago Greene. De novo, nenhum detalhe é deixado de fora, e nenhuma parte do meu mau comportamento é omitida. Eu tinha esperanças de que admitir tudo faria eu me sentir tão limpa quanto um pecador depois da confissão. Em vez disso, tudo o que sinto é vergonha. Cometi erros demais para colocar a culpa toda só em Len.

Eli escuta com a mente aberta. Depois de chegar à parte em que Len possuiu o corpo de Katherine, digo:

— Você estava certo. Tinha uma coisa no lago, esperando. Não sei se são todos os corpos d'água, só o Lago Greene ou se tem algo especial sobre Len. Mas é verdade, Eli. E está acontecendo neste exato momento.

Ele não diz nada depois disso. Simplesmente se levanta, sai da sala e vai até onde Len está preso. Suas vozes ressoam pela sala da estar, abafadas e apressadas demais para eu entender com clareza.

Dez minutos se passam.

Então quinze.

Eli acaba falando com Len por vinte minutos. Uma fração do tempo que eu passei conversando, mas o suficiente para me deixar ansiosa com a possibilidade de que ele não vá acreditar em mim. Ou, pior, de que vá acreditar em quaisquer mentiras que Len esteja contando.

Prendo a respiração quando Eli finalmente volta para a sala de TV e se senta.

— Eu acredito em você — diz.

— Eu... — Tenho dificuldades para falar, agitada e confusa tanto pela surpresa quanto pelo alívio. — Por quê? Digo, o que te convenceu?

Eli estica o pescoço para olhar de passagem para a sala de estar ao longe.

— Ela... Desculpa, ele... admitiu.

Essa palavra, "ele", me diz que Eli está falando sério. Saber que ele acredita em mim normalmente me deixaria à beira de desmaiar de alívio, se não fosse pela última coisa que tenho que lhe contar.

Meu plano para o que vem a seguir.

Mais uma vez, repasso cada etapa, respondendo todas as perguntas de Eli e lidando com cada uma de suas preocupações.

— É o único jeito — digo ao terminar.

Enfim, ele assente.

— Imagino que seja. Quando planeja fazer isso?

Eu me viro para a janela, surpresa em perceber que, enquanto eu falava com Eli e ele falava com Len, a tempestade passou. Não há mais nenhum vento golpeando a janela ou chuva batucando no telhado. Em seu lugar, há o silêncio tranquilo que sempre sucede um temporal, como se a atmosfera, tendo se debatido e rugido até a exaustão, estivesse agora respirando fundo de maneira lenta e revigorante. O céu, antes tão escuro, agora se afinou a um cinza mediano.

Logo vai amanhecer.

— Agora — respondo.

Na sala de estar, Eli e eu ficamos de frente para Len, que ainda está fingindo estar entediado com isso tudo. O velho Len até poderia convencer. O novo, preso no rosto extremamente expressivo de Katherine, não. Curiosidade transborda por sua máscara de impaciência.

— Me conte onde colocou aquelas garotas — digo —, e eu deixo você ir.

Len estica o pescoço, seu tédio fingido desaparece num piscar de olhos.

— Simples assim? Qual é a pegadinha? Tem de ter uma.

— Não tem. Não é como se eu tivesse muitas opções aqui. Não posso te matar porque isso significa matar Katherine também. E não posso deixar você amarrado assim para sempre. Como Tom Royce, posso até tentar. Acorrentar você no porão. Alimentar e dar banho. Mas cada vez mais pessoas vão começar a procurar por Katherine, e será questão de tempo até te encontrarem.

— E eu posso ir para onde quiser?

— Quanto mais longe, melhor. Você pode tentar viver como Katherine Royce por um tempo, mas imagino que será extremamente difícil. Ela é bem famosa. Os 4 milhões de seguidores que tem no Instagram vão identificar você com a maior facilidade em uma multidão. Meu conselho é mudar sua aparência e ir para o mais longe possível, o mais rápido possível.

Len pensa um pouco, sem dúvida considerando as dificuldades de começar uma nova vida em um lugar novo, em um corpo tão reconhecível.

— E você está disposta a me ajudar?

— Estou disposta a largar você na doca dos Royce — respondo. — Depois disso, está por conta própria. Não estou nem aí para o que vai fazer.

— Deveria estar. Posso criar uma série de problemas sozinho lá fora. Ou, que seja, um monte de problemas aqui mesmo. Você sabe do que eu sou capaz.

Se o objetivo dele é me tirar do sério, não funciona. Achei mesmo que ele iria fazer uma ameaça assim. Para ser sincera, ficaria chocada se não o fizesse.

— É um risco que eu tenho que correr — digo. — Não é a opção ideal. É a *única* opção. Para nós dois.

Len olha para Eli.

— Ele fica aqui.

— Já falei isso para ele.

Mesmo que eu adorasse ter Eli ao meu lado ao longo disso tudo, preciso que ele vá para a casa ao lado e distraia Boone. A última coisa que quero é que Boone me veja no meio do lago com alguém que acha que é Katherine.

Ele com certeza tentaria me impedir.

Assim como Eli, se soubesse o que eu realmente planejei.

— Vamos ser só nós dois — digo a Len.

Ele abre um sorriso radiante.

— Como eu sempre quis que fosse.

Antes de sairmos, guardo as carteiras de motorista e mechas de cabelo de Megan, Toni e Sue Ellen de volta no lenço e forço Eli a pegá-los.

— Se eu não voltar, entregue isso para a detetive Wilma Anson — digo, escrevendo o nome e telefone dela para ele. — Fale que fui eu quem mandou. Ela vai saber o que fazer com isso. E o que significa.

— Mas você planeja voltar, certo? — pergunta Eli.

Eu repondo com um "mas é claro" que espero ser convincente.

Com a ajuda de Eli, solto Len da cadeira. Quando está de pé, nós forçamos seus punhos à frente do corpo e os amarramos um no outro, sob seus muitos protestos.

— Achei que você estivesse me deixando ir.

— E estou. Depois que me mostrar exatamente onde colocou aquelas garotas. Até lá, a corda fica.

Ele cala a boca depois disso, permanecendo mudo enquanto andamos para a varanda dos fundos. O cobertor da lancha está amontoado em uma das cadeiras de balanço. Eu o pego e jogo sobre os ombros de Len. Embora não seja exatamente um disfarce, com sorte dificultará um pouco para Boone identificar quem está no barco comigo se Eli não conseguir distraí-lo.

Nós três descemos marchando os degraus da varanda, cruzamos a grama e a doca. Sinais da passagem recente da tempestade estão por todos os cantos. As árvores estão nuas, suas folhas de outono arrancadas dos galhos agora cobrem o chão de laranja e marrom. Um tronco grande, quebrado pelo vento, está sobre uma das cadeiras ao redor da lareira externa.

O lago em si está cheio para além de suas margens, com a água empoçando na grama ao redor e cobrindo partes da doca. Len passa espirrando-a por todo lado. Há uma ansiedade perceptível em seu andar. Ele tem a aparência de um refém que sabe que está prestes a ser libertado.

Mal posso esperar pelo momento em que ele perceberá que isso não vai acontecer.

— Tem certeza que não quer que eu vá junto? — pergunta Eli.

— Não. Mas tenho certeza de que preciso fazer isso sozinha.

Eli insiste em um abraço antes de me deixar subir na lancha. Um abraço tão apertado que me faz achar que ele nunca vá soltar. Enquanto continua, sussurro em seu ouvido:

— Diga a Marnie e minha mãe o que quiser sobre o que aconteceu. O que achar mais fácil para elas lidarem.

Ele se afasta e examina meu rosto, sua própria expressão se transformando ao perceber que não vou seguir o plano que falei.

— Casey, o que você vai fazer?

Não posso contar a ele. Sei que tentaria me convencer a desistir e provavelmente conseguiria. Um risco que não quero correr. Já evitei pagar pelos meus pecados por tempo o suficiente. Agora está na hora de me redimir.

— Fala para elas que eu sinto muito por terem tido que lidar com as minhas merdas — digo. — E que eu amo as duas e que espero que possam me perdoar.

Antes que Eli consiga protestar, lhe dou um beijo rápido na bochecha, me afasto de seus braços e piso na lancha.

A última coisa que faço antes de empurrar a doca e ligar o motor é soltar uma parte da corda enrolada em um dos cunhos do casco. Ainda presa na outra ponta dela, está a âncora.

Vou precisar dela depois.

Partimos pouco antes do nascer do sol, com uma névoa deslizando por sobre o lago cheio por causa da chuva. A neblina é tão densa que parece que estamos nas nuvens, e não na água. Acima, o cinza do final da noite está começando a corar. É tudo tão bonito e tranquilo que me permito esquecer o que estou prestes a fazer, só por um momento. Inclino o rosto para o céu, sentindo o frio de um novo dia nas bochechas, e inspiro o ar do outono. Quando estou pronta, olho para Len, sentado na frente da lancha.

— Onde? — pergunto.

Ele aponta para o canto sul do lago, e eu ligo o motor. Mantenho-o lento, um pairar devagar sobre a água que me dá uma sensação de déjà vu. Essa situação é exatamente como a primeira vez em que encontrei Katherine, até o cobertor sobre seus ombros é o mesmo. O que a torna mais surreal ainda é saber que nada, nem a própria Katherine, é igual.

Eu mudei também.

Estou sóbria, para começar.

Uma surpresa revigorante.

Então tem o fato de que não estou mais com medo. Desapareceu a mulher tão apavorada com a exposição de seu segredo sombrio que não conseguia dormir sem um drink ou três.

Ou quatro.

A liberdade da confissão que eu tanto queria lá atrás, na casa, finalmente chega. Com ela, vem um senso de inevitabilidade.

Eu sei o que vai acontecer a seguir.

Estou pronta.

— Me surpreende que você não tenha perguntado ainda — diz Len, erguendo a voz para ser ouvido acima do burburinho e do ronco do motor.

— Perguntar o quê?

— A pergunta que eu sei que está na sua cabeça. Esse tempo todo você está se questionando se eu pretendia matar você em algum momento enquanto estava vivo. E a resposta é não, Cee. Eu te amava demais para sequer considerar isso.

Acredito nele.

O que me deixa enojada.

Odeio saber que um homem como Len — um homem capaz de matar três mulheres sem remorso e então descartá-las no lago sobre o qual flutuamos agora — me amava. É ainda pior o fato de que eu o amava de volta. Um amor tolo, esperançoso, ingênuo, ao qual me recuso a me submeter de novo.

— Se você realmente me amava — digo —, teria se matado antes de matar outra pessoa.

Em vez disso, ele foi um covarde. De muitas formas, ainda é, usando Katherine Royce tanto como escudo quanto como moeda de troca. Ele me conhece bem o suficiente para achar que eu me recusaria a sacrificá-la para chegar a ele.

A verdade é que ele não faz ideia do quanto eu estou disposta a sacrificar.

Conforme nos aproximamos do extremo sul do lago, Len ergue a mão.

— Chegamos — fala.

Desligo o motor, e tudo fica em silêncio. O único som que escuto é a água do lago, chicoteada em ondinhas pelo barco, batendo contra o casco conforme se acalma, aquieta. À frente de nós, emergindo da névoa como o mastro de um navio fantasma, está uma árvore morta espiando para fora do Lago Greene.

Velho Teimoso.

— É aqui — diz Len.

É claro que ele escolheria esse lugar. É um dos poucos que não dá para ver de nenhuma das casas à margem. Agora o tronco tingido pelo sol se ergue da superfície como uma tumba, marcando os túmulos de água de três mulheres.

— Estão todas lá embaixo? — questiono.

— Sim.

Eu me inclino sobre a lateral do barco e olho para a água, esperando ingenuamente conseguir enxergar além da superfície. Em vez disso, tudo o que vejo é meu próprio reflexo olhando de volta para mim com olhos arregalados de uma curiosidade amedrontada. Estico o braço e corro a mão pela água, espalhando o reflexo, como se isso fosse de alguma forma fazê-lo desaparecer para sempre. Antes que se forme de novo, minhas feições fantasmagóricas deslizando de volta para o lugar como peças de um quebra-cabeças, tenho um vislumbre das profundezas escuras pouco além.

Elas estão lá.

Megan, Toni e Sue Ellen.

— Feliz agora? — pergunta Len.

Chacoalho a cabeça e seco uma lágrima. Não estou nem perto de feliz. O que estou é aliviada, agora que sei que as três mulheres não estão perdidas para sempre e que seus entes queridos finalmente poderão ter um luto adequado e seguir em frente.

Puxo o celular, tiro uma foto do Velho Teimoso se esticando para fora da água e mando para Eli.

Ele está esperando minha mensagem.

A última parte do plano da qual está ciente.

O que vem a seguir, só eu sei.

Primeiro, jogo o celular em um saco Ziploc que peguei da cozinha e fecho bem. O saco vai para o meu assento vazio, onde com sorte será descoberto se Eli não receber minha mensagem. Então me levanto, o que faz a lancha balançar um pouco. É difícil manter o equilíbrio conforme me aproximo de Len.

— Eu fiz o que você pediu — diz ele. — Agora você tem que me soltar.

— É claro. — Eu faço uma pausa. — Posso ganhar um beijo antes?

Avanço para a frente, puxo-o para perto, forço meus lábios contra os dele. De primeira, a diferença é chocante. Eu esperava que a sensação fosse como a de beijar Len. Mas os lábios de Katherine são mais finos, mais femininos, delicados. Esse pequeno alívio torna mais fácil continuar beijando o homem que eu antes amava e agora me traz repulsa.

Se Len percebe a repulsa, não demonstra.

Em vez disso, me beija de volta.

Suave no começo, então brutal em sua intensidade.

Ar sopra queimando da boca dele para a minha, e sei o que está fazendo.

É o que eu quero que ele faça.

— Continua — sussurro em seus lábios. — Não para. Deixa ela e vem *pra* mim.

Eu me empurro contra ele, meus braços colidindo ao seu redor, segurando apertado. Um gemido escapa da boca de Len, desliza para a minha, se une ao que quer que esteja sendo despejado em mim como bourbon de uma garrafa.

É suave, macio. Exatamente como Len descreveu. Como ar e água combinados. Sem peso e, mesmo assim, tão pesado.

Quanto mais entra em mim, mais mole me sinto. Logo, estou tonta. Então fraca. Então sem ar. Então — ai, meu Deus — me afogando em uma combinação assustadora de água, ar e o próprio Len, sua essência preenchendo meus pulmões até eu estar cega, engasgando e caída no chão do barco.

Por um segundo, tudo desaparece.

Não sinto nada.

Finalmente, o completo nada que tanto desejei por catorze meses.

Então eu desperto, tão espantada quanto alguém trazido de volta à vida por uma massagem cardíaca. Meu corpo tem um espasmo quando inspiro, depois expiro. Meus olhos piscam e se abrem para um céu transformado em rosa-algodão-doce pelo nascer do sol. Ao meu lado, Len se senta.

Só que não é mais Len.

É Katherine Royce.

Eu sei porque ela me lança o mesmo olhar arregalado de terror que vi quando voltou à vida no dia em que nos conhecemos.

— O que acabou de acontecer? — pergunta ela, a voz sem dúvidas é a sua de novo.

— Ele saiu de você — respondo.

É evidente que Katherine sabe o suficiente da situação para entender o que estou falando. Tocando o próprio rosto, garganta, lábios, ela diz:

— Tem certeza?

Tenho. Len está dentro de *mim* agora. Eu o sinto ali, tão invasivo quanto um vírus. Posso ter uma boa aparência por fora, mas por dentro não sou mais eu mesma.

Estou mudando.

Rápido.

— Preciso que você faça o seguinte. — Eu falo depressa, com medo de que não terei controle de minha voz por muito mais tempo. Len já está percorrendo seu caminho em meu sistema. Já fez isso antes. Sabe para onde ir e o que controlar. — Pegue a lancha e vá até a casa de Boone. Eli está lá. Fale para eles que você se perdeu na floresta. Pode ser que Boone não acredite em você, mas Eli vai ajudar a convencê-lo. A história é que você e Tom brigaram, você foi fazer uma caminhada e se perdeu, embora Tom tenha achado que você o deixou.

Eu tusso, uma tosse tão áspera quanto uma lixa.

— Você está bem? — pergunta Katherine.

— Estou. — Percebo a mudança em minha voz. Sou eu, mas diferente. Como uma gravação que foi desacelerada. — Tom está no porão dos Fitzgerald. Eu não tenho certeza se ele vai acreditar na sua história, mas acho que sim. Agora me deixa desamarrar você.

Levo uma quantidade assustadora de tempo para desamarrar a corda dos pulsos de Katherine. Len está começando a lutar comigo. Minhas mãos estão estranhas e anestesiadas, e pensamentos súbitos e aleatórios se forçam ao meu cérebro.

Não faça isso, Cee.

Por favor, não.

Consigo soltar a corda o suficiente para que Katherine faça o resto. Conforme ela desliza as mãos das amarras, eu foco em prender as minhas. Não é fácil. Não com Len cada vez mais alto.

Não, Cee.

Você prometeu.

Minha vista escureceu, e minha percepção de espaço está estranha.

É a mesma sensação, percebo, de estar bêbada.

Só que desta vez não tem nada a ver com álcool. É tudo Len.

Com ele lutando contra cada um de meus movimentos, levo três tentativas para conseguir pegar a corda presa na âncora. Enrolar no meu tornozelo leva mais tempo ainda.

— Lembra... — Preciso fazer uma pausa. Forçar essa única palavra me deixou sem fôlego. — De contar que se perdeu. Que você não sabe o que aconteceu comigo.

— Espera — diz Katherine. — O que vai acontecer com você?

— Eu que estarei desaparecida.

Pego a âncora e, antes que Katherine, ou Len, consiga tentar me impedir, mergulho na escuridão gelada do Lago Greene.

A água me cerca.
Gelada. Agitada. Escura.
Muito escura.

Tão escura quanto a morte conforme acelero para o fundo do lago. Eu teria sido tola se achasse que minha descida seria gentil, um mergulho lento, ininterrupto, parecido com cair num sono permanente. Na verdade, é o caos. Eu me debato contra a água negra, a âncora ainda apertada no peito. Em segundos, chego ao fundo, os séculos de sedimento acumulado lá não fazem nada para amortecer o impacto.

Caio de lado em uma erupção de lodo, e a âncora voa de meus braços. Tento recuperá-la, cega nas profundezas escuras e sujas conforme meu corpo começa a subir. Já quero ar, e preciso lutar para impedir meus braços de baterem e as pernas de chutarem.

Eles tentam mesmo assim.

Ou melhor, Len tenta.

Sua presença é como uma febre, tanto fria quanto quente, percorrendo meus membros, movendo-os contra minha vontade. Eu giro na escuridão, sem saber se estou flutuando para cima ou afundando para baixo. Ainda cega e me debatendo, minha mão encontra a corda que se estira entre meu tornozelo e a âncora.

Agarro-a mesmo que Len tente afastar meus dedos, sua voz intensa com raiva contida soa alto em meu crânio.

Solta, Cee.

Não me faça ficar aqui embaixo, sua vadia maldita.

Continuo segurando a corda, usando-a para me puxar de volta ao leito do lago. Quando chego ao final, agarro a âncora, aperto-a contra o peito e me deito de costas. Tem a sensação de ser inevitável agora que estou aqui.

De ser o certo.

No mesmo lugar em que Megan Keene, Toni Burnett e Sue Ellen Stryker foram deixadas para descansar.

Não sinto meus membros, embora não saiba se é por medo, frio ou Len assumindo o controle. Ele continua desesperado para chegar à superfície. Meu corpo se contorce incontrolavelmente contra o lodo. Tudo ele.

Mas não adianta.

Desta vez, eu sou mais forte.

Porque estou dando a Len exatamente o que ele queria quando era vivo.

Seremos só nós dois.

Aqui, para sempre.

Não demora muito para ele desistir. Precisa, agora que este corpo que compartilhamos está enfraquecendo. Minha pulsação cai. Meus pensamentos se perdem.

Então, com a última força que me resta, abro a boca e deixo a água escura entrar.

Movimento.

Na escuridão.

Percebo-o num canto remoto da minha consciência. Duas partes de um movimento indo em direções contrárias. Algo se aproximando enquanto outra coisa se afasta.

O movimento que ficou muda para meu tornozelo, o toque tão leve quanto uma pena ao desenrolar a corda presa ali.

Então sou erguida.

Para cima, para cima, para cima.

Logo estou cortando a superfície, e meus pulmões começam a fazer hora extra, de alguma forma se movimentando de dois jeitos, de uma só vez. Expulsando água e sugando ar. É assim: fora, dentro, fora, dentro. Quando termina, não há mais água, só o maravilhoso e abençoado ar.

Percebo mais movimento agora. Algo sendo colocado em meus ombros e preso em meu peito até que eu esteja flutuando.

Abro meus olhos para um céu que é estonteantemente rosa.

Meus olhos.

Não dele.

Meu corpo, contendo apenas meus pensamentos, meu coração, minha alma.

Len se foi.

Eu sei da mesma forma que uma pessoa doente sabe que sua febre passou.

Len se dissipou de um receptáculo — eu — a outro.

O Lago Greene.

O lugar de onde veio e onde, espero, ficará.

Desvio os olhos do céu para a pessoa que está nadando ao meu lado. Katherine sorri, seu sorriso é mais radiante e bonito do que em qualquer foto que já tirou.

— Não entre em pânico — diz ela. — Mas eu acho que você quase se afogou.

O que nós vamos falar para as pessoas? — diz Tom a Katherine. — Eu tentei manter segredo, mas a informação de que você estava desaparecida vazou. Envolveram a polícia.

Ele vira em minha direção, o olhar não é exatamente acusatório, mas duro o suficiente para eu saber que ainda está irritado, apesar do fato de que Katherine só está de volta, literalmente sua eu antiga, por causa de mim. Ele deixou isso claro quando voltamos ao porão dos Fitzgerald. No começo, parecia pronto para matar nós duas. Mas, quando Katherine começou a recitar coisas que só ela saberia, ele ficou radiante com sua presença. Nem tanto com a minha.

Agora, nós três estamos sentados com Eli, na sala de estar dos Royce. Tom e Katherine acabaram de sair do banho e vestem roupas novas. Eu estou num conjunto esportivo casual da Versa que peguei emprestado de Katherine, tão confortável quanto ridículo.

— Vamos falar o mais perto da verdade possível — digo. — Vocês dois brigaram.

Katherine se vira para o marido, surpresa:

— Brigamos?

— Você me bateu. — Tom se inclina para que ela consiga ver o hematoma que ainda está sarando sob seu olho. — Bom, *ele* bateu.

O nome de Len não foi pronunciado nem uma vez desde que Katherine e eu voltamos. Suspeito que os deixe desconfortáveis reconhecer a pessoa que, para todos os efeitos e propósitos, a possuiu.

Ótimo por mim. Nunca mais preciso ouvir o nome dele.

— A polícia vai acreditar que, depois da briga, Katherine foi embora irritada — digo. — Ela foi fazer uma caminhada nas montanhas, deixando tudo para trás.

— E se perdeu na floresta — diz Tom.

Respondo, concordando com a cabeça:

— Você achou que ela tivesse te deixado, por isso nunca registrou o desaparecimento e postou aquela foto no Instagram. Estava envergonhado demais para admitir que seu casamento estava desmoronando.

Katherine toca o machucado no rosto do marido.

— Coitado do Tom. Isso deve ter sido tão difícil para você.

— Achei que tivesse te perdido para sempre — diz ele com um tremor na voz e lágrimas nos olhos. — Eu não fazia ideia de como trazer você de volta.

— Eu tentei — diz Katherine. — Tentei tanto impedir que acontecesse.

— Então você sabia o que estava acontecendo? — pergunta Eli.

— Mais ou menos. — Ela se abraça, como se a memória lhe trouxesse calafrios. — Obviamente, tiveram os apagões. Em um minuto eu estava bem; no seguinte, acordava em algum lugar, sem memórias de como tinha ido parar lá. E tinha esse sexto sentido estranho também. Eu sabia coisas que não tinha como saber. Como seu número de telefone, Casey. Ou aquele binóculo na sua varanda. Nunca tive um. Nunca me interessei por observação de pássaros. Mas então o vi, e de repente tinha essas memórias de tê-lo comprado, segurado nas minhas mãos, observado as árvores do outro lado do lago exatamente daquela varanda. E então elas desapareciam.

Tremo eu mesma com calafrios quando Katherine conta a sensação de ter alguém aos poucos tomando controle. Embora eu também tenha passado por isso, pelo menos sabia o que estava acontecendo. Para ela, parecia que estava enlouquecendo.

— Eu não entendi exatamente o que estava se passando até a noite em que procurei online. Me senti tão estúpida buscando artigos sobre lagos assombrados e fantasmas em espelhos. Mas aí encontrei histórias de outras pessoas que tinham passado pela mesma coisa que eu. Memórias estranhas de coisas que nunca viveram, fraquezas repentinas e essa sensação de que estavam perdendo o controle aos poucos. Foi então que eu soube.

Também aconteceu de ser o momento que presenciei do outro lado do lago. Observando Katherine correr os olhos, atenta, pelo computador, o choque estampado em seu rosto.

— Você deveria ter me contado — diz Tom.

— Você ia achar que eu estava ficando louca. Foi exatamente assim que me senti. Então te dei um beijo na bochecha e sugeri que voltasse para a cama. Sei que parece tolice, mas eu tinha esperanças de que fosse temporário. Como se eu fosse dormir e acordar normal, como eu mesma, na manhã seguinte.

— Em vez disso, aconteceu o oposto — interrompe Eli.

— É — confirma Katherine, concordando de maneira sombria com a cabeça. — A única coisa de que me lembro é Tom voltando para a cama e eu entrando no banheiro. Eu olhei no espelho, em pânico quando meu reflexo começou a embaralhar. Tudo saiu de foco. Então não havia nada além do escuro. Não tenho memórias do que aconteceu depois até acordar no barco esta manhã. Mas, no segundo em que voltei, sabia que tinha acabado e que ele tinha ido embora. Graças a você, Casey. Foi como se eu estivesse perdida, e você me encontrou.

— Que é o que nós vamos falar para a polícia — digo. — Eu não conseguia dormir, fui até a lancha para ver se a tempestade tinha destruído alguma coisa na margem, e vi você perambulando para fora da floresta num transe.

No geral, é uma boa história. Não tão longe do campo do possível, quando se ignora a parte de ser-possuída-por-um-homem-afogado. Acho que as pessoas vão acreditar.

Até Wilma.

Com a história bem definida, me preparo para voltar para a casa do outro lado do lago. Vejo-a através das gigantes janelas da sala dos Royce, parecendo tão aquecida e convidativa quanto um ninho. Um para o qual quero voltar o mais rápido possível.

Antes de ir, Tom me dá um aperto de mãos e diz:

— Eu entendo por que você fez o que fez. Isso não significa que eu tenha gostado de ficar trancado naquele porão por 12 horas. Ou de ter a polícia na minha cola.

— Ou ter sido golpeado com o pé de uma mesa? — digo, me encolhendo ao pensar como devo ter parecido louca na hora.

— Especialmente isso. — O olhar enraivecido dele se ameniza, assim como sua voz. — Mas valeu a pena, porque você trouxe Katherine de volta para mim. Então, obrigado.

— Você está esquecendo que Katherine também me trouxe de volta — digo. — Acho que isso nos deixa quites.

Tom fica para trás enquanto Eli, Katherine e eu saímos para o pátio. Lá fora, o dia brilha, cheio de promessas. Com o sol no rosto e uma brisa soprando meu cabelo ainda encharcado, mal consigo acreditar que, duas horas atrás, eu estava no fundo do lago, pronta para continuar lá para sempre.

Não me arrependo de ter feito essa escolha.

Mas outra pessoa escolheu diferente. Katherine decidiu que eu deveria viver, e quem sou eu para discordar? Especialmente quando há tantas pontas ainda soltas.

É Eli, claro, quem me lembra disso. Antes de andar para sua casa ao lado, coloca um lenço dobrado nas minhas mãos:

— Você sabe melhor do que eu o que fazer com isso. Espero que não te cause muitos problemas.

— Pode ser que sim — respondo. — Mas estou pronta para lidar com as consequências.

Eli se despede com um abraço, me deixando sozinha com Katherine para caminhar até a doca e minha lancha amarrada ao final. Ela engancha o braço no meu e se certifica de que nossos ombros se batam de leve, um gesto tão íntimo, mesmo sem a influência de Len.

— Preciso te contar uma coisa — diz ela. — Aquelas memórias que eu falei? As que não eram minhas, mas eu tinha do mesmo jeito? Algumas pipocaram antes de ele assumir. Outras depois, quando eu estava inconsciente, e ele, totalmente no controle. Mas ainda estão todas aqui.

Acelero o passo. Não quero saber o que Len lembrava.

— Você o fez muito feliz, Casey. Sei que provavelmente não é o que você quer escutar, mas é a verdade. Ele te amava mesmo, e o que ele fez... aquilo não teve nada a ver com você. Não pode ficar se culpando por nada disso. Ele teria feito de qualquer forma. Na verdade, tenho a impressão de que foi sua presença na vida dele que o impediu de tentar antes. Ele achava que tinha muito a perder.

— Mas fez mesmo assim.

Katherine para de andar e me vira até estarmos frente a frente:

— Por isso eu não te julgo pelo que fez com ele.

É claro que ela sabe. Len está gravado em Katherine como uma tatuagem. Deus a ajude.

— Eu provavelmente faria a mesma coisa — diz. — É fácil falar sobre justiça, responsabilidade e agir com as próprias mãos quando não é com a gente. Mas isso aconteceu mesmo, Casey. E você fez o que muitas mulheres teriam feito no seu lugar.

— Acho que isso não vai importar muito para a polícia.

— Talvez. Mas não planejo contar nada para eles. Isso fica entre nós.

Eu desejo desesperadoramente que pudesse, mas isso vai além de mim e de Katherine. Há outros a considerar, incluindo os amigos e familiares de três mulheres ainda submersas na frígida escuridão do Lago Greene. Elas estão na minha cabeça quando subo na lancha e cruzo a água. Fico apertando o celular, ainda naquele saco Ziploc, pronta para discar para Wilma Anson assim que volto para casa.

A pessoa de pé em minha doca atrasa esse plano um pouco.

— Ei — diz Boone, me dando um aceno cauteloso conforme desligo o motor e guio o barco até a doca.

— Ei, você.

Deixo Boone amarrar a lancha porque, um, ele parece ansioso para ajudar e, dois, estou exausta. Definitivamente cansada demais para conversar com ele no momento, embora seja evidente que é inevitável.

— Eli me contou que você achou Katherine — diz, olhando para o outro lado da água. — Ela está bem?

— Está, sim.

Eu lhe conto uma versão resumida da história oficial enquanto andamos da doca à varanda. Caio em uma cadeira de balanço. Boone continua de pé.

— Estou aliviado em saber que ela está sã e salva — diz. — Que bom para ela. E Tom.

Ele para de falar depois disso, e a deixa sobra para mim:

— Foi por isso que você veio?

— Foi. E também para dizer que estou indo embora do lago. Terminei tudo o que tinha para fazer na propriedade dos Mitchell, então encontrei um bom apartamento a algumas cidades daqui. Agora você não precisa mais se preocupar em pensar que tem um assassino morando na casa ao lado.

Embora a voz de Boone ainda tenha um tanto da raiva que ouvi da última vez que conversamos, outra emoção transborda de suas palavras. Parece tristeza.

— Sinto muito por não ter sido completamente honesto. Mas agora deve estar claro para você que eu não tive nada a ver com o que aconteceu com Katherine ou aquelas outras garotas desaparecidas — continua, o que me lembra que ele ainda não sabe nada sobre os crimes de Len, ou como eu o fiz pagar por eles. Duas vezes. — E, em relação ao que aconteceu com a minha esposa, sim, eu fui investigado depois da morte dela. E, sim, houve um tempo em que as pessoas acharam que eu tivesse matado ela. Não havia provas disso, nem qualquer prova que me inocentasse também. Pelo menos, não uma que eu estivesse disposto a mostrar para as pessoas.

Eu olho para ele, surpresa e tomada de súbito por uma curiosidade insaciável.

— Tinha mais do que o que você mostrou para a polícia?

— Minha esposa não caiu da escada por acidente. — Boone faz uma pausa, respira fundo. — Ela se matou.

Eu congelo, em choque.

— Eu sei porque ela deixou uma carta me dizendo que sentia muito e que estava infeliz há algum tempo, algo que eu achava que sabia, mas não sabia. Não de verdade. Ela estava mais do que infeliz. Estava mergulhada na escuridão, e eu me culpo por nunca ter percebido o quão ruim era até ser tarde demais.

Boone finalmente se senta.

— Eu liguei para Wilma assim que encontrei a carta de suicídio. Ela passou em casa, leu e disse que eu precisava divulgar o conteúdo. Neste ponto, nós dois sabíamos que eu parecia suspeito. Era óbvio. Mesmo assim, não consegui divulgar. A notícia teria destruído a família dela. Decidi que pensar que tinha sido um acidente seria mais fácil para eles lidarem do que saber que ela havia tirado a própria vida. Eles, como eu, teriam se culpado por não perceber por quanto sofrimento ela estava passando e falhar em conseguir a ajuda de que ela precisava. Eu queria poupá-los disso. E não queria que as pessoas julgassem Maria pelo que fez a si mesma. Ou, pior, deixar isso manchar as memórias que tinham dela. Quis proteger todo mundo da culpa e da dor que eu mesmo estava sentido. Wilma concordou, relutante, e nós queimamos a carta juntos.

Não me surpreende que Wilma tivesse tanta certeza da inocência dele. Ao contrário de mim, ela conhecia a história toda. E o que pareceu confiança cega na verdade era uma bonita demonstração de lealdade.

— Ela é uma boa amiga — digo.

— Ela é. Fez a mágica dela e convenceu todos com quem a gente trabalhava de que eu era inocente. Espero que, em algum momento, você acredite em mim também.

Eu acho que já acredito.

Não sei o suficiente de seu casamento para julgar Boone, algo que não tive problemas em fazer quando havia mais bourbon do que sangue nas minhas veias. Neste momento, tudo o que eu sei é que, lá no fundo, ele parece uma boa pessoa que está batalhando para domar os próprios demônios, igual ao resto de nós. E, como alguém que foi muito ruim em domar demônios, devo lhe dar o benefício da dúvida.

— Obrigada por contar sua versão da história — falo. — E eu acredito em você.

— Mesmo?

— Mesmo.

— Então é melhor eu ir embora antes que você mude de ideia — diz ele, me lançando aquele mesmo sorriso matador que da última vez. Antes de sair da varanda, me entrega um cartão de visitas. Impresso no papel está o nome de uma igreja da região, um dia da semana e um horário específico. — Essa é a reunião semanal do AA a que eu vou. Só para o caso de você achar que deve dar uma chance. Pode ser intimidador no começo. E pode ser mais fácil para você se tiver um rosto familiar presente.

Boone parte antes que eu tenha a chance de responder, já presumindo que minha resposta seja não. Ele está certo, é claro. Não pretendo me submeter a uma exposição indigna para um grupo de estranhos e compartilhar minhas muitas, muitas falhas.

Não agora.

Mas talvez logo.

Tudo depende de como vai se desenrolar o que tenho de fazer a seguir.

Antes de hoje, eu teria virado vários drinks antes de ligar para Wilma Anson. Agora, entretanto, não hesito, embora eu saiba que estou prestes a ser atingida pela maior fúria dela e provavelmente uma condenação de assassinato por seus colegas.

Já fugi por tempo demais.

Passou da hora de dizer a verdade.

Wilma claramente não é muito fã do colete salva-vidas que a forço a vestir antes de sair da doca. Ela fica puxando-o como uma criancinha luta contra o assento do carro, infeliz e presa.

— Isso realmente não é necessário — diz. — Eu sei nadar, caramba.

— Segurança em primeiro lugar — grito do fundo da lancha, onde controlo o motor vestindo um colete que combina.

Eu me recuso a repetir o que aconteceu com Katherine Royce. O Lago Greene pode parecer inofensivo, especialmente agora em que o reflexo do pôr do sol faz a água brilhar como champanhe rosa, mas sei que não é.

Len ainda está lá embaixo.

Tenho certeza disso.

Ele me deixou e voltou para a água. Agora paira logo abaixo da superfície, esperando, aguardando alguém aparecer.

Não comigo aqui.

Wilma também lança um olhar desconfiado para a água, embora seja por uma razão completamente diferente. O lado oeste do lago, fora do alcance do sol poente, está escuro. Sombras se acumulam à margem e rastejam pela superfície.

— Isso não pode esperar até amanhã? — pergunta ela.

— Temo que não.

Eu entendo que ela esteja cansada. Foi um dia longo e exaustivo. Depois que eu liguei para contar que Katherine havia sido encontrada, Wilma passou a tarde interrogando todos nós. Katherine e Tom foram primeiro, dando suas versões pré-combinadas dos acontecimentos. Katherine jurou que se perdeu numa caminhada. Tom jurou que achava que ela o tinha deixado. E sobre onde ele estava ontem à noite quando Wilma passou, ele disse que ficou preocupado com a gravidade da tempestade e decidiu se refugiar no porão dos Fitzgerald.

Descobri tudo isso da própria Wilma, quando veio pegar o meu depoimento. Eu contei meu lado da história, que se encaixava perfeitamente ao dos Royce. Se ela ainda suspeita de algum de nós, não demonstra. O que não me surpreende.

— Tem mais uma coisa que eu preciso te contar — expliquei. — Mas não aqui. No lago.

Agora cá estamos, a superfície da água se divide em duas metades distintas. À esquerda, um rosa celestial. À direita, preto total. Conduzo a lancha até o meio, o movimento do motor misturando luz e sombras.

— Eu conversei com Boone — falo enquanto deslizamos pela água. — Ele me contou a verdade sobre o que aconteceu com a esposa dele.

— Ah. — Wilma não parece surpresa. Imagino que já soubesse. — Isso muda sua opinião sobre ele?

— Sim. E sobre você. Achei que fosse do tipo que segue as regras não importa o quê.

— Eu sou. Mas também estou disposta a abrir exceções de vez em quando. Para Boone, por exemplo. Ele é um dos caras do bem, Casey. Acredite em mim nessa.

Chegamos ao Velho Teimoso, que está do lado escuro do lago. Eu desligo o motor, tiro o lenço do bolso e entrego a Wilma. Ela o desdobra, e seus olhos ficam gigantes de choque.

Finalmente, uma reação que não é ambígua.

— Encontrei isso no porão — conto. — No *meu* porão.

Wilma não tira os olhos das carteiras de motorista e mechas de cabelo. Sabe o que significam.

— As três mulheres estão no lago. — Aponto para Velho Teimoso, agora só uma silhueta no cair da noite que avança depressa. — Bem ali.

— Como você sabe?

— Porque não tem outro lugar onde meu marido as teria colocado.

Não posso lhe contar a verdade, por, ah, tantas razões. A principal é que ela não acreditaria em mim. Minha esperança é que isso, a confissão de uma esposa para outra, seja o suficiente para convencê-la.

— Vou trazer mergulhadores amanhã para ver se você está certa. Se estiver, bom, a vida está prestes a ficar bem mais complicada para você. As pessoas vão saber que seu marido era um assassino e vão te julgar por isso.

— Eu sei.

— Sabe mesmo? Essa é uma acusação muito mais grave do que a manchete de um tabloide. Você vai passar o resto da vida amarrada a esse homem. Pode tentar se distanciar das ações dele, mas vai ser difícil. Pode ser que não consiga aparecer em público por um bom tempo.

Penso naquela foto de mim erguendo um copo para os paparazzi que foi capa do *New York Post*.

— Isso já acontece. Sem contar que eu quero que a justiça seja feita. Eu quero que todo mundo que conhecia e amava Megan, Toni e Sue Ellen saiba o que aconteceu com elas e que o homem que as matou não pode mais machucar ninguém.

Silêncio paira sobre o barco, um momento de respeito para as três mulheres cujos corpos jazem lá embaixo. Quando termina, os últimos raios do pôr do sol já deslizaram para trás das montanhas, deixando-nos as duas na penumbra do início da noite.

— Há quanto tempo você sabe? — questiona Wilma.

— Tempo o suficiente.

— Suficiente para ter agido por conta própria?

— Se agi, vai ser bem difícil provar agora.

Fico parada, nervosa demais para me mexer enquanto espero a resposta de Wilma. Ela não facilita, levando quase um minuto inteiro antes de dizer:

— Imagino que você tenha razão.

Esperança aflora em meu peito. Acho que esta é, talvez, espero, possivelmente, uma das raras exceções de que ela falou antes.

— Len foi cremado, afinal — digo. — Não tem um corpo para ser examinado.

— Isso torna impossível. E, também, não vejo motivo para reabrir o caso, considerando que não encontraram nenhum indício de um crime à época.

Solto o ar, liberando boa parte do medo e tensão que estiveram se acumulando dentro de mim. Aparentemente, é meu dia de sorte. Katherine Royce me deu uma segunda chance na vida. Agora Wilma Anson está me oferecendo uma terceira.

Tenho autoconsciência o suficiente para saber que não as mereço.

Mas aceito mesmo assim.

Tudo o que me preocupa agora é uma última ponta solta.

— E o cartão-postal?

— Que que tem? — retruca Wilma. — Aquela coisa foi examinada de cabo a rabo. Nunca vamos descobrir quem enviou. Na verdade, não me surpreenderia se simplesmente desaparecesse dos arquivos. Coisas assim são perdidas o tempo todo.

— Mas…

Ela me interrompe com um olhar nada característico que pode ser interpretado com facilidade:

— Você vai mesmo argumentar comigo sobre isso? Estou te dando uma saída, Casey. Aceite.

Eu aceito.

Agradecida.

— Obrigada — respondo.

— De nada. — Dois segundos se passam. — Nunca mencione isso de novo ou pode ser que eu mude de ideia. — Mais dois segundos. — Agora me leve de volta para a margem. Está tarde, e você acabou de me dar uma baita papelada para preencher.

A noite já caiu por completo quando Wilma vai embora. Eu percorro a casa escura, acendendo as luzes antes de ir até a cozinha decidir o que preparar para o jantar. O copo de bourbon que me servi na noite passada ainda está no balcão. Vê-lo ali me faz tremer de vontade.

Pego-o.

Levo aos lábios.

Então, pensando melhor, ando até a pia e jogo o bourbon ralo abaixo.

Faço o mesmo com o restante da garrafa.

E com outra garrafa.

Depois, com *todas* as garrafas.

Meu humor oscila como um pêndulo enquanto livro a casa de todo o álcool. Há a mesma fúria que as pessoas sentem quando esvaziam os bens de um ex-companheiro. Tem a risada não-acredito-que-estou-fazendo-isso. Tem a empolgação, descontrolada e caótica, assim como catarse, desespero e orgulho. Então tristeza — uma surpresa. Eu não esperava ficar triste por uma vida de alcoolismo que só me trouxe problemas. Mesmo assim, conforme o conteúdo de uma garrafa após a outra desce, girando pelo cano, sou tomada de melancolia.

Estou perdendo um amigo.

Um amigo horrível, sim.

Mas nem sempre.

Às vezes beber me trazia mesmo grande alegria, e vou sentir falta disso.

Depois de uma hora, as portas do armário de bebidas estão abertas, expondo apenas o vazio ali dentro. Cobrindo o balcão estão todas as garrafas que ele antes continha, vazias agora. Algumas são mais velhas do que os millennials; outras foram trazidas esta semana.

Agora só resta uma, a de vinho tinto de cinco mil dólares que pertencia a Tom Royce. Sabendo o quanto vale, não consigo despejá-la no ralo. Através da janela da sala de jantar, vejo a casa dos Royce brilhando na noite de outubro. Eu devolveria o vinho agora se não fosse tão tarde e eu não estivesse tão cansada.

Esvaziar todas aquelas garrafas me deixou exausta. Ou talvez seja só um sintoma da abstinência. Já estou apreensiva ao antecipar os efeitos colaterais que sei que estão por vir.

Uma nova Casey está a caminho.

A sensação é estranha. Sou eu, mas também não sou. O que, pensando bem, é provavelmente como Katherine se sentiu antes de Len assumir o controle totalmente.

"Não tenho sido eu mesma ultimamente", me disse ela. *"Não me sinto bem há dias."*

A memória vem com a força de um raio. Alta. Um choque. Carregado de eletricidade.

Porque o que Katherine me disse aquele dia não encaixa com o restante. Quando descobri que Len estava de volta e a controlava como uma marionete, presumi que ele fosse a causa de ela se sentir tão estranha, tão fraca.

Ele tinha uma parcela da culpa, é claro. Aprendi por conta própria com o pouco tempo que ficou dentro de mim.

Mas Len não era o único motivo para que Katherine se sentisse assim.

Sei porque ela confessou que não estava se sentindo ela mesma naquela manhã que tomamos café na varanda. Um dia *depois* de eu a tirar do lago. Mas, de acordo com Katherine, ela estava se sentindo assim *antes* de Len entrar na história.

"Foi como se meu corpo todo tivesse parado de funcionar."

Eu desvio os olhos da janela e encaro a garrafa de vinho sobre a mesa.

Então pego meu celular e ligo para Wilma Anson.

A ligação cai imediatamente na caixa postal. Depois do bipe, não deixo meu nome ou telefone. Simplesmente grito o que precisa ser dito e torço para que Wilma ouça a tempo:

— Aquele caco de vidro que eu fiz você levar? Já tem os resultados do laboratório? Porque acho que eu tinha razão, Wilma. Acho que Tom Royce estava... *está* tentando matar a esposa.

Encerro a ligação, corro para a varanda e pego o binóculo. Levo um segundo para ajustar o zoom e o foco. A casa dos Royce embaça e desembaça antes de ficar nítida.

Corro os olhos por cada cômodo.

A cozinha está vazia.

Assim como o escritório diretamente acima e a suíte à direita.

Finalmente localizo Katherine na sala. Ela está no sofá, apoiada em almofadas e deitada debaixo de um cobertor. Na mesa de centro ao seu lado, há uma grande taça de vinho tinto.

Ainda segurando o binóculo em uma das mãos, pego o celular com a outra. Ele balança na minha mão conforme meu polegar desliza pela tela, descendo até o número de Katherine.

Do outro lado do lago, ela pega o vinho, a mão envolvendo a taça.

Aperto o telefone com mais força e toco o botão de discar.

Katherine leva a taça aos lábios, prestes a dar um gole.

O celular toca uma vez.

Ela se estica com o som, a mão que segura o vinho congela no ar.

Segundo toque.

Katherine olha ao redor da sala, tentando localizar o aparelho.

Terceiro toque.

Ela o vê sobre o apoio para os pés e coloca a taça de volta na mesa de centro.

Quarto toque.

Katherine estica o braço, o cobertor cai de seu colo. Ela o segura com uma mão enquanto estende a outra para o celular.

Quinto toque.

— Desligue o telefone, Casey.

Abaixo o binóculo e me viro conforme Tom aparece de dentro da minha casa, se juntando a mim na varanda. A garrafa de vinho está em sua mão, segurada pelo pescoço como um taco de beisebol. Ele bate a outra ponta contra a palma estendida da mão livre ao se aproximar.

A voz de Katherine grasna do meu celular quando ela finalmente atende:

— Alô?

Tom arranca o aparelho da minha mão, desliga e arremessa por cima do parapeito. Cai com um baque na escuridão lá embaixo antes de gritar um chamado. Katherine ligando de volta.

— A este ponto, imagino que você esteja se arrependendo de ter sido tão enxerida — diz Tom. — Nada disso estaria acontecendo se você simplesmente ficasse de fora. Katherine estaria morta, você estaria bebendo até cair, e eu teria dinheiro o suficiente para salvar minha empresa. Mas você tinha que salvar ela e ficar observando a gente sem parar, como se nossas vidas fossem a porra de um reality show. E você ferrou tudo quando envolveu a polícia. Agora não posso simplesmente envenenar Katherine aos poucos. Agora preciso ter cuidado redobrado, não deixar rastros, me certificar de que realmente pareça um acidente. É por isso que mantive ela amarrada no porão em vez de matá-la de uma vez. Para a minha sorte, o seu marido tinha várias coisas interessantes para falar sobre isso.

Eu me espanto, uma reação que não tenho como impedir porque estou focada demais na pesada garrafa de vinho que ainda estapeia a palma de Tom.

— Nós conversamos muito naquele porão — diz ele. — Trocamos ideia por horas. Não tinha muito mais o que fazer depois que a sua amiga detetive começou a fungar no meu cangote. Quer saber a coisa mais surpreendente que ele me contou?

Ele ergue a garrafa, desce na mão.

Plaft.

— Que eu o matei — respondo.

— Não só isso. Foi *como* você fez que foi tão fascinante.

Plaft.

— Um assassinato perfeito — diz Tom. — Muito melhor do que aquilo que estava naquela sua peça. Foi de lá que eu tirei a ideia, mas você já sabia disso. Envenenar minha esposa pouco a pouco até que ela morra de alguma outra coisa e eu herde tudo.

Plaft.

— Mas seu marido, o bom e falante Len, me deu uma ideia muito melhor. Anti-histamínico com vinho. Deixar ela obediente e tonta. Jogar na água e deixar afundar. Parece que a polícia por esses lados nunca suspeita de um crime quando alguém se afoga. Como você bem sabe.

Plaft.

De algum lugar lá embaixo, meu telefone para de tocar quando Katherine desiste.

— Ela provavelmente está dando um gole agora. — Tom gesticula para o binóculo ainda nas minhas mãos. — Pode olhar. Sei que você gosta de fazer isso.

Ergo o binóculo, precisando das duas mãos para impedir que tremam. A casa de Tom Royce balança do mesmo jeito, como se estivesse no meio de um terremoto. Através das lentes inquietas, vejo que Katherine foi até a janela da sala. Ela olha para fora, a taça de vinho de volta em sua mão.

Ela a leva aos lábios e bebe.

— Katherine, não!

Não sei se ela escuta meu grito voar pelo lago porque Tom está sobre mim em um instante. Desço o binóculo em sua cabeça. Ele bloqueia com o braço antes de golpear o meu com a garrafa.

Solto o binóculo conforme a dor irradia.

Eu grito, cambaleio para trás, bato numa cadeira de balanço e caio no chão.

— Agora você sabe qual é a sensação — diz Tom.

Ele prepara a garrafa para mais um golpe. Passa zumbindo pelo meu rosto, a menos centímetros de distância.

Continuo recuando como consigo, o braço direito latejando enquanto Tom continua erguendo a garrafa, cortando o ar, se aproximando.

E de novo.

E de novo.

— Eu sei como fazer você desaparecer — diz. — Len me contou isso também. Só precisa de um pouco de corda, umas pedras e uma água bem, bem funda. Você vai desaparecer igual aquelas meninas que ele matou. Ninguém nunca vai saber o que te aconteceu.

Ele desce a garrafa mais uma vez, e eu esquivo para fora do caminho, beirando o topo da escada.

Tom golpeia de novo, e eu abaixo, tentando manter o equilíbrio. Um momento de queda livre se segue, cruel em sua ilusão de que talvez eu consiga resistir ao puxão da gravidade. Termina com uma pancada no degrau seguinte.

Então eu tropeço, tombando de costas pelos degraus, a quina de cada um me atingindo como um soco.

No quadril.

Nas costas.

No rosto.

Quando termina, estou estirada de costas no chão, cerrando os dentes de dor e tonta com a queda. Minha vista embaça. Tom entra e sai de foco conforme desce os degraus atrás de mim.

Devagar.

Um de cada vez.

A garrafa mais uma vez estapeando sua mão.

Plaft.

Tento gritar, mas a voz não sai. Estou machucada demais, sem fôlego demais, com medo demais. Tudo o que posso fazer é me levantar, cambalear para a água, torcer para que alguém me veja.

Tom me alcança à beira do lago. Estou com os pés submersos quando ele agarra minha camisa, me puxa na sua direção, ergue a garrafa.

Desvio para a esquerda, e o vidro desce no meu ombro direito.

Mais dor lancinante.

O golpe me derruba de joelhos. Avanço mais para dentro do lago, com a água agora no quadril, fria como gelo. O frio me traz uma onda de energia, só o suficiente para que possa me virar na direção de Tom, enrolar os braços em seus joelhos e puxá-lo para baixo comigo.

Nós mergulhamos juntos, uma violenta massa de braços emaranhados e pernas que chutam e se contorcem. A garrafa de vinho cai da mão dele, desaparecendo na água no momento em que ele me puxa para fora dela. Ele envolve as mãos ao redor do meu pescoço e, apertando, me afunda de novo.

Fico instantaneamente sem ar. O lago é tão gelado, e as mãos de Tom apertam tanto meu pescoço que não vejo nada na água escura. Empurrada contra o fundo do lago, chuto, bato e me debato conforme meu peito se aperta cada vez mais. Tão apertado que tenho medo de que vá explodir.

Mesmo assim, tudo o que consigo pensar é em Len.

Neste mesmo lago.

Esperando eu morrer na água escura para que ele possa assumir mais uma vez.

Não posso deixar isso acontecer.

Eu me recuso, cacete.

Corro a mão pelo leito do rio, procurando por uma pedra que eu possa usar para golpear Tom. Talvez seja o suficiente para fazê-lo parar de pressionar minha garganta. Talvez ele solte de vez. Talvez eu consiga escapar.

Em vez de uma pedra, minhas unhas encontram vidro.

A garrafa de vinho.

Estico os dedos, pego-a pelo pescoço, levanto.

A garrafa emerge da superfície, cortando o ar antes de descer com tudo na lateral do crânio de Tom.

As mãos dele se afastam da minha garganta ao gemer, cambalear, tropeçar. Eu me ergo da água. Tom cai nela, com o rosto para baixo e imóvel.

Do outro lado do lago, carros de polícia começam a chegar na entrada dos Royce. A luz deles reflete pinceladas de vermelho, branco e azul girando sobre a água enquanto policiais lotam o quintal dos fundos e entram na casa.

Wilma recebeu minha mensagem.

Graças a Deus.

Tento levantar, mas tudo o que consigo é ficar de joelhos. Quando tento gritar para os policiais, minha voz é um coaxar rouco. Minha garganta está machucada demais.

Ao meu lado, Tom continua com o rosto para baixo na água. Logo acima de sua orelha esquerda, há uma pequena cratera onde a garrafa atingiu seu crânio. Sangue escorre dela, se misturando à água e formando uma nuvem negra que se infla e espalha.

Sei que ele está morto no momento em que o viro para cima. Seus olhos, tão opacos quanto uma moeda antiga e seu corpo, desconcertantemente imóvel. Toco seu pescoço, sem pulso. Enquanto isso, sangue continua a escorrer do afundamento em sua cabeça.

Eu finalmente me levanto, forçando as pernas a obedecerem. A garrafa de vinho, ainda intacta, continua apertada em minha mão. Levo-a para a margem, colocando em um trecho de pedras entre a água e a terra.

Atrás de mim, Tom convulsiona de volta à vida com uma tosse molhada.

Não é um choque.

Não neste lago.

Marcho de volta para a água e agarro seus braços. Tento não olhar para ele, mas é inevitável enquanto o arrasto para a terra firme, me certificando de que nenhuma parte de seu corpo continue tocando o lago. Ele encontra meus olhos e sorri.

— Precisamos parar de nos encontrar assim — diz antes de sibilar o apelido que estou tanto temendo quanto esperando —, Cee.

— Nós vamos.

Pego a garrafa, esmago contra as pedras e, com uma estocada e uma girada, finco a ponta afiada em sua garganta até ter certeza de que ele nunca mais conseguirá falar.

DEPOIS

Sou a última a acordar.

É claro.

É fácil dormir demais agora que o caminho do sol no céu mudou com as estações e entra pela fileira de janelas por um ângulo oblíquo que não pega nada da cama. Quando finalmente me levanto, o cheiro de café e o som de gente cozinhando já estão invadindo por debaixo da porta. Todo mundo, parece, já está acordado há séculos.

Lá embaixo, encontro a cozinha fervilhando de atividade. Marnie e minha mãe estão perto do fogão, debatendo o jeito certo de fazer rabanada. Beijo as bochechas de cada uma e deixo retribuírem o gesto enquanto me sirvo uma caneca de café.

Na sala de jantar, Eli e Boone estão pondo a mesa. Seis lugares no total.

— Bom dia, bela adormecida — diz Boone. — Achamos que você nunca fosse acordar.

Dou um gole de café.

— Eu estava cansada. A noite foi longa.

— O Réveillon costuma fazer isso com a gente.

Passamos o ano na varanda de trás, erguendo copos de *ginger ale* em um brinde ao badalar da meia-noite.

Foi uma noite bacana.

Que ficou ainda melhor.

— Você bem que podia ensinar a Casey a acordar cedo — grita minha mãe da cozinha, para Boone. — Quando levantei hoje, você já tinha acordado e arrumado a cama.

Do outro lado da sala, ele me lança um olhar furtivo que quase me faz cair na risada. Ainda não temos certeza se minha mãe não percebeu que estamos juntos ou se percebeu há semanas e agora está só brincando com a gente. De qualquer forma, é um jogo do qual todos parecemos gostar. Ao contrário de Monopoly, em que Boone ganha de mim toda maldita vez.

Não lhe contei a verdade sobre o que realmente aconteceu a Katherine e como eu sabia que Len havia matado três mulheres. O mesmo vale para Marnie e minha mãe. Eles, como a maioria do país, ainda acham que Katherine se perdeu em uma caminhada, seu senso de direção afetado pelas pequenas doses de veneno que Tom lhe dava, e que encontrei as mechas de cabelo e as carteiras de motorista das três mulheres desaparecidas enquanto organizava os pertences de Len.

Planejo contar a verdade a Boone, Marnie e minha mãe um dia. Mesmo. Só preciso de mais tempo. Foi difícil o suficiente admitir para Boone que o observei da varanda enquanto estava pelado na doca dos Mitchell.

Ele disse que já desconfiava.

Também sugeriu que podemos fazer de novo quando o tempo esquentar.

Em relação ao restante, a história é um pouco mais difícil de contar, e eu não estou pronta para colocar um fim na fase de lua de mel ou seja lá o que eu e ele estejamos fazendo. Além disso, pelo menos por enquanto, preciso de no mínimo uma coisa na minha vida que não esteja maculada pelos acontecimentos de outubro.

No dia depois do ataque de Tom, uma equipe de buscas da polícia estadual apareceu no lago como um enxame de abelhas. Os corpos de Megan Keene, Toni Burnett e Sue Ellen Stryker foram todos recuperados ao mesmo tempo, encontrados exatamente onde Len disse que estariam.

A imprensa enlouqueceu. Só consigo imaginar a quantidade de editores que desmaiaram depois de ouvir que o fundador do Mixer, Tom Royce, tentou envenenar a ícone da moda Katherine Royce, mas foi impedido pela Problemática Casey Fletcher, que havia acabado de descobrir que seu marido morto era um serial killer.

Isso, sim, é manchete.

Foi uma loucura no Lago Greene por mais de uma semana. Tantos carros de imprensa desceram pela estrada de cascalho que rodeia o lago que a polícia precisou colocar barricadas para mantê-los afastados. Foi aí que chegaram os helicópteros, pairando logo acima da água, com fotógrafos pendurados na lateral como se fossem os SEALs da marinha, prontos para saltar para a batalha. Uma repórter até atravessou mais de 3 quilômetros de floresta, de salto alto, para bater na porta e fazer perguntas. Eli lhe deu um saco de gelo para os pés doloridos e a mandou ir catar coquinho.

Desde então, raramente saí da casa do lago. Ao contrário da antiga Casey, que não se importava em levantar o copo num brinde para os paparazzi acampados do lado de fora do bar, sei que qualquer aparição que fizer agora só vai pôr mais lenha na fogueira. Embora eu tenha ganhado uma boa parcela de compaixão por ter salvado a vida de Katherine, Wilma Anson tinha razão em dizer que eu seria julgada pelos crimes de Len. Mesmo que a maioria das pessoas não ache que eu o tenha ajudado a assassinar três jovens mulheres, todo mundo me culpa por não ter percebido nada enquanto ele era vivo. Isso não me incomoda por dois motivos.

Um, eu sei a verdade.

Dois, eu também ainda me culpo.

Quando eu saio, é disfarçada. Fui ao funeral das três vítimas de Len — uma mulher anônima de imensos óculos escuros e chapéu de abas largas sentada no fundo de igrejas pouco frequentadas. Katherine queria ir junto, mas eu a desencorajei, dizendo que chamaria atenção demais. Na verdade, eu só queria estar sozinha para poder sussurrar uma oração para Megan, Toni e Sue Ellen.

Pedi desculpas por não ter ajudado a encontrá-las mais cedo e rezei para que me perdoassem.

Espero desesperadoramente que tenham escutado.

— O café da manhã fica pronto em cinco minutos — diz Marnie. — Vá chamar a Katherine. Ela está lá fora, na varanda.

Pego uma das muitas parkas agora penduradas no hall e saio. Katherine está em uma das cadeiras de balanço, segurando uma caneca de café e vestindo um casaco de grife que faz parecer que ela acabou de chegar de Saint Moritz.

— Feliz Ano-Novo — diz, sorrindo para mim de debaixo de um capuz com borda de pele falsa.

— Para você também.

Katherine anunciou a venda de seu castelo de vidro e se mudou para a casa do lago de minha família assim que nós duas saímos do hospital. Ao contrário da minha, a reputação dela só melhorou depois dos acontecimentos de outubro. Esse tipo de coisa acontece quando seu marido tenta envenenar você, e a polícia tem o caco de uma taça de vinho quebrada com veneno para provar.

Também ao contrário de mim, Katherine sai para todo canto em uma jornada de publicidade. Ela apareceu na capa da *People*, contou sua história no *Good Morning America* e escreveu um relato pessoal para a *Vanity Fair*. Em todos, fez questão de mencionar o quanto eu tenho sido uma boa amiga e como também passei por tantos traumas quanto ela. Por conta disso, e porque aqueles fotógrafos destemidos registraram Katherine e eu rindo na varanda, a mídia nos apelidou de As Viúvas Alegres.

Não vou mentir. Eu meio que gosto.

— Foi estranho não beber champanhe à meia-noite? — pergunta Katherine.

Faz dez semanas desde meu último drink de verdade. Dez longas e lentas semanas de dentes cerrados de tensão. Mas estou melhor do que estava na semana passada, que é melhor do que na anterior. Meu desejo urgente de beber diminuiu com o tempo. Isso me encoraja, embora eu saiba que ele nunca vá me deixar por completo. Aquela sede vai me assombrar como um membro fantasma, faltando, mas sentido com intensidade.

Mas eu dou conta.

As reuniões ajudam.

Assim como ter um grupo de apoio que preenche cada quarto desta casa antes vazia.

— Sinceramente, foi uma mudança bem-vinda — respondo.

— Um brinde a isso.

Tilintamos nossas canecas e olhamos para o lago, que congelou em meados de novembro e provavelmente vai continuar assim até março. O vale foi coberto por 30 centímetros de neve dois dias antes do Natal, tornando tudo um oásis branco e brilhante saído direto de uma litografia da Currier and Ives. Outro dia, Marnie e eu enfiamos os pés em patins apertados demais e deslizamos pelo lago exatamente como fazíamos na infância.

— Você realmente acha que eles foram embora? — pergunta Katherine.

Olho para ela, surpresa. Apesar de tudo o que passamos, mal falamos sobre isso em particular. Acho que é porque ambas temos medo de amaldiçoar o presente ao mencionar o passado.

Esta manhã, entretanto, o amanhecer de um novo ano traz uma luz esperançosa o suficiente para espantar qualquer escuridão que possa emergir de uma conversa.

— Acho que sim — digo. — *Espero* que sim.

— E se não? E se os dois ainda estão lá, esperando?

Pensei muito nisso, principalmente nas noites em que desejo um drink e fico perambulando pela casa como um fantasma. Olho para a água e me pergunto se Len conseguiu de alguma forma voltar para lá, esperando de novo até alguém se tornar uma vítima do lago, ou se Tom tomou o lugar dele nas profundezas escuras. Como ainda não fazemos ideia de como ou por que essas coisas aconteceram, é difícil não se preocupar. Talvez a água do Lago Greene seja tocada por algo tanto mágico quanto vil. Ou talvez fosse o próprio Len, amaldiçoado por seus feitos horríveis.

De qualquer forma, sei que há uma chance, não importa o quão pequena, de que pode acontecer de novo.

Se esse dia chegar, estarei aqui.

E estarei preparada.

AGRADECIMENTOS

Este livro não existiria sem a ajuda e o apoio de várias pessoas incríveis. As principais são minha editora, Maya Ziv, e minha agente, Michelle Brower, que me encorajaram desde o primeiro momento em que contei sobre este enredo maluco. Sem o incentivo delas, não existiriam Casey, Katherine e nem uma casa do outro lado do lago.

Agradeço Emily Canders, Katie Taylor, Stephanie Cooper, Lexy Cassola, Christine Ball, Ivan Held, John Parsley e toda a equipe da Dutton e da Penguin Random House por seu trabalho duro e suporte. No campo dos negócios, devo muito a Erin Files, Arlie Johansen, Sean Daily, Shenel Ekici-Moling, Kate Mack e Maggie Cooper.

Sarah Dutton merece um lugar no Hall da Fama de Primeiros Leitores por mergulhar em águas incertas a cada e todo livro. Seus comentários atentos e opiniões diretas não têm preço.

Muito obrigado a todos os familiares e amigos que continuam a torcer por mim nos bastidores. Embora tenhamos nos visto pouco nos últimos dois anos, estou sempre pensando em vocês.

Enfim, um imenso obrigado a Michael Livio, cujo amor e paciência me ajudaram a escrever outro livro durante uma pandemia global. Eu realmente não teria conseguido sem você.

SOBRE O AUTOR

Riley Sager é autor de seis livros best-sellers do *New York Times*, sendo os mais recentes *Home Before Dark* e *Sobreviva à Noite*. Nascido na Pensilvânia, EUA, agora mora em Princeton, Nova Jersey.

Este livro foi impresso nas oficinas gráficas da Editora Vozes Ltda.,
Rua Frei Luís, 100 – Petrópolis, RJ.